민들레 홀씨처럼 살다 바람처럼 사라지다

배정록
중단편 소설집

문학공감

민들레 홀씨처럼 살다
바람처럼 사라지다

저자의 말 …

여섯 편의 중단편 소설을 엮어보았습니다. 써놓은 지 꽤 오래된 것들을 이렇게 엮어보는 까닭은 상실의 시대를 겪고 있는 지금, 의문 하나를 사회에 던지고 싶다는 마음에서입니다.

다름과 그름을 구분하지 못하고, 다름의 연장선에서 찾아낸 합의점인 상식과 정의를 망각한 채 옳고 그름의 잣대로 편을 나누어 각자의 자리에서 철옹성을 쌓으며 살고 있는 사회입니다.

빨갱이로 몰리어 죽은 할아버지에 이어 빨갱이 새끼로 불리며 산 아이가 있습니다. 사랑한다 해놓고는 한 여인을 죽음으로 몰고 간 과거란 게 또 있습니다. 하지만 누가 그들을 욕할 수 있을까요? 우리 중에 누가 나는 아니라고 말할 수 있을까요? 그러함에도 우리는 쉬이 남은 비판하면서 자신에겐 철저히 관대한 삶을 살고 있습니다. 민들레 홀씨처럼 살다 바람처럼 사라지는 것이 인생임을 잊고 살아갑니다.

산다는 게 무엇일까요? 가치란 무엇이고 잃는다는 건 무엇일까요? 독자님들께 여쭤봅니다.

배정록

차례

:

엄마 냄새

:

아내, 숙희의 유골함을 안고 나는 단하리 마을을 찾았다. 단하리 반장으로부터 한 이야기를 들으며 어쩌면 이곳을 찾게 된 것이 우연이 아닐 것 같다는 생각이 들었다. 내 아내 역시 부모 없이 살다 외롭게 떠난 사람이니까.

짙은 물안개가 깔린 마을 앞 강 옆으로 긴 시간 너머의 아이들이 하나둘 모여들고 있었다.

• • •

"송이야, 같이 가."

검은색 치마에 흰색 블라우스를 입은 송이가 해란을 돌아보며 손짓한다.

"빨리 와."

숨을 헐떡이며 쫓아와 옆에 서는 해란, 송이처럼 뒤늦게 입학해 이제 2학년 과정을 배우는 중이다.

"니도 알제?"

"뭐? 초록이 그림 그리기 일등한 거?"

"기집애, 귀신이네. 어떻게 한 번에 딱 맞추노?"

"뻔한 거 아이가. 그거 빼고 뭐가 있노? 아니다, 있긴 있제. 영숙이 동생 영희가 밤에 오줌 싸서 소금 받으러 간 거."

해란이 입을 가리고 웃는다.

"안 그래도 식전에 소금 받으러 우리 집에 왔더라. 어디 가서 그런 말 마라. 영숙이 아부지 알았다간 난리 난다."

마을에서 영숙이네를 빼곤 모두 간신히 입에 풀칠만 하는 형편이다. 또 영숙이네 집에서 빚을 지지 않은 사람도 없다. 영숙이네가 그렇게 살 수 있었던 건 할아버지인 봉수가 벌목 허가권으로 많은 돈을 벌었기 때문이다. 영숙이 아버지 상도는 베트남 전쟁 당시 승리 부대의 일원으로 전쟁에 참전한 참전 용사이다. 그런 상도를 어른들은 돈 때문에 어려워했고, 아이들은 얼룩무늬 군복을 입고 다니며 거친 말을 해서 무서워했다.

상도의 영웅담은 끝이 없었다. 자신이 몸담았던 승리 부대가 나타나기만 하면 노란색 담요를 내걸며 이웃 주민들에게 알릴 정도로 무서운 부대였다는 말도 빠뜨리지 않았다. 열 명이 한꺼번에 덤벼도 이기지 못한다고도 했고, 죽은 사람의 배를 갈라 피를 마시기도 했다며 의기양양하기도 했다. 상도에게 있어 적은 무조건 빨갱이였다.

송이와 동갑인 영숙인 고등학생이다. 밑으로 영희가 있고 그 밑엔 영민이 있는데 절름발이다. 그럼에도 영민인 친구들 사이에서 대장이었다. 힘이 세거나 공부를 잘해서가 아닌 돈이 제일 많은 집의 아이라는 것이 이유였다.

마을 어귀 갈림길에서 송이가 발걸음을 멈추며 선다. 조잘대는 아이들을 보며 골 사이의 오솔길을 향해 고개 돌리는 송이, 초록일 기다린다. 계곡을 따라 길게 자리한 마을엔 그리 높지 않은 산이 하나 있고 양쪽으로 난 길이 하나로 만나는 그곳의 이름은 앞나들이다. 아래쪽 사람들이 이용하는 길과는 달리 논두렁과 개울 옆으로 이어진 길, 그래도 아래쪽으로 돌아가는 것보단 훨씬 빠른 길이다. 그 길을 이용하는 사람은 많지가 않다. 대부분의 사람이 아래쪽에 살고 있고, 위쪽에 사는 사람이라곤 몇 해 전 이사 간 개똥이네를 빼곤 초록이네가 전부다.

아이들의 조잘댐이 퍼지는 아침, 햇살 받아 반짝이는 이슬, 이슬 맺힌 오솔길을 걸어오는 아이가 있다. 보자기를 둘러매고 나뭇가지로 이슬 털며 걸어오는 아이, 빨갱이라 놀림 받는 초록이다.

초록이네 집엔 한 마지기의 논과 집 옆 텃밭 하나가 있다. 그 전엔 놀고 있는 땅에 고추나 콩, 옥수수 등을 심기도 했지만 이젠 농사 대신 약초를 캐다 팔며 살고 있다. 국군이 올라가고 동네 사람들이 몰려와 남편을 끌어내어 몽둥이로 때려죽이던 일을 초록의 할머니 미자는 잊은 적이 없다. 묻기에 대답했을 뿐이라며 손을 모아 빌던 남편, 열 살이 되지 않던 아들의 눈을 손으로 가리고 귀를 막았다. 하지만 고통에 내지르는 남편의 비명은 어린 아들의 귀에 고스란히 전해졌다. 성품이 여리고 건강이 좋지 못했던 아이, 빨갱이 새끼라며 놀림 받으며 자랐던 아이는 어렵게 아내를 맞았지만 채 일 년도 살지 못하고 세상을 등졌다. 스물여덟의 나이로 군대에 갔던 상도가 휴가를 나와 월남에 가게 되었다며 고래고래 소릴 지른 해 여름이었다. 상도는 아홉 살 영숙을 데리고 찾아와선 이 집이 빨갱이 집이라고, 빨갱이는 사람이 아니라고, 월남 가서 빨갱이란 빨갱이는 다 때려죽이고 올 거라며 소란을 피워댔다. 심지어 마당에 차려진 초록 아버지의 제사상을 군홧발로 차 만삭이었던 초록 엄마 희숙이 떨어진 음식을 주웠다. 그 모습을 본 송이 아버지 재문은 다음 날 일찍 시신을 지게에 지고 한 시간 거리의 산에 묻어주었다.

장례식에 참석했던 사람들은 봉수로부터 한동안 미움을 받아야 했다. 같은 날 태어난 초록과는 달리 다리가 휜 채로 태어난 자신의 손자가 평생 불구의 몸으로 살아야 함을 알게 되었을 땐 발정난 수캐마냥 길길이 날뛰었다. 빨갱이네를 도운 저주 때문에 그렇게 된 것이라고 봉수는 여겼다. 상도도 마찬가지였다. 이유도 없이 초록을 때렸고 어디까지 뛰어갔다 오라며 군대에서나 행해지던 기합을 주기도 했다.

그런 초록이 혼자 시간을 보내는 곳이 있다. 집에서 마을 어귀로 이어지는 길옆에 있는 곳으로, 개똥이네가 사용하던 헛간이다. 초록이 그곳을 자주 찾는 까닭은 해가 잘 드는 곳이라는 것과 찰흙이 바로 옆에 있다는 것 때문이었다. 그런 흙은 아무 데나 나는 게 아니었다. 동네 아이들도 과제물로 찰흙을 구해야 할 땐 그곳을 찾았는데 초록과는 달리 모두 무서워했다. 바로 앞 언덕에서 연애 각시라 불리던 동네 아주머니가 칼에 찔려 피 흘리며 죽었다는 소문 때문이었다.

그해 8월에 판문점에서 도끼 만행 사건이 일어났다. 미루나무 하나가 남한 초소에서 관측이 어려울 정도로 가지가 뻗어 미군과 함께 가지를 자르는 중 작업 중단을 요구한 북한 병사들이 작업을 강행하는 남한 측 병사들을 향해 도끼와 몽둥이를 휘두른 사건이었다. 이 사건으로 미군 두 명이 사망하고 아홉 명이 부상을 입었다. 사건 이후 미국은 항공 모함과 구축함 등을 동해에 배치시켰고 미루나무는 완전히 절단되었다.

그 사건은 산골 마을에도 전해졌다. 학교에선 반공 포스터를 그리게 하고 반공 시를 쓰게 했다. 북에서 날려 보낸 선전물들이 유난히 많아 아이들은 그것을 주워 학교에 가지고 갔다. 6·25를 겪은 어른들은 북한의 그런 태도와 사건들을 볼 때마다 북한은 적이라는 생각이 점점 더 확고해지고 있었다. 전쟁이 일어날 수도 있다, 우리가 살기 위해선 현재의 대통령밖에 없다는 식의 생각마저 뇌리 깊숙이 파고들고 있었다.

새마을 운동을 통해 지붕이 바뀌고 길이 바뀌었다. 그리고 군 소재지나 면 소재지 가까운 마을부터 전기가 들어오기 시작했다. 전기가 들어오면 제일 먼저 바뀌는 것이 백열전구를 이용한 불빛이었다. 또 전기로 인해 TV와 밥솥을 사게 될 것이다. 파전 하나를 구우려 해도 불을 지펴 숯불을 만들어야 했지만 이젠 전기만 꽂으면 바로 요리할 수 있는 제품이 나올 것이고 선풍기와 냉장고도 등장하게 될 것이다. 그런 혜택을 맛본 사람들은 다시 20년 전으로 돌아가 끼니 때울 일을 걱정하며 살기를 원하지 않는다. 비료와 비닐의 보급으로 농작물 수확도 늘고 민주주의라고 알고 있는 자본 사회는 그렇게 모든 것을 풍족하게 해주는 것이라고 생각했다. 동전의 양면처럼 풍요가 가지고 오는 폐단을 그때는 누구도 인식지 못했다.

송이에겐 삼수 중인 오빠 민석이 있다. 민석이 고등학교에 입학하며 인근 도회지로 나가게 되었을 때 열두 살이던 송이가 함께 나가 밥을 해준 적이 있었다. 오빠의 다려놓은 교복이 멋있고 학교 다니는 또래 아이들이 부러웠다. 하지만 송이는 학교에 다닐 수 없었다. 중풍에 걸려 누워만 지내시던 할아버지가 계시고, 영민네로부터 진 빚 때문에 허리 휘도록 일을 해도 아들놈 하나 공부시키는 것조차 힘든 것이 송이네 형편이었다.

상을 받는 초록을 보며 송이는 초록의 엄마 희숙을 떠올린다. 희숙은 울진 사람으로 미자의 먼 친척 되는 사람이 소개해 단하리로 오게 되었다. 희숙은 일하고 밥하고 겨울이면 산기슭을 다니며 나무를 했다. 고단해도 견딜 수 있었던 건 유약했지만 마음 따뜻했던 남편이 있었기 때문인데, 남편은 결혼한 지 몇 달 지나지 않아 세상을 떠났다. 평소 송이를 예뻐하던 희숙이 방울 달린 머리끈 하나를 쥐여주며 송이에게 말했다.

"이거 내가 주는 거다."

희숙은 미소를 지어보였고, 송이는 희숙과 머리끈을 번갈아 보았다.

"배 속에 든 아이 아부지를 산에 묻을 때 너그 아부지 아니었으면 어떻게 할 뻔 했노? 항상 고마운 기라. 근데 해줄 수 있는 게 없다. 고기라도 한 근 사드리고 싶어도 살 수가 있어야제. 그래서 니 생각나서 하나 샀다."

잠시 송이를 바라보던 희숙이 다시 말했다.

"나는 무식해서 사람 사는 이치는 모른다. 그러나 내가 아는 건 받은 고마움은 잊어선 안 된다는 거다. 그리고 송이야, 아 태어나믄 누가 야를 돌보겠노? 니가 잘 해줬으면 좋겠다. 친동생이라 생각하고 잘 돌봐줬으면 좋겠다. 송이는 착해서 좋은 누나가 되어줄 거라 믿는다."

희숙은 보름 정도 지나서 아이를 낳았다. 몇 시간이 지나도 아이가 나올 기미가 보이지 않자 불안해진 미자가 송이의 집으로 내려가 옥련을 찾았는데 옥련은 재문과 함께 영숙이네 집에 간 후였다. 미자는 자신의 며느리가 지금 아이를 낳으려고 하는데 못 낳고 있어 아이를 많이 받아본 옥련을 데리러 왔다고 했다. 하지만 옥련은 이미 영민이를 받고 있는 중이었다. 옥련을 따라와 대문 밖에 있던 재문이 마당으로 들어서며 미자를 향해 말했다.

"아지매, 가입시더. 제가 물이라도 끓여드릴 테니."

그리고는 미자를 따라온 송이를 보며 다시 말했다.

"송이는 집에 가 있다가 엄마 오거든 빨리 오라고 하고."

마루에 선 봉수가 빨갱이네 집 아이 낳는데 어떻게 가냐고 말했지만 재문은 사람부터 살리는 게 먼저 아니냐고 되받았다. 그렇게 한참이 지나 송이가 옥련과 함께 올라갔을 때 이미 희숙은 아이를 낳은 후였다. 그리고 그날 초록이네 집 부엌에서 옥련의 목소리가 들려왔다.

"영숙이 동생 머슴안데 다리 병신이니더."

마을은 쥐죽은 듯 조용했다. 몇 번 봉수가 재문을 찾아와 빨갱이 새끼의 저주 때문에 자기 집 아이가 그렇게 태어났다며 도운 사람도 빨갱이라며 펄펄 뛰어댔다. 그렇게 빨갱이 새끼를 낳았다는 희숙이 일주일 후 미자를 통해 송이를 찾고 있었다.

"새아가 죽을라 하네. 오소리가 좋다 해서 먹였더니 숨을 못 쉬고 있네. 송이를 불러 달라는데 도와주게나."

미자가 재문을 향해 한 부탁이었다. 재문이 송이를 들쳐업고 뛰어올랐다. 방에 들어섰을 때 희숙은 힘겹게 숨만 쉬고 있었는데 핏덩이 아이, 초록을 안고 송이를 향해 한 손을 내밀고 있었다. 손을 잡는 송이의 손에 반지 하나를 쥐여주며 엷은 미소를 짓던 희숙, 힘겹게 아주 힘겹게 송이를 불렀다.

희숙의 장례는 치르지도 못했다. 남편처럼 재문에 의해 다음 날 아침 그 곁에 묻혔을 뿐이었다.

"초록아!"

헛간 밖에서 송이가 부르고 있다. 찬바람이 불어대는 시월, 초록인 공휴일이 되면 헛간을 자주 찾았다. 겨울용 점퍼를 입고는 헛간 한편에서 찰흙을 이용해 여러 가지를 만들곤 했는데, 제일 즐겨 만드는 건 한복 입은 여자였다. 물동이를 이고 있는 모습에서 아이를 안고 있는 모습, 때론 빨래하는 모습까지 대부분이 그러한 것들이었다. 송이가 초록일 부르던 그 날도 손을 호호 불어가며 또 다른 무언가를 만들고 있는 중이었다. 헛간 문을 열며 송이가 들어섰다.

"안 춥나?"

"어."

"좀 있다가 만들고 누나랑 손 씻으러 가자."

송이는 초록을 데리고 개울로 가서 손을 씻어주었다. 묻은 찰흙이 사라지자 빨갛게 변한 손이 드러났다.

"이래 손이 곱았는데 뭐가 괜찮노?"

"아이다, 진짜 괜찮다."

"니 동상 걸리면 어떻게 되는지 아나? 손가락 잘라야 된다. 아나?"

헛간으로 들어온 송이가 초록의 손을 꼭 쥐고는 입으로 호호 불어준다.

"만드는 것도 좋은데 잘못하면 감기 든다. 아프면 학교도 못 가고…… 아나?"

초록인 송이의 따뜻한 손이 좋다. 만들 땐 몰랐는데 송이가 손을 녹여주자 갑자기 한기가 느껴졌다.

"누나가 손 녹여주니까 이제 추워진다."

"봐라, 이래 추운 날 여서 혼자 있으니까 그렇제. 이리 와라. 누나가 안아줄게."

송이는 헛간 벽에 몸을 기대고 앉아 언제나처럼 초록일 다리 사이에 앉히고는 뒤에서 감싸 안는다. 그러면서도 두 손은 계속 만져 댄다.

"이제 두 달만 있으면 방학이네."

"방학? 방학하면 뭐 하고 놀지?"

"뭐하긴! 고구마도 구워 먹고 얼음놀이도 하지."

"누구랑?"

"나 있잖아. 나랑 놀면 되지."

"얼음 타고?"

"음…… 이번 방학 땐 참새 잡아 볼까?"

초록이 신기한 듯 고개를 돌리며 말한다.

"누나가 참새도 잡을 줄 아나?"

"그럼 알고말고! 눈 왔을 때 먹이를 조금 놓아두고 그 위에 망태기를 씌워서는 막대기를 받쳐놓는 기라. 그라고 막대기랑 줄을 연결해서 기다리면 된다."

"새가 들어가면 확 당기고?"

하지만 초록인 뭔가 걱정되는 표정이다.

"와?"

"근데 참새를 잡으면 그다음은 어떻게 하노?"

송이도 그 생각에 이르자 걱정이 된다.

"맞네. 그냥 먹어뿔까?"

"누가 죽이는데?"

"아부지한테 잡아 달라 그러지 뭐."

"치! 혼만 날 끼다. 쓸데없는 짓 한다고."

"그럼 잡기만 하고 살려줄까?"

그 말을 들은 초록이 키득하고 웃는다.

"와 웃노?"

송이가 앞으로 고갤 내밀며 초록에게 묻는다.

"그럴 줄 알았다. 누난 닭 잡는 것도 못 봐서 방으로 도망간다 아이가. 근데 참새를 잡아먹는다고?"

그 말에 송이도 웃는다.

"하긴 그것도 그렇다."

보자기에 싸서 가지고 온 주먹밥을 꺼내며 송이가 쥐여준다. 아직 온기가 남은 밥, 맛보지 않아도 아는 밥이다.

"같이 먹자."

하지만 송이는 나눠주는 밥을 받지 않는다.

"나는 많이 먹었다. 니 먹으라고 갖고 온 거다. 먹으면 추운 것도 덜할 끼다."

"지금도 안 춥다. 그래도 혼자 먹을 순 없다. 쪼매라도 먹어라."

그러자 송이는 초록이 내민 주먹밥 반의 귀퉁이를 조금 뜯으며 보여준다.

"됐제? 어여 먹어라. 식기 전에."

송이는 종종 헛간을 찾아와 초록과 놀아주곤 했다. 또 먹을 것도 종종 챙겨주었는데 제사가 있을 땐 시골에선 맛보기 힘든 떡과 고등어를 가져오기도 했다. 고등어는 일 년 가야 기껏 서너 번 구경하는 것이다. 제사 때는 닭도 삶지만, 다음날 동네 사람들을 대접해야 했기에 맛보는 것조차 쉽지가 않았는데, 재문 앞으로 건져주는 다리 하나를 재문이 살을 발라 송이의 국그릇에 덜어주곤 했다. 그 닭고기를 먹지 않고 가져와 초록에게 주던 송이, 주먹밥을 먹는 초록을 보며 말한다.

"좀 있으면 영민이랑 다른 아들도 니 안 괴롭힐 거다. 아직 어려서 그렇지, 좀만 더 크면 안 달라지겠나."

"난 가들이 안 밉다. 그냥 빨갱이라고만 안 했으면 좋겠다. 머리에 뿔 나고 얼굴 빨간 사람이 빨갱이잖나. 근데 나는 아니다 아이가. 그러니까 난 빨갱이가 아닌 기라."

초록이 걷고 뛰기 시작하는 모습을 송이는 보아왔다. 어떤 때는 미자 옆에서 메뚜기를 잡으며 놀기도 했는데 송이가 보이기라도 하면 한달음에 뛰어와 팔 벌리며 안겨대었다.

"냄새가 나. 누나한테서 좋은 냄새가 나."

다음날 마을에선 봉수의 칠순 잔치가 열렸다. 아침부터 돼지를 잡고 음식 준비를 하느라 동네 사람들 모두 거기에 가 있었다. 면 소재지 방앗간에서는 주문해놓은 떡을 지고 왔고 이웃 마을 사람들까지 모두 모여들었다. 단하리에서 돼지를 잡는 건 10년 만의 일이었다. 환갑잔치 이후 첨이라 마을 사람들 모두 좋은 구경거리에 마음이 들떠 있었다. 그날은 월요일이었지만 다음날인 화요일이 개천절이라 학교에선 휴교 조치를 해주었다. 가을걷이를 도우라는 취지였지만 봉수의 칠순을 맞아 그날만큼은 어른도 아이들도 일

손을 놓고 잔칫집의 여유로움을 맛보는 중이었다.

제일 큰 관심사는 뭐니 뭐니 해도 돼지 잡는 것이었다. 끌고 온 암 돼지가 어찌나 크고 힘이 센지 어른 네 명에서도 당해내기 힘들 정 도였다. 꼬리를 잡고 귀를 잡고 다리를 잡고 힘겹게 한쪽으로 옮겨 놓고선 앞뒤 다리를 하나로 꽁꽁 묶었다. 돼지는 숨넘어갈 듯 울어 댔고 눕혀진 돼지의 다리 사이엔 긴 막대기 두 개가 대각선으로 들 어와 꼼짝 못 하게 했다. 이제 멱을 따서 죽일 차례, 아이들이 어 머니 치맛자락으로 숨어들었다. 돼지 멱을 따는 건 역시 상도의 몫 이었다. 상도는 부엌에서 가지고 온 칼을 숫돌 위에서 갈고선 돼지 의 목을 향해 갖다 대었다. 하지만 그의 손은 잠시 머뭇대었다. 그 러나 명성을 날렸다는 승리 부대 출신 아니던가. 사람들을 의식하 며 목을 찔렀지만 숨통을 끊기에 깊이가 얕았다. 돼지는 더 비명 을 질러댔고 몸부림치는 돼지를 보며 웃음소리가 터졌다. 웃음소리 에 자존심이 상한 걸까. 칼을 쥔 상도의 손에 힘이 들어가더니 심 장을 향해 깊이 칼이 박히었다. 돼지는 움직임을 멈추었고, 죽은 돼지의 몸은 껍질부터 내장까지 버리는 것 없이 손질되었다. 껍질 은 불 위에서 구워졌고 살코기는 부위별로 용도에 맞게 나눠졌다.

돼지만이 아니었다. 닭도 여러 마리 잡았고 고등어며 임연수어 같은 생선에서부터 산골 마을에선 보기 힘든 문어까지 있었다. 긴 다리에 단추처럼 생긴 빨판이 가득한 문어의 몸이 아이들은 신기 하기만 했다. 화려한 색상의 약과와 과일, 첨 보는 반찬들……. 하 나같이 모두 밥때만 기다리고 있었다. 송이는 그날 영민의 집에서 해란과 함께 종일 일손을 거들어야 했다.

어두워 오는 방 안에서 호롱불 하나가 광창에서 타고 있다. 미자는 바느질을 하고 초록인 자리에 누워 생각에 빠져 있다. 초록이 생각하는 건 새를 잡으면 어떻게 할 것인가에 관한 것이었다. 참새고기가 맛있다고는 하지만 살아있는 참새를 죽이자니 자신이 없고 먹는다는 것도 마찬가지였다. 먹지도 못할 걸 덫을 놓아 잡으면 무엇할까? 하지만 송이와 함께하는 일이라면 재미난 일은 될 것 같았다. 분명 만지지도 못할 송이, 그러면서도 귀엽다고는 할 사람, 초록의 입가로 미소가 번지었다.

"할매요!"

미자가 바느질을 멈추며 문을 바라본다. 초록이 자리에서 벌떡 일어나며 방문을 열자 송이가 마당에 있다.

"엄니가 가져다드리라 했니더. 드시라구요."

송이가 쟁반에 음식을 담아 싸가지고 온 것이었다. 돼지 고깃국과 닭 다리 하나, 고등어 반 토막에 하얀 쌀밥과 나물, 떡과 구운 돼지고기까지 담겨 있었다. 초록의 입에서 탄성이 새 나왔다.

"와! 할매, 이게 전부 뭐니껴?"

좋아하는 초록과는 달리 미자의 눈은 송이를 향한다.

"이런 걸 와 가지고 오노? 들키면 어쩔라고."

하지만 송이는 걱정 말라는 듯 고갯짓했다.

"염려하지 마이소. 엄니와 저밖에 모르니더."

미자의 눈에 초록일 챙겨주는 송이가 보인다. 하나하나 집어 초록에게 주며 먹으라는 송이와 그 아이 손가락에 끼워져 있는 반지가 호롱불 빛에 반짝인다.

밤새 초록인 화장실을 들락거렸다. 오랜만에 먹은 기름진 음식 탓에 배탈이 난 것이었다. 아침에 할머니가 끓여준 된장찌개에 보리밥을 말아 먹고 나서야 겨우 속이 괜찮아지는 듯했다. 그날은 헛간에 가지 않고 집 앞 계곡에 가서 뱃놀이를 할 생각이었다. 초록이 하는 뱃놀이란 나뭇잎을 물 위에 띄워 놓고 가는 모습을 보는 것이었다. 운이 좋으면 걸리는 것 없이 한 번에 내려가기도 하지만 아닐 경우에는 가 쪽으로 밀려가 움직이지 못하게 되기도 했다. 혼자 할 때나 둘이 할 때나 재미난 놀이였다. 송이와 할 때는 이기든 지든 놀이가 끝나고 나면 항상 송이가 업고는 옛날이야기를 해주었다. 송이가 들려주는 이야기는 늘 이런 것이었다.

"옛날에 옛날에 할아버지와 할머니가 살았는데……."

송이의 이야기에 나오는 사람은 한 사람이 분명했다.

계곡물에 띄워 놓은 나뭇잎 하나가 물살을 타고 순조롭게 내려가는 걸 보며 초록은 생각한다. 잘하면 안 걸리고 개구리 바위까지 갈 수 있겠다고……. 개구리 바위는 아랫마을 부근에 있는 제법 큰 바위다. 바위 앞으로 웅덩이가 있는데 거기에 개구리가 많아 옛날부터 개구리 바위라고 불렀다. 얼음이 얼기 시작할 무렵의 개구리는 마을 사람들의 좋은 간식거리였다. 또한 교사들에게도 인기가 좋아 공책 몇 권 주며 아이들에게 잡아 오길 유도하기도 했다. 아이들에게도 개구리는 맛있는 간식이었다. 집에서 가지고 온 성냥으로 강가에 불을 지핀 후 잡은 개구리를 구워 먹는 맛이란 고소하기가 이를 데가 없었다. 한겨울을 빼곤 뱀을 잡기도 했다. 뱀 역시 공책과 맞교환 목적도 있었지만 그보단 뱀장수에게 팔아

과자를 사 먹는 것이 더 컸다. 하지만 뱀을 잡는 건 그리 쉬운 게 아니었다. 용기 있는 아인 뱀이 나타나면 발로 먼저 밟았지만 대부분의 아이들은 나무 막대기를 찾다가 놓치기 일쑤였다. 걔 중엔 영웅심으로 손으로 바로 잡으려다가 독사에 물려 열흘 동안 잔디와 밤나무 껍질 삶은 물에 손을 담그고 있어야 했던 아이도 있었다. 그보단 덜 하지만 억울할 만한 아이도 자주 나왔다. 잡은 독사를 싸리나무 껍질로 묶어 뱀집을 향해 가다가 바로 코앞에 두고 축 늘어진 뱀을 보는 것이었다. 뱀집은 이웃 마을에 있었다. 할아버지 내외가 뱀을 사들였는데 눈이 어두운 할머니가 있을 땐 독사를 가지고 까치독사라 하며 돈을 더 받아내는 아이도 있었다. 그리고 뱀이 뱀을 먹고 있는 상태의 것을 가지고 오면 더 많은 돈을 준다는 소리에 어떤 아이는 독사와 꽃뱀을 통 안에 넣고 독사가 꽃뱀을 잡아먹을 때까지 기다리기도 했다. 어쨌든 나중에 들은 이야기로는 엄청 고생하며 뱀집 할아버지가 죽었다는 것이었다.

그 집 말고도 그 마을엔 뱀을 사는 사람이 한 사람 더 있었다. 앞을 보지 못하는 맹인이었지만 주는 돈에는 틀림이 없었다. 하지만 장마가 길게 이어지던 어느 날 나무다리 밑에서 그는 농약을 마시곤 스스로 세상을 떠났다. 파는 쪽에선 꽃뱀을 독사라 했고 사는 쪽에선 독사를 꽃뱀이라 했으니 그 심정이 어땠을까. 그런데 비극은 거기에서 끝이 아니었다. 그가 죽고 얼마 지나지 않아 누나마저 세상을 떠났는데 위암의 고통 앞에 살려달라며 소리치던 소리가 마을을 울렸다.

이웃 마을을 지나 전기가 들어오고 있었다. 땅이 얼기 전에 끝날 거라던 말이 착오 없이 진행되어 단하리에까지 도착하게 된 것이었다. 전신주를 세우기 위해 깊은 구덩이를 파댔다. 그리고 구덩이로 전신주의 하단을 넣고선 긴 줄을 연결해 밀고 당기며 전신주를 세워 갔다. 피복이 벗겨지며 드러나는 구리의 반짝거림이 고드름처럼 눈부셨다. 그렇게 전선이 집으로 연결되던 날 처마 끝 백열전등에서 달빛보다 밝은 불빛이 어둠을 밝혔다.

"이게 두꺼비집이라는 건데 전기가 나가면 이걸 위로 올리면 되는 기라. 알겠제? 하지만 요기 구리에 손이 다이면 죽는기라."

혹여나 어른들이 잊을까 아이들에게도 알려주던 똑같은 당부였다. 집집마다 들어선 전기는 방마다 백열등을 하나씩 설치케 했고 얼마 지나지 않아 TV라는 것이 영민이네 집 사랑방에 놓이게 되었다. 네 개의 다리가 있고 미닫이문이 달린 흑백 TV. 그 때문일까, 방학이 코앞에 있어도 강물이 얼어가도 아이들의 관심사는 온통 드라마 〈전우〉였다. 주제가를 외운 아이들이 노래를 불렀다. 〈지금 평양에선〉, 〈3840 유격대〉 같은 반공성 드라마가 많이 방영되었지만 〈전우〉의 인기에는 미치지 못했다. 영민이네 집 마당에서 보던 사람들이 TV의 중독성에 빠지게 됐고, 중독의 늪은 생존과 맞먹는 고민을 불러왔다. 자식 공부시키기도 빠듯한 사람들이 하나둘 TV를 사기 시작했고, 사들인 TV는 생활 방식뿐만이 아닌 깊이 잠재해있던 의식의 한 부분까지 바꿔놓고 있었다.

군 출신들이 혁명이라는 명분으로 정권을 잡은 후 국민의 신뢰를 쌓고 유지해가기에 반공만 한 것은 없었다. 잘살지 못하고 배운 것 없던 시절, 동지가 아니면 적이고 선이 아니면 악이라는 식의 이분법적 잣대로 사상 교육을 시켰다. 아이들은 드라마 전우의 장면을 흉내 내며 북한을 몰아내야 한다며 목소리를 높였다.

"이 빨갱이 새끼! 내 총을 받아라! 빵! 빵! 빵!"

방학을 며칠 앞둔 그 날도 아이들은 나무 막대기를 들고 얼음 위에서 전쟁놀이를 했다. 마치 드라마 속의 주인공이 되기라도 하듯 표정마저 비장하다.

"난 이담에 크면 반드시 군인이 될 끼다."

"나는 대장이 될 거다. 별 네 개 말이다."

그러자 한 아이가 자기도 별 네 개의 대장이 될 거라며 목소리를 높인다. 하지만 초록인 얼음 밑 물고기가 신기할 따름이다. 그런 초록일 보며 영민이 아이들을 불러 모은다. 그리고는 귓속말로 뭔가를 말하는데 그 모습을 보며 송이와 해란이 떨어진 돌 위에 앉아 근심어린 이야길 나누고 있다.

"민석이 오빠, 대학 붙었다매?"

"근데 그게 또 걱정인 기라."

"와?"

"등록금이 말이다. 산지 한 마리 값이라 안하나. 아부지 걱정이 지금 이만저만한 게 아닌 기라."

"산지 한 마리 값? 그래 비싸다나?"

"그래! 근데 더 큰 문제는 우리 집 소가 아직 산지를 낳을 때가 안 된 기라. 사글세방도 얻어야지, 책값에 생활비……. 이게 말이다. 학교가, 학교가 아닌 기라. 대학교 나와 취직해도 아주 큰 회사 아니고는 월급이 일이십만 원밖에 더 하나.”

해란도 걱정스러운 듯 강을 바라본다.

“그러게 말이다. 차라리 너그 오빠도 공고를 갈 걸 그랬나 보다. 들어보니까 대통령이 직접 세웠다고 하는 공고는 공부도 잘해야 들어가고 졸업하면 바로 취직도 된다더라.”

“그게 어디 오빠 성에 차야제. 오빠 무조건 대학을 나와야 하는 기라. 입학금만 대주면 나머진 자기가 알아서 한다고 하는데 그게 쉬워야제. 겨우 생활비 정도나 벌겠제.”

“대학에도 전공이 있다고 하던데 너그 오빠 뭐고?”

“철학과라네.”

“철학과! 그게 뭐고?”

“나도 모른다. 그냥 오빠 말로는 인생은 무엇인가 하는 것을 생각하고 알아가는 거라는데 알 수 없다.”

“참 희한한 과도 있다.”

송이가 해란을 보며 생각난 듯 묻는다.

“너그 오빠야 우예 됐노? 큰오빠.”

“우리 오빠 떨어졌다. 재수한단다. 잘못하면 작은오빠랑 한 번에 가는 거 아닌지 모르겠다.”

“맞다, 한 살 터울이제. 그래도 너그 집은 우리 집보단 쪼매 낫지 않나?”

해란이 눈을 부라렸다.

“기집애! 낫긴 뭐가 낫노? 그놈이 그놈이지!”

해란이 눈을 치켜뜨며 뭔가 말하려는 순간 얼음 깨지는 소리와 함께 놀란 아이들의 목소리가 들려왔다. 첨 놀던 장소가 아닌 초록이 있던 부근, 강가에서 놀던 여자애들의 놀란 목소리가 이어지고 물에 빠진 사내아이 몇은 울음을 터뜨렸다. 무릎이 살짝 잠길 정도의 깊이였지만 깨진 얼음 조각에 미끄러지며 넘어진 아이들은 어떻게든 밖으로 나오려 애를 쓰고 있었다.

"에구! 얼마나 춥노?"

뛰어간 해란이 아이들의 손을 잡으며 끌어당긴다. 불 피울 성냥도 갈아입을 옷도 없는 상황, 아이들의 행동에 속상한 해란이다.

"뭐 하다가 이래 됐노? 얼음 갈라지는 소리 안 들리더나!"

추워서일까, 억울해서일까, 아이 하나가 눈물 흘리며 영민을 가리켰다.

"대장이 초록이 물에 빠뜨리자고 했단 말이다."

고자질한 아인 얼마 전 TV를 샀다고 자랑하던 창민이다. 또래 중에서 제일 작고 힘없어 심부름을 도맡던 아이. 창민이 가리킨 영민인 아직 나오지 못하고 있다. 미끄러운 얼음과 놀란 가슴, 거기에 한쪽 다리가 절름발이라 뒤처지는 것이었다. 함께 물에 빠졌던 아이들은 놀란 가슴과 추위 앞에 영민의 존재를 생각지도 못했다. 송이는 아이들에게 빨리 집으로 뛰어가라고 했다. 그리고 영민을 향해 몸을 돌리는 순간 강가에서 손 내밀고 있는 해란 옆으로 바지 걷고 들어가는 초록이 보였다. 영민의 팔을 잡는 아이, 한 번 팔을 빼려는 시늉을 했지만 이내 초록이 이끄는 대로 강가로 올라섰다. 영민인 사시나무 떨듯 몸을 떨고 있었다. 송이가 급히 겉옷을 벗어 물을 닦아주며 해란을 향해 말했다.

"얼른 집에 데리고 가라."

영민은 아무 말도 못 한 채 금방이라도 울음이 터질 듯한 표정으로 서 있을 뿐이었다. 해란이 자신의 옷을 벗어 입히고는 등에 들쳐업고 뛰기 시작했다. 업혀 있는 영민이 고개 돌리며 송이를 본다. 동생 영희가 곁에서 함께 뛰고 나머지 아이들도 해란을 따라 집을 향한다. 송이는 무릎을 굽혀 앉으며 다리가 빨갛게 변한 초록일 본다.

"안 춥나?"

초록이 고갤 끄덕인다.

"괜찮다."

"와 그랬노? 해란이가 해주었을 텐데."

"모르겠다. 그냥 못 나오고 있는 거 보니까……. 근데 춥긴 조금 춥다."

해란이 허겁지겁 뛰어와 영민을 내려놓자 그때서야 울음을 터뜨리는 영민을 보며 상도가 소릴 질렀다.

"이놈 새끼가 어디서 울고 있노? 썩 안 그치나!"

상도는 스스로도 그가 마을 사람들과 정을 나누며 살고 있지 못한다는 것을 알고 있었다. 하지만 눈에 띄게 나쁜 짓을 하는 것도 아니라고 생각했다. 그저 자신이 맞는다고 생각하는 대로 말하고 행동할 뿐이라는 생각에 다다르자 "캬!" 하고 침을 입에 모아서는 담장 너머로 뱉어버린다.

그의 머릿속에 영민이 나이 무렵의 일들이 떠오른다. 마을로 들이닥친 인민군들이 아래 두 집으로 들어서서는 국군이 있는 집이라는 이유로 살던 가족 모두를 총으로 쏴 죽이고 불을 질렀었다. 그리고는 다음 날 국군이 올라올 때까지 마을에서 키우던 소를 잡고 밥을 해오라며 마을 사람들을 협박하기도 했다. 반동분자는 이렇게 된다며 눈 하나 깜짝이지 않고 아이들까지 죽이던 인민군들은 사람이 아닌 괴물이었다. 마을 사람들의 공포는 극에 달했다. 공포만큼이나 분노 역시 극에 달했다. 수십 년을 함께한 사람과 웃어대던 그들의 아이들까지 죽이고 불태우는 모습을 눈앞에서 보았기 때문이었다. 아버지의 등으로 어머니의 품으로 숨어 보았지만 부모들은 아이들을 안고 고개만 흔들 뿐 지켜주지 못했다. 그 모습을 보며 사람들은 살기 위해 밥을 나르고 고기를 굽고 '인민군 만세', '조선민주주의인민공화국 만세'를 외쳤다.

다음날 새벽 척후병의 보고를 받은 국군이 기습 공격하며 인민군들이 머물던 집에 총을 쏘고 수류탄을 던졌다. 뛰어나오던 인민군들은 벌집이 되었고 한 명의 도망자도 없이 국군의 손에 모두 죽었다. 상도는 빨갱이를 잡는 국군이 되고 싶었다.

영민의 눈에 얼음물 속으로 빠뜨리려는 초록이 보인다. 아이들은 모두 웃고만 있을 뿐 누구 하나 도와주지 않는다.

"살려줘! 잘못했어, 살려줘!"

하지만 초록인 조소를 보내며 물속으로 자꾸 머리를 밀어 넣기만 한다.

다시 영민이 드라마 전우의 주인공이 되었다. 아이들은 모두 부하가 되어 명령에 충성한다. 숨은 적군의 모습이 한눈에 내려다보이는 언덕에서 영민이 생각한다.

'하나마나한 싸움이야.'

적군의 대장이 항복기를 들고 일어선다. 대장이 초록이다.

분단 후 북한은 끊임없이 무장 공비를 내려보냈다. 1968년 1월 21일에는 대통령을 죽이겠다며 내려보낸 무장 공비가 청와대 부근까지 갔고, 1월 23에는 미국의 정보함인 푸에블로함을 납치하기도 했다. 그해 10월 30일에서 11월 1일에는 8개 조로 나눠진 무장 공비 일당이 울진 고포 해수욕장에 상륙해 침투하기도 했다. 그들은 인민 유격대에 가입할 것을 강요하기도 했고 그 과정에서 사람을 대검으로 찔러 죽이기도 했다. 삼척의 하장면에선 노인과 며느리, 손자가 죽임을 당했고, 평창에선 열 살의 소년이 처참하게 죽기도 했다.

사람들에게 북한은 점점 이질감이 느껴지는 나라로 변해갔고, 국가는 그것을 철저히 이용했다. 어릴 때부터 이어진 반공 교육은 좌우의 개념을 넘어 생각의 자유, 표현의 자유에까지 파고들어 대립하고 충돌하게 하는, 전혀 예상치 못한 새로운 딜레마에 빠져들게도 했다.

3일 동안 누워있던 영민에게 아이들은 찾아오지 않았다. 자기 집에 오지 않고도 어제 있었던 전우 드라마를 얘기하는 아이들이

싫고, TV를 사자마자 자기를 향한 아이들의 마음이 조금씩 멀어
진다는 것도 기분 나빴다. TV 값이 열 배, 스무 배 더 오르든가
뭔가 새로운 방법을 찾아야 했다.

이틀만 있으면 방학이다. 영희의 손을 잡고 집을 나서는 영민을
상도가 보고 있다. 한쪽 다리가 짧아 절뚝거리며 걷는 아이, 아니
영민의 다리는 휜 것이 문제이지 길이 차이가 아니다. 하지만 방법
이 없다. 안동의 큰 병원에서도 포기한 일이 아닌가.

마을 입구를 지나가자 뒤에서 아이들의 목소리가 들려온다. 아
이들은 자기들끼리 뭔가를 주고받더니 영민을 향해 뛰어왔다. 영
민은 마치 자기를 홍보하는 것처럼 여겨졌다.

'자들이 나를 병신이라고 놀린 건 아니겠지.'

영민은 자꾸만 불안해지고 초조해진다.

"대장! 이제 몸은 괜찮나?"

영민의 오른팔 역할을 하는 병수다.

"어, 이제 괜찮다."

뒤따라 아이들이 말을 건넨다.

"정말 괜찮은 기가? 우리도 걱정 많이 했다."

영민은 또 혼자 생각해 본다.

'걱정했다면서 한 번도 오지 않나?'

하지만 그런 말은 할 수가 없다.

"어제 우리가 개구리를 잡아 선생님한테 가져다 줬거든. 그랬더
니 선생님이 과자 사 먹으라고 천 원이나 주시는 기라. 그래서 그
걸로 과자 사 먹었다. 생전 첨이제, 돈 받은 거는."

영민이 대답했다.

"그깟 천 원이 뭐가 많다고 그러노? 난 천 원은 돈이라 생각 안 한다."

그러자 영수가 거든다.

"하긴 대장네는 돈이 많다 아이가. 참! 우리끼리 어제 얘기를 했다. 방학 되면 매일 요 앞에 와서 전쟁놀이하기로 대장도 할 거제?"

자기들끼리 결정해놓고 할 거냐고 묻는 말에 기분이 나쁘다. 아직은 자신이 대장이라는 생각에 더 기분 나쁜 영민이다.

"너그들 잘 모르는 모양인데, 대장은 내다. 모르나? 근데 누구 맘대로 결정하노? 누가 하자고 한 거냔 말이다."

아이들이 서로 눈치를 본다. 그때 영민 앞으로 바짝 다가서는 병수, 병수는 또래 중 제일 키가 크고 힘이 센 아이다.

"내가 한 거다. 그냥 같이 놀자 한 거고, 이래 말해주는데 화낼 건 뭐 있노? 안 그렇나?"

영민은 "안 그렇나?" 하며 눈 똑바로 뜨고 보는 병수에게서 두려움을 느낀다. 병수에게 한 대 맞는다면 바로 나가떨어질 것이다. 그랬다간 대장 자리 뺏길지도 모르겠다는 불안감이 엄습한다. 대장이 되지 못하면 영민으로선 설 자리가 없다. 그래서 애써 태연한 척 말을 이었다.

"뭐 그랬다면 됐다. 대신 모일 때 내한테 꼭 얘기해라. 알겠제?"

살짝 올라간 병수의 입꼬리를 영민도 보았다. TV가 문제인 게다. 영민은 자꾸만 울화통이 치민다.

"나는 놀랐다."

만희가 영수를 보며 하는 말이다.

"뭐 말이고?"

"초록이 말이다."

"초록이?"

영민이 귀를 쫑긋 세운다.

"못 봤나? 물에 들어가서 대장 건지는 거."

"난 또 뭐라고 나도 놀라긴 했다."

왜 빨갱이라 안 하고 초록이라 부르냐고 한마디 하려 할 때 병수가 먼저 말을 꺼냈다.

"우리도 인자 조금씩 잘해줘야 하지 않겠나! 사실 가가 잘못한 게 뭐가 있노? 할아버지가 빨갱이면 빨갱이지 가가 뭐 죄 지었냐 말이다."

영민의 불안감은 점점 더해 간다. 그리고 또 생각한다. 내일 아버지께 이야기해 엄청난 양의 과자를 사서 집으로 부를 것이라고, 숨겨 둔 비싼 장난감과 한 번도 사용하지 않은 딱지까지 모조리 꺼내어 기죽일 거라고. 어떻게든 대장 자리는 지켜야 하니까. 여기서 물러나면 절름발이라 놀림 받을 것이 뻔한 일이니까.

재문은 민석의 등록금과 방 얻을 돈을 마련하기 위해 안간힘을 쓰는 중이다. 가진 것 다 보태 보아도 등록금이 되지 못했다. 민석의 재수에도 많은 돈이 들어갔다. 학원비며 하숙비까지 등록금만 안 나갔지 대학에 간 것만큼이나 많은 돈이 지출됐다.

"소라도 팔아야 하는 거 아닌지 모르겠니더."

재문을 보며 옥련이 하는 말이다. 하지만 재문으로선 그것은 할 수 없는 일이다.

"소를 팔면 내년 농사는 어떻게 짓노?"

"그렇다고 큰아 공부 안 시킬 수도 없자니껴?"

"안 그래도 동생한테 한 번 가볼라 한다. 그러니까 너무 걱정 말고 기다려 봐라."

봉화에서 농약집을 운영하는 동생을 두고 한 말이다. 들리는 이야기로는 농약과 비닐의 판매가 많아 재미를 보고 있다는 거였다. 말리고 있는 곶감이 다 되어 팔면 그것도 작은 도움이 될 것이다. 가을에 송이버섯을 판 돈과 요즘 캐고 있는 복령도 내다 팔면 등록금은 될 수 있을 것 같다. 고추만 잘 되었어도 괜찮았을 텐데 올해 고추 농사는 전국적으로 흉년이라 아무리 고춧값이 금값이라 해도 팔 만한 고추가 얼마 되지 않았다.

1, 2년 전부터 스물이 안 된 아이들이 도회지로 나가기 시작했다. 열일곱, 열여덟이 되면 섬유 공장이나 봉제 공장, 신발 공장 등으로 취직해 돈을 벌었다. 주야 교대 근무를 해도 버는 돈은 박하기만 하여 또래 아이들과 같이 방을 얻어 생활하며 오빠나 남동생 뒷바라지에 보탰다. 그런 모습을 마을 사람들은 숙명처럼 받아들였다. 농사지어봤자 수입은 한계가 있고 얼마라도 벌어 자기 살길 찾아가는 게 낫지 않겠냐며 스스로를 위로했다.

"할매, 송이니더."

방학을 하고 얼마 지나지 않아 송이가 찾아왔다. 미자가 방문을 열자 재빨리 초록이 뛰어나갔다.

"참새 잡으러 가자고?"

하지만 송이는 마루에 앉아 초록을 안으며 볼을 꼬집는다.

"어쩌지! 그게 아닌데."

"그럼 뭐고?"

팔을 뻗어 코를 킁킁대는 초록일 보며 송이가 미자를 향해 연유를 말한다.

"아부지가 읍내에 계시는 작은아부지 집에 같이 자자고 했니더."

"작은아부지 집? 농약집 한다는 거기 말이가?"

"야아, 그래서 초록이도 데려가면 안 되겠냐고 했더니 그래 해도 된다네요."

듣고 있던 초록이 몸을 세워 송이의 얼굴을 보며 놀란 듯 묻는다.

"진짜가 누나? 내하고 같이 읍내에 가도 된다고 했단 말이가?"

"야는! 내가 언제 거짓말하더나? 좋나?"

초록이 크게 고갤 끄덕이며 좋다고 한다.

"그면 좋제, 좋고 말구. 난 아직 읍내 못 가봤다 아이가."

하지만 미자는 조심스럽다.

"니가 조른 건 아이가?"

"아이니더 할매. 그래도 되냐고 했더니 바로 된다고 한 거니더."

"몇 밤 자고 올라고?"

"하룻밤 자고 올 수도 있고 이틀 밤 자고 올 수도 있고, 가봐야 알 것 같니더."

미자의 눈에 초록을 안고 등을 두드리는 송이의 손이 보인다.

"알았다, 고맙다고 전해주고……."

"야아. 내일 아침에 초록이 데리러 올게요."

"그래. 고맙다 송이야."

송이는 미자를 향해 그런 말 말라는 표정을 지어 보인다.

"그런 말 마이소. 약속했다 아이니껴? 할매도 알고 있으면서 자꾸 그런 말 하니더?"

미자는 말없이 송이를 볼 뿐이다. 고마운 마음을 어떻게 말로 할 수 있을까? 미자의 마음을 알아서일까 송이가 초록일 가리키며 폭탄 발언을 한다.

"근데 할매, 요즘 초록이가 이상하니더."

"초록이가 와?"

"이것 보이소. 안아주기만 하면 붙어서는 이러고 있니더."

미자도 웃고 송이도 웃는다. 부끄러운 듯 송이 가슴에서 손을 빼내며 목을 안는 초록이, 그날 밤 초록은 한숨도 자지 못했다.

다음 날 아침, 일찍 송이가 찾아왔다. 미리 세수하고 기다리고 있던 초록인 신이 나서 웃고 있고, 송이는 미자가 건네주는 옷을 초록에게 입히며 엉덩이 톡톡 하는 것도 잊지 않는다. 돌아서는 송이의 손에 미자가 쥐여주는 돈이 적지가 않다.

"거절하지 마라. 내가 니한테 해준 것이 암 것도 없다 아이가. 그러니 할매 마음이라 생각하고 받아라. 초록이 맛있는 것 사주고, 너도 먹고, 부탁하건데 니 옷 한 벌 사는 데 보태 써라. 할매가 자 엄마한테 옷 한 벌 사주지 못했다. 그러니 송이야, 거절하지 말고 받아라. 그래 줄 수 있제?"

송이는 알고 있었다. 희숙을 생각하며 엄마의 마음으로 준 것임을. 그래서 고맙게 받기로 했다. 그렇게 해주어야 미자의 마음도 편할 것이니까.

두 시간을 걸어 나와 타 본 버스가 초록인 마냥 신기하기만 했다. 송이도 버스를 탄 건 몇 번 되지 않았다. 하루에 세 번 거기까지 오는 버스는 비포장도로를 달려 한 시간 후 인근 면 소재지 정류장에 멈춰 섰다. 다시 읍내로 가는 버스를 타고 또 한참을 가니 봉화 읍내가 눈에 들어왔다. 작은 읍내지만 산골에 살던 초록의 눈엔 신기한 것뿐이었다. 코를 자극하는 음식 냄새와 많은 사람, 그리고 길옆으로 들어서 있는 가게들. 그중에서도 초록이 제일 먼저 발견한 건 어묵집이었다. 어묵이 꼬지에 꽂혀 국물 속에서 익어가는 냄새가 코를 먼저 자극했다. 옆에는 장난감을 파는 가게가 있고 또 옆에는 한 번도 먹어보지 못한 중국 음식점이 있다. 완전히 정신을 놓은 초록일 보며 재문이 말한다.

"초록이 신기하나?"

깜짝 놀라 재문을 쳐다보며 씩 웃는 초록이 신난 목소리로 대답을 한다.

"하며요! 정말 신기하니더. 전부 다, 다 신기하니더."

"녀석하고는!"

재문이 송이의 손에 돈을 쥐여주며 손등을 두드렸다.

"작은아부지 집 알제? 요 앞에서 오른쪽으로 조금만 가면 있는 농약집?"

"알고 있니더."

"아부지가 먼저 가 있을 테니까 넌 초록이랑 놀다가 오너라. 짜장면도 먹고 어묵도 먹고 신발도 하나 사고! 알제?"

"야, 아부지."

재문이 떠나자 초록이 송이의 손을 잡고 냉큼 이끌었다.

"누나 저기 가자. 국물에서 김 나는 집. 냄새 때문에 침 흘러서 미치겠단 말이다."

초록인 어묵을 세 개나 먹었다. 국물도 맛있다면서 몇 국자나 먹고 주인아주머니를 보며 정말 맛있다며 인사하는 것도 빠뜨리지 않았다.

"참말로 맛있니더. 이래 맛있는 거 첨 먹어보니더."

초록의 이런 모습을 보는 건 송이로서도 첨 있는 일이다. 어묵을 먹고 난 초록을 데리고 장난감 가게로 갔다. 초록인 모두 신기해하며 좋아했지만 만져 보려고는 하지 않았다. 손도 대지 못하고 보기만 하는 아이를 보며 가게에서 제일 큰 비행기를 하나 들어 보이며 송이가 다가갔다.

"이거 어떻노?"

"멋있다, 근데 누나 조심해라. 떨어뜨리면 큰일 난다."

다시 송이가 무릎을 굽히며 초록에게 묻는다.

"좋나?"

"어, 여기서 제일 멋지다. 이 비행기는 싸우는 비행기가 아니잖나. 사람을 태우고 구경시켜주는 비행기, 그 비행기 맞잖나?"

송이가 고개를 끄덕인다.

"이거 타고 여행하면 좋겠제, 하늘 높이 떠서?"

송이가 초록의 품에 비행기를 안겨주며 말한다.

"이거 누나가 사줄게."

"그런 말 마라. 누나가 무슨 돈이 있노? 이거 갖다 놓을란다."

움직이려는 초록을 잡고 다시 말을 잇는다.

"할매가 니 맛있는 거 사주라고 돈 주셨다, 많이. 그러니까 이건 할매 대신 내가 사주는 기라. 알겠나?"

"할매가?"

"응."

"할매 돈 없을 텐데."

"니는 그런 생각 안 해도 된다. 그라고 누군가가 해주고 싶어 할 땐 그 마음을 받아주는 게 좋은 기라. 거절하면 얼마나 마음 아픈지 아나?"

아이들이 영민의 장난감을 부러워하며 구경할 때 따돌림받으며 지내던 아인 찰흙을 가지고 아낙네의 모습을 만들며 혼자 놀았다. 장난감이 갖고 싶다, 과자가 먹고 싶다, 새 옷 사달라, 새 신발 사달라 보채지도 않았다. 응석 부릴 엄마가 없었던 아이, 초록의 눈에 눈물이 샘물처럼 솟구친다. 송이의 눈에서도 샘물은 마찬가지다.

"비행기 좋제? 멋지제?"

"좋다. 참말로 좋다, 진짜로 좋다. 고맙다 누나."

"누나한테는 고맙다고 안 해도 된다."

초록이 두 팔을 뻗어 송이의 목을 안으며 또 말한다.

"그래도 고맙다."

비행기를 손에 쥔 초록인 신나서 뛰었다. 비행기를 가졌기 때문일까, 아님 그런 물건을 사주는 사람이 있다는 것에 기뻐서일까? 장난감에 손도 못 대던 아이가 적극적으로 행동해 갔다. 까만 고무신에 헝겊을 덧대어 꿰맨 옷을 입고 다니던 초록이 옷 가게와 신발 가게를 거쳐 나오자 부잣집 아이로 변신했다. 송이는 초록에게 집에서 편하게 입을 넉넉한 크기의 옷과 내복 등을 또 샀다. 물론 양말과 속옷도 빠뜨리지 않았다. 신발은 잘 떨어지지 않을 것으로 골랐는데 발과 신발 사이에 손가락을 넣어보는 것도 잊지 않았다. 아깝다고 집에 가서 신겠다는 초록일 다독거려 신발을 신게 하고 옷을 입게 했다. 송이가 사준 초록의 옷은 고동색의 코르덴 바지에 솜이 뽀송뽀송하게 들어간 흰색 파카였다. 눈 위에서 뒹굴어도 춥지 않아 보이는 옷……. 초록인 기분이 좋았다. 거울에 비친 자신의 모습이 꼭 딴 사람만 같았다. 새 옷에 새 신발에 새 모자와 장갑을 끼고 하늘색 큰 비행기를 안고 있는 모습이 너무 멋져 보였다. 아무도 초록을 가난한 집 아이로 보지 못할 것이었다. 송이가 그 모습을 보며 다시 말했다.

"너무 멋지다, 초록이 너무 멋지다."

초록인 또 기분이 좋았다.

"세상에서 제일 맛있다는 음식도 사죠."

"세상에서 제일 맛있는 거…… 좋아! 빨리 가자, 짜장면 먹으러!"

송이가 초록의 장갑 낀 손을 잡았다. 하지만 송이의 손은 맨손이었고 치마 밑으로 드러난 다리도 맨살이었다. 신은 운동화는 낡을 때로 낡아 너덜해 있었는데 초록인 그 모습을 보지 못했다.

중국 음식집에 들른 건 잘못한 선택이었을지 모르겠다. 부잣집 아이로 만들어 놓았더니 잠깐 사이에 장난꾸러기가 되어 있었으니 말이다.

"맛있나?"

하지만 초록인 말도 하지 못했다.

"그래 맛있나?"

"……."

"한 그릇 더 시켜줄까?"

그제야 고개 들며 씩 웃는 아이, 손 흔들며 됐다고 한다.

송이의 작은아버지 집은 가게 옆 단독 주택이다. 시골에선 보기 힘든 이층집으로 이 층은 세를 놓고 일 층에서 산다는 집은 시골집과는 달리 방이 널찍하고 거실과 주방이 따로 있었다. 송이의 숙모는 그날 저녁 돼지불고기와 해산물을 이용한 해물탕을 끓여놓았다.

송이의 작은아버지 재선은 송이에게 방 하나를 내주며 초록과 함께 자라고 했다. 잠이 오진 않았지만 분위기로 봐서 뭔가 중요한 이야기가 있는 듯해 초록을 데리고 방으로 갔다. 거실에서 웃음소리가 들려왔다. 초록은 새로 산 운동화를 방 안에 두어야 한다며 송이를 졸랐다.

"간지러워."

"뭐가 간지러워?"

초록이 또 냄새를 맡는다. 참 좋은 냄새, 따뜻한 품이다. 엄마 품이 이런 것일까, 이처럼 따뜻한 것이 엄마의 품일까?

꼼지락거리며 장난치던 초록이 잠이 들었다. 어젯밤 한숨도 자지 못했다더니 피곤하긴 했던 모양이다. 초록이 내 쉬는 숨결이 그대로 느껴진다. 미음 쑨 것을 먹고 토하며 울던 아이, 몸에 붉은 반점이 생기며 불덩이처럼 변해 가슴 철렁이게 했던 아이, 미자에게 야단맞고 집으로 쫓아오며 자신을 부르던 아이, 품에 안겨 잠든 아이를 보며 송이가 마음으로 말해 본다.

'넌 항상 나와 함께했어. 매일 널 안고 재워주진 못했지만 내 마음속엔 항상 네가 함께하고 있었어. 그러니 잘 자. 잘 자, 나의 아기.'

몇 시가 되었는지 모른다. 재문이 문을 열고 들어서며 송이를 깨우던 시간이. 잠이 덜 깬 초록에게 옷을 입혀 업고 재문을 따랐다. 남은 짐을 받아든 재문은 재선에게 간다는 말도 않고 현관문을 열었다. 재문이 그렇게 화난 모습을 송이는 본 적이 없다. 날도 새지 않은 시간, 다리를 타고 올라오는 한기가 몸을 떨게 한다. 그 모습을 보며 선 재문의 눈빛이 슬프다.

'니 작은아부지가 뭐라 했는지 아나? 니를 벙어리한테 시집보내란다. 부잣집인데 논도 주고 돈도 준다면서 그리 보내란다. 돈 받고 니를 팔란다. 그러고도 그놈이 내 동생이고 니 작은아부지가?'

영민이 비싼 장난감을 꺼내놓았지만 아이들의 반응은 그리 좋지 못했다. 비록 직접 가지진 못해도 영민이 가지고 있는 것보다 더 멋진 장난감을 TV를 통해 봤기 때문이다. TV를 샀듯이 언젠가는 멋진 장난감을 가질 수 있을 거란 희망도 아이들에겐 있었다. 방학하고 얼마 동안은 영민과 함께 전쟁놀이를 했지만 자리에 서서 명령만 하는 모습에 아이들은 점점 싫증을 느껴갔다. 그리고 생각했다. 대장이면 함께 싸우는 것이 아닐까 하는……. 저런 다리 병신은 대장이 될 수 없다는 생각에까지 이른 것이었다. 영민의 말은 무시되기 시작했고 아이들은 영민이 아닌 병수를 중심으로 모이기 시작했다. 병수는 힘이 세고 전쟁놀이에서도 항상 앞장을 섰다. 또 작전도 잘 짰다. 너는 어딜 맡고 너는 어디에 매복하고, 공격해 가면 너는 뒤에 숨었다가 협공을 하라며 TV에서 본 대로 각자의 역할을 알려주었다.

영민이 자릴 잃어가고 있었다. 혼자 집에서 노는 시간이 많아진 영민처럼 동생 영희 역시 잘 어울리지 못했다. 오줌싸개라고 놀림 받고, 또 바보라고 놀림 받고, 영숙은 영숙대로 성적이 안 올랐다. 그런 아이들을 보며 상도는 동네 아이들이 괘씸했다. 대장이라며 따를 땐 언제고 이젠 TV 좀 샀다고 멀리한다는 것이 기분 나빴다. 더욱이 다리가 휜 채로 태어난 건 영민의 잘못이 아닌데도 말이다. 부모의 잘못이지 영민이 놀림 받아야 할 이유가 어디에 있나? 그런데도 절름발이라 오줌싸개라 놀림을 받고 있다.

큰 도시의 병원을 찾아보기로 했다. 영민의 다리만 고칠 수 있다면 재산 모두를 써도 좋겠다고 생각했다. 방학이 많이 남았을 때 다녀올 생각으로 급히 영민을 데리고 서울을 찾았다. 뒤뚱거리며 따라오는 영민을 보며 반드시 수술 가능한 곳이 있을 거라 믿고 또 믿었다.

그가 제일 먼저 찾은 곳은 국가보훈병원이었다. 참전 용사였기에 혜택이 있고 치료에 더 신경을 써줄 거라는 생각으로 찾았지만 고개를 저으며 대학병원으로 가보라는 것이었다. 영민을 안아 올렸다. 그것은 영민으로서도 첨 있는 일이었다. 상도는 애정 표현을 하지 않았다. 남자는 강해야 한다는 생각만 가지고 살았고 아이들에게도 그렇게 대했다. 그렇게 첨으로 안아 본 영민은 새털처럼 가벼웠다. 우리나라에서 제일 좋다고 하는 대학병원을 찾아 떨리는 마음으로 검사를 하였지만 그곳에서도 할 수 있는 것은 보조 기구를 이용해 보행에 도움을 주는 정도뿐이라고 했다. 뼈를 자르고 철심으로 고정해 휜 것을 바로 잡는 수술법이 있긴 하지만 뼈가 계속 자라는 성장기라 몇 번의 수술을 더 받아야 하고, 영민이의 경우는 가령 수술로 바로잡는다 해도 양쪽의 길이 차이로 인해 보행에 큰 도움이 되지 못한다는 것이었다. 상도는 말했다. 아무리 많은 돈이 들어도 좋으니 보통 아이들처럼 걸을 수 있게 해달라고, 다시 한 번만 더 방법을 찾아봐 달라고 사정했다. 그러나 병을 치료하는 의사들이 돈을 보고 수술할까? 좀 더 자라고 좀 더 기술이 발전하면 그때 다시 오라는 말밖엔 할 수 없는 처지였다.

영민의 고개가 푹 떨어졌다. 상도는 방법이 없다는 것에 화가 났다. 그래서 자리에서 일어서며 소리를 질렀다.

"안 되는 게 어디 있습니꺼? 내가 승리 부대 출신이라요. 수많은 베트콩을 죽인 승리 부대 출신이란 말이니더. 안 되는 건 없니더. 안 그렇니껴? 선생님 우리 아 좀 설 수 있게 해주이소. 내가 받은 훈장도 드릴 테니……. 그러니 제발 좀 바로 설 수 있게 해주이소."

봉화로 내려가던 날 저녁, 동네 아이들이 전쟁놀이를 하고 있다.

그리고 그 사이에 초록도 보였다. 송이에게서 받은 새 옷을 입고 새 장갑을 끼고 큰 비행기를 안고는 부러운 시선을 받으며 놀고 있었다. 상도의 가슴에서 불같은 화가 솟구쳤다. 자신의 아이를 외면하고 빨갱이 새끼와 함께 노는 모습에 참을 수 없는 배신감을 느꼈다. 영민을 세워두고 아이들을 향해 한달음에 내달렸다.

"이놈 새끼들! 너가 지금 누구랑 노는 기고?"

상도의 목소리에 아이들이 뛰기 시작했다.

"거기 안 서나! 빨리 안 서나! 이리 오지 못하겠어!"

하지만 아이들은 돌아오지 않았다. 돌아가면 혼나는데 누가 돌아서 갈까. 아버지가 있으니 집으로만 가면 될 일이다. 남은 것은 초록뿐이었다. 아나나 다를까. 내려서자마자 바로 초록의 머리를 주먹으로 때렸다.

"니가 지금 누구랑 노는 기고? 어이!"

금방이라도 눈물이 쏟아질 것만 같다. 하지만 울면 더 때리는 것이 상도라는 걸 초록인 알고 있다.

"아이니더. 그냥 여기 있는데 자들이 놀자고 했니더. 제가 놀자고 한 게 아이니더."

"이놈 새끼가 어디서 또 거짓말이고!"

상도가 다시 초록의 머리를 때렸다.

"너 새끼! 저기 전봇대까지 뛰어갔다 와. 2분 안에 못 오면 죽을 줄 알아. 알았어!"

상도의 말이 끝나기가 무섭게 전봇대를 향해 내달렸다. 비행기를 가슴에 안고 앞만 보며 뛰는 아이, 전봇대를 돌아 상도 앞에 도착했을 때 그는 다시 머리를 쥐어박고 또 뛰라고 했다. 울면 더 때리는 것이 상도임을 아는 아이의 입에서 울음소리가 나고 있다. 가슴이 뛰고 다리가 떨린다. 턱 밑까지 찬 숨을 헉헉거리며 도착한 아이를 보며 그가 비행기를 가리켰다.

"이건 또 뭐고! 이거 누가 준 기고?"

초록인 아무 말 없이 눈물만 흘리고 있다.

"말 안 하나?"

대답 없이 울고만 있는 모습에 화가 더 나서일까, 아이의 모자를 벗겨 던지며 비행기를 잡았다.

"니 같은 빨갱이 새끼는 이런 거 가지고 놀 자격 없는 기라."

비행기를 사줄 때의 송이 얼굴이 떠올랐다. "비행기 좋제? 멋지제?" 하며 웃어주던 송이의 얼굴이 떠올랐다. 누군가가 해주고 싶어 할 땐 그 마음을 받아주는 거라던 송이의 따뜻한 목소리가 떠올랐다.

"안 되니더. 이건 안 되니더."

사신의 손을 잡으며 반항하는 초록을 보며 다시 머리를 때리고는 바닥으로 넘어뜨렸다. 초록의 울음소리가 강가를 울렸다. 입 밖으로 소리 내어 불러보지 못한 아이의 부름 소리였다.

"할매, 나는 왜 엄마가 없니껴?"

"니가 왜 엄마가 없노? 있다."

"어디 있는데요?"

"니 엄만 니 옆에 있다. 항상 니 옆에서 니를 보고 지켜주고 있다. 얼마나 이쁘고 착한 사람인지 아나! 세상에서 니 엄마만큼 이쁜 사람은 없다."

"근데 할매, 왜 내한테는 안 나타나니껴? 맨날 내 옆에서 보고 있다면서 왜 한 번도 안 오는 거니껴?"

"엄만, 니가 씩씩하게 자라기를 바래서 그러는 게다. 남자답게 씩씩하게 크라고, 니가 씩씩하게 커서 어른이 되면 꼭 니 앞에 나타날 게다."

하지만 초록인 고개를 돌렸다.

"할매, 거짓말인 거 아니더. 엄마 죽었다는 거 아니더."

"만지지 못한다고 없는 게 아니다. 죽었다고 없는 게 아니다. 그럼 마음속에 있는 사람은 누구고?"

"난 엄마 얼굴도 모르니더. 근데 어떻게 마음속에 엄마가 있을 수 있니껴?"

"엄마가 없으면 사람은 세상에 태어날 수도 없는 기라. 엄마 얼굴 모른다고 했지만 많이 보고 싶어 눈물이 나거든 엄마를 불러봐라. 본 적은 없어도 니 마음속에 엄마 모습이 그려질 게다. 그게 니 엄마 모습이다."

초록의 눈에 가쁜 숨 몰아쉬며 달려오는 사람이 있다. 오직 자기만을 보면서 달려오는 낡은 운동화가 있다.

하늘의 별이 유난히 밝게 빛나던 밤, 초록을 업은 송이의 눈이 밤하늘을 향했다.

"초록아."

"응?"

"니는 하늘에 별이 왜 반짝이는지 아나?"

"……."

"그건 말이다 초록아. 그리워하는 마음이 담겨 있기 때문이야. 그 마음이 간절할수록 더 밝게 빛나고 반짝여 아무리 멀리 떨어져 있어도 찾을 수 있다는 거야. 네 마음도 그렇게 빛나면 엄마가 그 빛을 보고 찾아오실 거야."

"저 하늘만큼 멀리 떨어져 있어도?"

"어. 저 하늘을 갔다가 다시 돌아오는 거리라 해도."

송이의 얼굴이 노을만큼이나 붉게 물들어 있다. 상도의 몸을 밀쳐내며 분노 가득한 목소리로 소릴 지른다.

"이게 뭐 하는 거니껴? 이게 뭐 하는 거냔 말이니더!"

송이의 눈에서 살기마저 느껴진다. 송이의 눈빛이 아니다. 어떤 누구도 송이에게서 이런 눈빛은 본 적이 없다. 당황한 상도가 한 걸음 물러서며 송이의 손을 풀려고 한다.

"아저씨가 뭔데! 아저씨가 뭔데 우리 초록이 때리니껴?"

"……."

"야가 뭘 잘못했는데요? 말해 보이소. 우리 초록이가 무슨 잘못을 했는지 말해 보이소. 아들이 놀자고 해서 논 게 죄니껴? 야가 놀자고 했니껴? 옛날에 할배가 그런 걸 가지고 와 아직도 아한테 이러는 건데요?"

상도는 할 말이 없다. 어쩜 자신은 지금 화풀이를 하고 있는 것인지 모를 일이다. 초록이 송이를 보며 그러지 말라는 듯 손짓을 한다. 깨끗하던 옷은 더럽혀지고 팽개쳐진 모자는 모래 위에서 뒹굴고 있다. 콧물까지 흘리며 우는 초록의 모습, 송이도 지금껏 본 적 없는 모습이다.

"저기 위에 영민이 보이소. 사람들이 자를 보고 놀리면 좋겠니껴? 다리 병신이라고 놀리면 좋을 것 같아요? 자가 먼 잘못이 있는데요? 야도 똑같은 거 아이니껴?"

영민의 눈에 비친 아버지 모습이 사람이 아닌 것 같다. 저렇게 하면 안 되는 거다. 하지만 상도는 영민을 두고 하는 말에 화가 나 송이를 밀쳐냈다.

"자는 몸이 불편한 거고 야는 빨갱이 새끼다. 그게 같은 기가?"

"빨갱이요? 아저씨도 월남에서 그래 사람을 많이 죽였다매요. 배를 갈라서 피까지 먹었다매요. 아저씨 손에 가족 잃은 사람들은 아저씨를 뭐라 하겠니껴? 베트콩요? 전쟁을 그 사람들이 일으켰니껴? 그 전쟁을 누가 한 건데요? 민주주의니 공산주의니 하는 것을 그 사람들이 만들었니껴? 나라와 국민을 지키는 것이 군인이지 강아지 새끼까지 모조리 죽였다고 자랑하는 게 군인이니껴? 사람이라면 이럴 수 없는 거니더. 어른이 코흘리개한테 이렇게 할 수는 없는 거니더. 이게 아저씨가 말하는 사나이니껴? 이게 아저씨가 말하는 사나이냐구요?"

상도는 순식간에 자신을 하찮은 인간으로 만들어버리는 송이의 말에 화가 치솟아 얼굴이 벌겋게 달아올랐다.

"뭐라고? 나라와 국민을 지키는 것이 군인이지 강아지 새끼까지 죽이는 게 군인이냐고? 니가 지금 내한테 맞고 싶은 기가? 니가 전쟁이 뭔지나 아나? 옆에서 죽어가는 사람을 본 적 있나? 피 흘리며 죽어가는 동료를 본 적이 있나?"

"없니더. 그리고 전쟁이 뭔지도 모르니더. 하지만 아는 건 영문도 모른 채 수많은 사람들이 죽어갔다는 거니더. 6·25전쟁 때 이유 없이 죽었다는 우리 동네 사람처럼 그렇게 가족을 잃고 눈물을 흘려야 했다는 거니더. 뭣 때문에요? 도대체 뭣 때문에요?"

"지금 우리가 이렇게 살 수 있는 게 뭣 때문인지 아나? 우리나라가 민주주의 국가이기 때문인 기라. 공산주의가 아니기 때문인 기라."

"전 그런 거 모르니더. 하지만 내가 보기에 아저씨야말로 정말 나쁜 사람이니더. 야가 잘못한 게 뭐가 있는데요?"

"야 할배 때문에 동네 사람이 죽었다. 야 할배가 고자질해서 빨갱이놈들 손에 동네 사람이 죽었단 말이다. 니가 그걸 봤나? 어떻게 죽였는지 봤나? 아들까지 다 죽였다. 살려 달라 애원해도 그 애들까지 다 죽이고 불을 질렀단 말이다. 그러니 야가 빨갱이가 아니고 뭐고? 파랭이가?"

상도의 말에 송이의 입에서 작지만 날선 말이 튀어나왔다.

"아저씬 영민이가 놀림 받으며 살아도 할 말 없니더. 왜! 다리 병신 맞으니까요. 아이니껴?"

상도의 몸이 부르르 떨렸다.

"니가 지금 영민이보고 다리 병신이라 했나? 니가 진짜 내한테 맞아볼라 그러는기가?"

초록이가 다가와 송이의 몸을 흔들어댄다. 그만하라고 그러다가 맞는다고 작은 주먹으로 송이의 어깨를 두드린다. 하지만 송인 눈하나 깜짝하지 않고 상도를 향해 다시 목소리를 높였다.

"야아, 그래 보이소. 그러고 싶거든 해보이소. 때리고 나서 속이 시원할 거 같으면 때려 보이소. 하지만 분명히 말하는데 영민이 이야기에 그래 화가 나는 것처럼 우리 초록이한테 다시 한 번 이랬다간 가만히 안 있니더. 무슨 말인지 아니껴? 물어뜯어서라도 막을 것이고 가진 힘이 부족해 막아주지 못하면 죽어서라도 아저씰 가만두지 않을 거니더. 알겠니껴? 절대! 절대로 가만히 안 있을 거란 말이니더."

상도가 더 들을 수 없다는 듯 송이를 향해 팔을 뻗었다. 그러자 초록이 송이에게서 벌떡 떨어지며 상도를 향해 팔을 벌렸다. 그리고는 손에 쥐어진 비행기를 내보이며 눈물로 얼룩진 얼굴로 상도를 향해 말했다.

"누나 때리지 마이소. 제가 잘못했니더. 저 빨갱이 맞니더. 비행기 버릴게요. 저기 강물에 던져 버릴 테니까 누나 때리지 마이소. 제발 우리 누나 때리지 마이소."

강을 향해 가는 초록을 보며 송이가 감싸 안는다. 길 위에서 영민이 상도를 보며 울음을 터뜨린다. 상도는 힘없이 손을 내려놓으며 초록을 안고 등 돌려 앉은 송이의 모습과 우는 영민을 본다. 그리고 다시 돌아온 마을 아이들을 본다. 하나둘씩 나타나기 시작하는 마을 사람들……. 재문이 뛰어 강가로 내려서며 상도의 뺨을 후려갈긴다.

초록인 집에 와서도 울음을 그치질 않았다. 초록일 안고 있는 송이의 눈에서도 눈물이 멈추지 않고 밤이 늦도록 그렇게 함께 울었다. 미자도 재문도 옥련도 아무 말 없이 지켜만 보았다. 송이가 사준 비행기를 손에 쥐고 울던 초록이 울다 지친 송이 품에서 잠이 들었다.

그 일 이후 마을 사람들은 영민네 집을 찾지 않았다. 오히려 초록이네 집을 찾고 음식을 나눠주었다. TV에서 재미있는 거 하니 내려와 함께 보자고도 했다. 하지만 초록인 바깥출입을 하지 않았다. 영민도 마찬가지였다. 장난감을 가지고 놀지도 않았고 과자를 먹지도 않았다.

미국을 포함해 7개국이 참전한 베트남 전쟁은 명분 없는 전쟁이었다. 1940년 일본이 프랑스 식민지였던 인도차이나에 진주하자 두 나라는 영유권 전쟁으로 빠져들었고, 1945년 일본이 항복하자 호찌민은 일본 군정하에서 독립한 베트남 제국을 무너뜨리고 하노이를 수도로 하는 베트남 민주공화국(북베트남)을 수립하게 된다. 1945년 디엔비엔푸 전투에서 프랑스군을 물리치고 제네바에서 휴전 협정을 맺었지만, 프랑스는 협정을 이행하지 않고 군인만을 철수시킴으로써 총선거가 이뤄지지 못하게 되었다. 이때를 통해 미국이 반공을 명분으로 남베트남에 개입하기 시작했다. 독재와 종교 탄압이 심각해지면서 남베트남 민족해방전선이라는 사회주의 단체가 결성되게 된다. 이 세력이 남베트남을 점령하기 시작하자 미국은 병력을 증강하기 시작했다. 통킹만 사건이 있었지만 그것은 명분에 불과했고 북베트남 공격을 비밀리에 진행하던 미국이 1965년부터 포격에 돌입하게 되었다. 북베트남과 남쪽의 민족해방전선을 상대로 미국과 남베트남이 벌리는 전쟁이었고, 베트남이 공산주의화 되는 걸 염려한 미국에 의해서 미국이 주도한 전쟁이었다.

"이봐, 김 일병! 정신 차려, 눈떠 봐 새끼야!"

김 일병이 총에 맞아 의식을 잃고 있었다. 시가전을 벌이던 그때 건물 안에서 뛰어나오는 남매쯤으로 보이는 아이 둘을 안고 돌아오던 중 총탄에 맞은 것이었다. 상도와 동료 대원이 몸을 굴려 아이와 김 일병을 엄폐물 안으로 옮겼다. 하지만 김 일병은 가슴에 관통상을 입고 붉은 피가 샘솟듯 솟구치고 있었다.

"인마! 일어나! 정신 차려! 여서 죽으면 어쩌노? 집에 가야 할 거 아이가."

김 일병은 단소를 잘 불던 대원이었다. 단소를 불면 고향 생각도 나고 어머니 생각도 난다면서 어떤 날은 중대원 앞에서도 불어주었다. 경기도가 고향이라는 김 일병은 상도의 직속 후임이었다. 늦은 나이에 군대를 간 상도와는 달리 스물 갓 넘은 김 일병은 형처럼 상도를 따랐다. 그런 그가 언젠가 한 번 이런 말을 했다. 자신이 왜 월남에 와있는지 모르겠다고, 무엇을 위해 싸우고 있는지 모르겠다고, 이 나라 국민이 무엇 때문에 전쟁의 아픔을 겪어야 하는지 모르겠다고, 그때 상도는 그렇게 약해서 어떻게 전쟁하겠느냐며 한 시간 동안 기합을 주었다.

"난 그런 건 모르지만 공산주의 놈들은 죄다 **빨갱**인 기라. 죄 없는 사람도 죽이고……. 그라고 그놈들 총에 우리 편이 죽는 거 한 번 봐라. 그런 생각이 드는지……. 그냥 빨갱이는 죽이면 되는 기라. 알겠나?"

제대하고 공부 더해서 아이들 가르치는 것이 꿈이라고 하던 김 일병은 아이들을 살리기 위해 뛰다가 월남에서 죽었다. 늘 앞주머니에 넣고 다니며 보던 어머니 사진이 붉은 피로 물들었다.

"최 상병님! 우리가 일으킨 전쟁 아니니까, 살기 위해 총을 쏜 거니까 지옥에 가지는 않겠지요?"

그렇게 김 일병은 어머니 이름 한 번 불러보지 못하고 조국이 아닌 남의 나라 전쟁터에서 숨을 거두었다.

짧은 해가 아침을 밝히고 있다. 닭 울음소리가 들리고 처마 밑으로 고드름이 길게 느려진 아침, 밤새 눈이 내렸다. 미자는 노가리를 냄비에 넣어 조렸다. 고춧가루를 넣어 매콤하게 한 노가리 조림, 초록이 제일 좋아하는 것이었다. 기운 없는 초록일 보며 고기를 발라 밥숟가락에 올려주는 미자.

"할매, 오늘 무슨 날이라요? 와 이런 걸 다 하니껴? 진짜 맛있니더."

보통 때 같으면 이렇게 말하며 밥을 폭폭 먹었을 초록이 아무 말 없이 씹어 넘길 뿐이다. 더럽혀진 파카를 빨아 옷걸이에 걸어놓아도, 두툼한 장갑과 모자를 머리맡에 가져다 놓아도, 추울지 모르니까 초록이 신발을 방에 두자며 옮겨도 초록인 말이 없었다.

읍내에 다녀오던 날 송이는 자신에게 털이 달린 겨울 신발을 한

켤레 사 가지고 왔다. 네 옷은 샀냐고 물어도 말없이 웃기만 하더니 주머니 속에서 방울 달린 머리끈을 꺼내 보이며 이거 하나면 된다고 말했다.

초록인 밤새 자랑했다. 어묵을 먹고 장난감 가게에 갔던 일, 옷을 사고 신발을 샀던 일, 송이가 손가락 하나 들어갈 만큼 여유 있는 신발을 사야 한다고 했다는 말도 빼놓지 않았다. 세상에서 제일 맛있는 자장면도 먹고, 잘 때는 송이 팔을 베고 잤다는 얘기까지 하나도 빠지 않고 자랑을 했다. 그리고 생쥐가 나와서 신발을 갉아 먹을지 모르니 잘 때는 꼭 방에 넣어놔야 한다는 말도 잊지 않았다. 그랬던 아이였다.

어디 갈 때만 입을 거라던 초록에게 새 옷 입고 강가에 가서 놀고 오라고 보냈던 그 날 그런 몹쓸 일을 당하고 만 것이었다. 태어나 첨으로 멋진 옷을 선물 받고 멋진 비행기를 선물 받은 아이가, 그렇게도 좋아하던 아이가, 그런 아이가 비행기를 강물에 던질 테니 송이 때리지 말라고 했다. 그런 아이를 온몸으로 막고 지켜준 송이는 집으로 오는 길에 턱이 떨릴 만큼 떨고 있었다. 하지만 송이는 초록을 안으며 아이의 등을 두드려주었다. 이제 괜찮다고……

밥 먹는 것을 지켜보던 미자의 귀에 초록을 부르는 송이의 음성이 들린다. 평소처럼 밝은 목소리이다.

"초록아!"

초록인 대답하지 않았다. 하지만 기다렸던 것처럼 목소리에 귀 기울이고 있는 것이 보였다. 다시 송이가 불렀다.

"초록아! 참새 잡으러 가자."

밥을 씹던 초록의 입이 멈추더니 금방 눈물이 맺히었다.

"망태기도 가져오고 막대기도 가져왔어. 줄도 가져왔어. 누나랑 참새 잡으러 가자."

미자는 아무 말 없이 아이를 바라보았다. 손등으로 눈물을 닦으며 문을 열고 나가던 아이, 바로 울음을 터뜨렸다.

"누나, 정말 이걸로 참새 잡을 수 있겠나?"

"누나만 믿어. 열 마리 잡아줄 테니."

"진짜로?"

"하며, 우리 잡아서 불에 지글지글해서 입에 쏙……"

먹는 시늉을 하는 송이를 보며 초록이 그랬다.

"차라리 참새 백 마리 잡는 게 더 빠르겠다."

송이는 헛간 앞 빈 공터에 눈을 걷어내고 헛간 안의 짚과 광주리에 담아온 나무 장작을 이용해 불을 피웠다.

"불은 와?"

"이래 추운 데서 계속 있을 수 있나, 또 참새 잡으면 지글지글……"

송이가 웃었다. 송이는 나무가 타 숯불이 되면 거기에 고구마를 구워 줄 생각이었다.

"여가 햇볕이 잘 드는 곳이라 참새가 많다. 우리 요기 앉아가지고 참새 기다리자."

초록이 말했다.

"누나 바보 같다. 여 앉아 있으면 참새가 오나? 참새가 바보가?"

그러자 송이가 고개를 갸웃하고 뭔가를 생각하더니 다시 말했다.

"참새 중에도 나 같은 참새가 있을 줄 아나?"

정말 송이는 불을 지핀 곳에서 스무 발자국 정도 떨어진 수풀 부근에 망태기를 막대기에 받쳐 놓고는 줄을 연결했다. 망태기 안에는 짚단과 보리쌀 한 움큼을 넣어 놓았다. 불을 피워놓고 있으니 추위가 가셨다. 목에 두른 목도리 위로 머리를 묶은 송이의 머리끈이 보인다.

"많이 아팠제?"

송이를 보며 초록이 고개를 가로젓는다.

"이제 괜찮다. 괜히 나 때문에, 미안하다."

"그런 말 하지 마라. 그게 어디 니 때문이고? 이래 웃으니까 참 좋다."

"이제는 안 운다. 그러니까 누나도 울지 마라. 지난번에 읍내에 갔던 게 자꾸 생각난다. 이담에 커서 돈 많이 벌면 그땐 누나, 내가 누나 짜장면도 사주고 옷도 사주고 신발도 사줄 거다."

송이가 활짝 웃으며 말한다.

"진짜제? 약속하는 거다. 곱빼기 먹어도 되는 거제?"

"참 누나도! 곱빼기가 아니고 짜장면 말이다."

송이가 입을 막으며 웃는다.

"이담에 커서 어른이 되면 꼭 누나 같은 사람이 내 색시 되면 좋겠다. 그리고 누나랑 같이 살면 좋겠다. 그럼 내 색시가 누나 밥도 해주고 빨래도 해주고 나는 열심히 일해서 돈 벌고 그래 살면 좋겠다."

송이가 장작더미를 뒤척이며 말한다.

"누난 그 마음이면 된다."

송이가 초록일 보며 다시 말한다.

"세상엔 많은 사람들이 있다. 읍내에 가서 본 것처럼. 하지만 자기하고 똑같은 생각을 가진 사람은 아무도 없다. 다 다르제. 왜 줄 아나? 그건 사람은 생각하는 동물이기 때문에 그런 거다. 이게 맞다, 저게 맞다 하는 것도 없다. 꽃을 좋아하는 사람이 있으면 집을 좋아하는 사람도 있고. 하지만 사람들은 나와 다른 건 틀렸다고 한다. 그렇게 내 생각에만 맞춰 살아선 안 되는 기다. 누구 미워하지도 말고, 원망하지도 말고, 자기 자신을 잘 났다고도 못났다고도 생각지 말고 그냥 좋아하면 되는 거다. 사람 마음을 아프게 하면 안 된다. 누난 그게 제일 나쁘다고 생각한다. 누군가가 누군가에게 상처 주는 거. 세상에 아픔 없는 사람이 어디 있겠노? 우린 누구라도 미워하며 살지는 말자. 이해하나?"

초록이 고개를 끄덕인다.

"나는 미워 안 한다. 하지만 좋아하는 사람은 있다."

망태기로 참새가 날아올 기미는 보이지 않았다. 나무는 타서 숯이 되고, 송이는 가지고 온 고구마와 감자를 넣어 굽기 시작했다. 껍질이 까맣게 변하며 익어가는 냄새가 코를 자극했다. 하지만 그것도 잠시 불이 사그라지며 한기가 찾아왔다. 초록이 송이 앞으로 등을 돌리며 앉는다.

"춥제?"

"볼때기가 시렵다."

"보자, 누나가 따뜻하게 해줄게."

송이는 조금 남은 숯불 가까이에서 손을 데운 뒤 초록의 볼에
대고 비벼대었다.

"볼때기 시릴 때는 이게 제일 좋은 방법인 기라."

"살살해라 껍데기 벗겨지겠다. 아무래도 오늘은 참새는 못 잡을
모양이다. 벌써 해가 저만큼 넘어갔잖아."

"그래도 안 재미있나? 내일 또 올까?"

초록인 또 고갤 끄덕인다.

"누나! 떡이 먹고 싶다. 하얀 떡을 여기다가 구워 먹으면 얼마나
맛있겠노?"

"맞다, 그래 먹으며 맛있제. 설에 떡 하면 꼭 구워서 줄게."

초록인 기분이 좋았다. 송이가 껍질을 벗겨주는 고구마도 맛있
고 감자도 맛있었다. 송인 잘 익은 부분은 초록에게만 주고 자신
은 초록이 먹길 기다렸다가 끄트머리 부분만 먹고 있었다. 밤새 내
린 눈은 세상을 하얗게 만들었다. 논도 밭도 강도, 나뭇가지에서
떨어지는 눈이 바람에 휘날린다. 초록이 옆으로 돌아앉으며 송이
품에 코를 비벼댄다.

"이제는 안아주지도 못하겠다. 이래 커서 어떻게 안아주노."

"그래도 스무 살까지는 이럴란다."

"스무 살 때까지?"

"어."

"그래 커서 이러면 징그럽다."

"그럼 크지 말까?"

"그래 좋나?"

초록인 대답 대신 한참을 있었다. 그리고 한 손으로 가슴을 만지며 송이를 불렀다.

"누나."

"어?"

"누나한테서 나는 냄새 말이다."

"⋯⋯."

"전에 땀 냄새라고 했는데⋯⋯ 지금은 땀도 안 나는데."

• • •

아내의 유골함을 안고 우연히 찾게 된 마을, 마흔이 넘도록 엄마를 그리워하며 살았던 아내를 보내기 위해 찾은 마을이 전혀 낯설지가 않음이 왜일까? 단하리 반장 댁에 머무른 지 3일, 용소굽이라 말하는 절벽에서 가마를 타고 가는 송이가 보이는 듯했다.

송이의 친구 해란을 만난 건 마을 앞 강변이었다.

"송이는 다음 해 여름에 시집을 갔지요. 아버지 반대를 무릅쓰고 간 것이랍니다."

오래전 도회지로 떠난 후 소식도 모르고 살다가 몇 해 전에야 고향을 찾았다는 해란, 머리엔 서리가 앉았지만 모습에선 교양이 느껴졌고, 보는 이로 하여금 호수처럼 잔잔해지게 하는 매력을 지닌 사람이었다. 숙희의 얼굴을 그린 그림을 병에 넣어 띄워 보내던 날, 강 아래에 해란이 있었다.

"반장 아저씨한테 얘기 들었어요. 여기 오신 지 며칠 됐다죠?"

"네. 저도 얘길 들었습니다. 송이라는 분의 친구라고……."

"그림 속 사람 누구예요?"

"제 아내입니다."

"마음이 고와 보여요."

"네, 고운 사람입니다. 또 외로운 사람이었습니다."

그녀의 표정은 여전히 평온해 보였다.

"송이 이야긴 어디까지 들었나요?"

"시집간 얘기까지 들었습니다. 그날 초록이가 이곳 용소 절벽에서 울었다는 이야기와 길 숲에 숨어서 가마 행렬을 끝까지 따라갔다는 얘기까지 들었습니다."

"그랬지요. 초록이가 많이 울었답니다. 그렇게 일 년을 보내고 다음 해 여름 초록이가 송이를 찾았지요. 얼마나 보고 싶었으면 그랬을까요. 하지만 초록인 참으로 의젓했답니다."

이야기를 하는 해란의 시선은 먼 과거를 향하고 있었다.

뻐꾸기 소리 사이로 아기를 업고 나오는 송이가 있다. 이틀 동안 내린 비로 인해 붉게 변한 강을 보며 아기를 달래던 송이, 나무 뒤에 숨은 초록일 본다. 송이의 눈에서 왈칵 눈물이 쏟아진다. 하지만 초록인 돌아서며 발걸음을 옮기었다. 뛰어와 손을 잡는 송이 초록일 부른다.

"초록아!"

"……"

"여기까지 어떻게 왔노?"

그제야 몸을 돌리는 초록이 송이를 본다.

"잘 사나?"

"……"

"그면 됐대이. 그면 됐대이. 그냥 누나가 보고 싶어서 와 봤다. 그라고 이 말 해주려고 왔다. 누나한테서 나는 냄새, 그게 무슨 냄새인지 알았다고."

그날 송이는 초록의 뒤를 따랐다고 했다. 차마 혼자 보내지 못해 뒤를 따랐는데 초록인 알았다는 냄새가 무슨 냄새인지는 말하지 않고 앞만 보며 걸었다고, 그렇게 용소굽이 절벽에 다다랐을 때 황토물에서 아이들이 물고기를 잡는 중에 다리 절뚝이며 물살 휘젓던 영민이 물에 휩쓸리며 너럭바위를 잡고 있었다고, 그런 영민을 향해 가는 초록을 보며 하얗게 질린 송이의 외침 소리가 산을 울렸었다고…….

해란을 만난 다음 날 아침 용소에선 짙은 물안개가 피어올랐다. 반장과 해란으로부터 들은 이야기는 아름답고도 아픈 이야기였다. 빨갱이로 몰려 죽은 할아버지와 자신이 태어나기도 전에 죽은 아버지, 그리고 빨갱이 새끼라며 놀림 받으며 살아야 했던 초록, 초록에게 있어 송이는 어떤 의미였고 냄새는 무엇이었을까? 이야기는 영상이 되어 마치 영화를 보듯 눈앞에 펼쳐졌다. 남은 이야기를 해주겠다던 해란의 발소리가 들려온다. 내일 아침 용소에 가면 물안개가 피어오를 거라고, 그때 내게 해줄 이야기가 있다던 사람, 그녀의 발걸음이 등 뒤에서 멈추었다.

"초록이가 영민일 구했지요. 다리가 불편한 영민일 잡아 바위에 올렸지만 물살에 휩쓸려 초록인 떠내려가고 말았답니다. 그 모습을 보며 송이가 강으로 뛰어들었어요. 송이가 죽자 송이의 딸 정애도 서울로 보내졌답니다. 계집아이였으니까요. 송이 시댁에선 아들이 재가하는 데 방해된다 여겼으니까. 그렇게 송이가 떠나고 저도 서울을 찾았죠. 하지만 서울이라는 곳, 그리 좋은 곳은 못 되더군요."

봉제 공장 노동자를 거쳐 버스 안내양 생활을 하던 어느 날, 빚에 시달리던 버스 기사에 의해 술집으로 팔려간 후 인생이 바뀌었다고. 하지만 그를 원망하는 말은 하지 않았다. 그저 술에 약을 타 몹쓸 짓한 무리들 때문에 아이에게 아빠가 누구인지 알려주지 못한 것이 미안할 뿐이라고만 했다.

"마을 사람들에 의해 송이가 발견됐을 때 송이는 초록일 꼭 안고 있었습니다. 어찌나 세게 안았던지 손가락 마디에 시퍼런 멍이 들어 있었죠. 송이의 아이를 만난다면 얘기해주고 싶었어요. 버린 것이 아니라고, 엄마처럼 좋은 사람 세상천지에 없다는 말 꼭 해주고 싶었습니다."

해란의 말을 듣자 나도 아내 생각이 났다.

"제 아내도 비슷한 말을 하곤 했습니다. 자신은 엄마를 원망하지 않는다고, 그저 엄마가 보고 싶을 뿐이라고만 했습니다. 그런 아내가 사고 나던 날도 남북이 만난 날이었어요. 이념이라는 것 앞에 나뉘어 살다가 남북 정상이 손을 잡은 날이었죠. 아내는 무척이나 좋아했어요. 남과 북도 만나는데 같은 땅에 살고 있을 엄마를 못 만나겠냐며, 그러면서 제가 좋아하는 잡채를 해주겠다며 시장을 갔었죠. 어항에 넣을 물고기도 더 사겠다고 했어요. 더 많은 친구들과 행복하게 지내라고…… 하지만 아내는 돌아오지 못했습니다. 횡단 보도에 쓰러진 아내 주위로 물고기만 뛰고 있을 뿐이었죠."

해란이 애처로운 듯 쳐다보았다.

"엄마에 대한 그리움이 컸나 봅니다."

"네. 눈 아래의 점도 빼지 않을 정도였으니까요. 점을 보고 엄마가 한눈에 알아볼 거라며 눈 밑 화장도 잘 하지 않았습니다."

자갈 소리를 내며 강가로 걸어가는 해란은 초록이 영민을 구했다는 너럭바위를 본다. 뿌연 안개 속으로 휘돌아 가는 물소리, 등에서 아이를 내려놓으며 물로 뛰어드는 40년 전 송이가 보인다.

"물에 떠내려가며 초록이가 엄마를 불렀어요. 송이는 그런 초록일 살리려 했던 것이랍니다. 아저씨가 그린 그림을 보았을 때 알았죠. 아는 얼굴, 너무도 또렷한 기억 속 모습이었으니까요. 정애의 오른쪽 눈 아래에도 물사마귀와 같은 주황빛 점 하나가 있었답니다."

순이 쌤

:

전화벨이 울린다. 등록되지 않은 번호로 보아 성 매수자가 분명하다. 한두 번 있는 일도 아니건만 낯선 번호의 전화는 언제나 가슴을 떨게 한다. 업소를 통한 만남이 아닌 인터넷 채팅을 통해 만남을 한다. 모두 달랐다. 개인마다 다름이야 기본이지만 대화할 때의 느낌과는 극명히 다른 모습들, 돈을 주고 성을 사면서도 사람들은 모두 자신을 포장하고 있었다. 그래도 만남을 하는 사람들은 그나마 나은 편, 만날 생각도 없으면서, 또는 화대 줄 돈도 없으면서 대화할 이성이 그리워 진한 말 몇 마디 건네다 끊는 사람들이 대다수였다. 그들의 사정까지 고려하며 이해할 여유가 쌤에겐 없다. 돈이 필요했으니까. 돈 때문에 하는 일이니까. 통화 버튼을 누르는 손이 조심스럽다. 상대편 남자도 조심스럽긴 마찬가지다.

"여보세요?"

"네."

"……."

"저기, 좀 전에 대화한 사람입니다. 맞으시죠?"

"네."

"반갑습니다."

"네, 반갑습니다."

"아까 나눈 말처럼 만나고 싶은데 어디서 보는 게 좋을까요?"

"수원으로 오실 수 있나요?"

"물론이죠. 터미널 부근 어떨까요?"

또 모두 그랬다. 만나기 전까진 철저히 자신을 드러내지 않았다. 그날 만난 사람 역시 대화 때와는 사뭇 달랐다. 포르노 영화에서나 나올 법한 속옷을 준비해와 입게 하고 침대 위가 아닌 테이블, 방이 아닌 화장실 등에서 갖가지 자세를 요구하며 그녀의 몸을 유린했다. 한 번에 십만 원이란 조건을 교묘히 이용하는 사람, 사정을 조절하고 손을 사용하며 목마름에 지친 사람이 한 방울의 물까지 털어 넣듯 끝낼 생각을 하지 않았다. 쌤에겐 힘이 없었다. 아니 지쳐 저항할 힘조차 없다는 말이 더 적절할지 모르겠다.

상식적 대화가 되지 않았다. 화대 십만 원이 필요한 사람과 화대 십만 원이 아까운 사람과의 만남일 뿐이다. 때론 다음에 또 만날 수 있겠냐며 묻는 이들도 있었지만 차비를 핑계 삼아 돈 깎으려는 사람도 수두룩했다. 그뿐인가, 언젠간 피범벅이 되도록 맞은 적도 있었다. 한 번 하는 걸로 만났지만 긴 밤을 요구해왔던 사람, 하지만 그는 긴 밤 비용 대신 오만 원을 더 줄 테니 합의하자 졸라 댔다. 돈이 없는 사람, 아니 양심마저 없는 사람, 철저히 자신밖에 모르는 이기주의자, 그럴 수 없다는 쌤에게 손찌검을 해대었다.

"몸 파는 년이 어디서 거절이야. 돈 없다고 내가 우습게 보여!"

불법이 아니라면 신고라도 했겠지. 아니 소리라도 질러 도움을 구했겠지만, 위기를 면한들 달라질 게 뭐 있을까? 돈이 필요한, 쉴 수 없는 처지인 것을……. 오늘 만난 사내도 비슷한 과다. 듣도 보도 못한 자세를 요구하며 끝도 없이 몸을 탐하는 사람.

"이제 끝내시면 안 될까요?"

새어 나오는 쌤의 목소리에 힘이 없다. 하지만 사낸 뿌리까지 뽑을 심산이다.

"오늘따라 잘 안 돼서……. 그러지 말고 화장대 잡고 다시 숙여봐."

돈이다. 돈 때문이다. 놈이 집요하게 물고 늘어지는 것도 돈 때문이고 그런 놈에게 다리를 벌리는 것도 돈 때문이다.

10년 전에 아버지가 돌아가셨다. 그때 쌤의 나이 열여덟, 동생은 중학생과 초등학생. 대학을 포기할까도 했지만 어머닌 그것만큼은 안 된다며 극구 말렸다. 간병 일을 시작하신 어머니를 생각하며 열심히 공부한 끝에 4년 전액 장학금과 차석 졸업이라는 성과를 이루어냈지만, 어머닌 얼마 지나지 않아 암 선고를 받으셨다. 혼자였던 어머니와는 달리 형제가 많았던 아버지 쪽은, 하지만 죽음은 왕래도 끊게 했다. 빌라를 팔아 치료를 시작했지만 치료비는 눈덩이처럼 불어났고 병세는 호전되지 않았다.

"우리도 이제 막 융자를 갚은지라 여윳돈이 없어. 미안해 순이야. 한 오십만 원 정도는 있는데 급하면 그거라도 줄까?"

오십만 원이 어디인가? 고정적 병원비만 한 달 사백, 처분할 재산도 돌려막을 카드도 없다. 상황을 아는 동료 강사가 다음과 같은 말을 해주었다.

"기분 나빠하지 말고 들어. 저녁으로 술집에서 일해 보는 거 어때? 단기간 수입으론 그만한 게 없을 거야. 또 쌤은 예쁘니까 일자리도 쉽게 구할 거야."

지인 중에 그 일 하는 사람이 있는데 수입이 괜찮다는 말이었다.

"술집에서 일하면 어때. 일단은 살고 봐야 하는 거 아니야?"

하지만 그곳에서의 일은 너무도 많은 희생을 강요했다. 싫어도 마셔야 하는 술과 진상 손님, 다음 날 학원 일을 할 수 없을 만큼 고된 일이었다. 또 말처럼 아주 큰돈을 버는 것도 아니었다. 2차를 가야 한다며 여기저기서 말했지만 그 생활에 올인하지 않는 한 할 수 없는 일이었다. 물론 남자를 모르는 것은 아니었다. 대학 때 만난 친구, 고단한 삶에 힘이 돼 주었던 사람, 하지만 졸업 후 직장 동료와 양다리를 걸치고 있었던 사람.

꽃마을을 찾기 전 내가 살던 집은 지하 단칸방이었다. 천장까지의 높이가 180cm밖에 되지 않는 세 평 남짓한 크기의 방이었다. 재래식 화장실이 마당에 있는 집으로 비가 내린 다음 날이면 볼일 보기가 불편하고도 민망한 곳이었다. 당시 나는 악몽에 시달렸다. 눈 뜨고도 가위에 눌렸고 눈 뜨고도 방으로 들어오는 귀신의 모습을 보아야 했다. 3년, 3년이었다. 3년이라는 시간을 그렇게 보낸 후 마흔하나라는 늦은 나이로 시인이 되었다. 하지만 거처를 옮긴 꽃마을에선 오래 머무르지 못했다. 이름처럼 꽃이 가득한 마을이었지만 임대했던 방이 습이 많아 책장이며 책에까지 곰팡이가 폈기 때문이었다. 그곳에서 만났던 쌤, 하지만 첫 대화를 나눈 건 떠나기 불과 한 달쯤 전이었다.

"술 한잔 사줄 수 있어요?"

산책을 마치고 들어가던 내게 건넨 그녀의 첫 말이었다. 술 한잔 사줄 수 있냐고 했지만 술집이 없는 곳이라 냉장고에 있던 소주 한 병과 밭에서 딴 오이 하나를 들고 마을 앞 놀이터로 갔다. 그네에 앉아 앞만 보고 있던 사람, 종이컵에 따라 준 소주를 홀짝홀짝 마시더니 먼 산 보며 꺼낸 말이 이것이었다.

"제가 무슨 일 하는지 아세요? 알면 놀라실 거예요. 어떻게 그럴 수 있냐고 욕하실지도 몰라요. 저는 있죠. 학원 일하며 조건 만남을 해요."

"……"

"조건 만남, 그게 뭔지 아세요?"

"……"

"돈 받고 몸 파는 거예요. 한 번 하면 십만 원, 두 번 하면 십오만 원 받아요. 긴 밤도 가능해요. 근데 긴 밤은 자주 없어요. 가끔 있기는 한데, 긴 밤은 힘들어요. 재우지 않으니까. 이번 달에도 사백이 필요해요. 엄마가 입원한 지 일 년이 넘었어요. 엄만 암 환자이거든요. 근데 동생들은 아직 어려 수입이 없어요. 돈 버는 사람은 저밖에 없는데 치료 비용이 너무 많아요. 카드 돌려막기를 하며 버티지만 갚기가 힘드네요. 다들 이렇게 살까요? 그래도 돈 때문에 몸 팔며 살진 않겠죠?"

가끔 창문으로 내 모습을 보곤 한다고 했다. 늘 같은 자리에 앉아 있는 모습, 그래도 정신은 새처럼 자유롭게 옮겨 다니지 않냐며 말하던 사람, 그날 나는 쌤께 아무 말도 하지 못했다.

"엄마, 백 원만 더 죠. 응? 엄마."

여덟 살에 떠난 내 동생, 첫 소풍 가던 날, 어머니 허리 잡고 백 원만 더 달라며 매달렸었다. 하지만 100원은커녕 아버지께 호되게 야단만 맞고서야 소풍을 갔는데 그해 여름 다슬기 껍데기가 목에 걸려 죽고 말았다.

"내가 그놈 손에 백 원 하나 쥐여주지 못하고 묻고 온 기라."

중학교가 있는 면 소재지에 방 하나를 얻어 시작한 자취 생활, 열네 살의 나이로 직접 밥을 해 먹었다. 마당에 있는 수도를 함께 쓰며 이천 원으로 한 달을 살아야 했는데, 자장면 한 그릇이 육백 원 할 때였다. 돈이 없어 가지 못했던 예고, 스케치북 들고 미술 학원 찾는 또래 아이들을 부러운 눈으로 봐야 했던 나, 돈이란 바로 그런 것이다. 있어도 그만, 없어도 그만인 게 돈이라지만 단돈 오천 원에 목숨 걸어야 하는 삶이 우리 주위엔 있다. 종일 주운 폐지 팔아 받은 이삼천 원으로 라면 한 봉지 사서 들어가는 할머니와 아이 분유 훔치다 잡힌 젊은 가장, 가치라는 것을 사람들은 자주 말하지만 오천 원이 없는 사람에게 절실한 건 가치가 아닌 밥이라는 말이다. 그때나 지금이나 가난한 건 마찬가지지만 삼십만 원이 없다고 나는 죽지 않기에 그날 저녁 쌤의 손에 책 사이에 넣어두웠던 돈을 꺼내주며 말했다.

"갚아야 해요. 모두 살아갑니다."

골목을 사이에 두고 마주했던 집, 창문으로 불빛은 가끔 보았지만 한 달 후 이사할 때까지 쌤은 보지 못했다. 그렇다고 쌤을 걱정하며 지내지도 않았다. 큰 절벽을 만나도 강은 바다로 가듯 살아 있는 한 어떻게든 살아지는 게 인생이니까. 또 내게도 많은 일이 있었다. 세월호 참사와 피해 할머니들의 동의 없는 위안부 합의, 국민이 부여한 권한을 사인에게 넘긴 국정농단 사태 앞에 1년 3개월을 광장에 서 있어야 했으니까.

그랬던 그녀를 다시 만난 건 4년 후였다. 꽃마을 이후 두 번째 이사한 안성의 농가 주택 위로 서리가 내리던 날, 그녀가 나를 부르고 있었다. 어머니가 돌아가신 후 동생들이 있던 수원으로 돌아가 함께 살았던 사람, 그녀가 김치와 딸기잼을 들고 문 앞에 서 있었다. 내가 꽃마을을 떠난 것도 한참이 지나서야 알게 되었다며 글을 쓰는 사람이기에 찾을 수 있지 않을까 하여 검색을 통해 소재지와 연락처를 알게 되었다고 했다.

"아저씨 소식 계속 보고 있었어요. 아는 척하고 싶었지만 부담될까 하지 않았어요."

4년 전과는 달리 한결 좋아 보이던 얼굴, 말하는 것에도 안정이 있었다.

"그때 아저씨가 했던 말을 늘 되뇌며 살았어요. 민들레도 말라야만 씨를 날린다. 힘들 때마다 생각했어요. 지나갈 거라고 모두

지나갈 거라고 그렇게 생각하며 살았어요."

그러면서 그때 받은 돈을 갚겠다며 삼십만 원을 꺼내놓는 것이었다. 잘 살았으면 됐다고 거절하는 내게 꼭 돌려줘야 한다며 고집피우던 사람, 결국 반씩 하자며 십오만 원에 합의해야 했다.

"1년 전부터 사귀고 있는 사람이 있어요. 좋은 사람이에요. 그런데 제 마음이 불편해요. 죄를 짓는 거 같아서 어떻게 해야 할지 모르겠어요."

자신의 과거를 말해야 하는가에 대한 고민이었다. 어쩔 수 없는 상황이었지만 여러 남자를 상대했던 몸으로 아닌 척 그를 받아들이는 것이 죄스럽다는 것이었다. 나는 쉬이 대답할 수 없었다. 내가 쌤이라면 어떻게 할까? 내가 상대 남자라면 어떻게 받아들일까? 남의 이야기 하듯 쉽게 고백하고 쉽게 받아들일 수 있을까? 그저 때때론 덮고 넘어가는 것도 지혜라는 생각에 아래의 시 하나를 대답 대신 건네주었다.

연인들에게

용기가 없다면
보지 말아야 할 것이 있다
보이지 말아야 할 것이 있다
원치 않는 마음을 알려고도
원치 않는 마음을 말하지도

보지 말고 알려 말고
보이지 말고 말하지 말고
눈을 감고 침묵하고

작은 것에 흘릴 눈물
작은 것에 주고 말 슬픔
보지 말아야 할 과거가 있다
보이지 말아야 할 모습이 있다
앞만 보며 걸어라

"무엇을 말하는지 알아요. 그런데 아저씨, 제 마음이 편치 못해요. 속이는 거잖아요. 입장을 바꿔 제가 그 사람이라면 어떨까요?"

"떳떳하고 당당하려면 나 자신을 던질 수 있어야 함을 알아요. 하지만 묻고 가는 것이 서로에게 좋은 경우도 있어요. 오늘이 중요한 거니까. 과거는 부질없는 거니까."

"모르겠어요. 저 자신이 당사자가 되다 보니 쉽지가 않아요. 속이는 것이어서, 그 사람한테 죄를 짓는 것이어서……."

"쌤은 잘못 없습니다. 최선을 다해 산 것뿐이에요. 저라면 쌤처럼 살 용기도 갖지 못했을 거예요. 어머니를 치료시켰잖아요. 가장의 역할 해내신 거잖아요."

"하지만 아저씨, 아무리 그렇게 생각해도 편치가 않아요. 사실대로 말하고 이런 나를 받아줄 수 없다면 보내주는 것이 예의일 것 같아요. 그게 맞는 거잖아요. 사람이면 그래야 하잖아요. 아저씨

라면 어떻게 하시겠어요? 아저씨도 숨기고 덮어두실 건가요?"

참 어려운 질문이었다. 보이지 말아야 할 모습도 있다며 덮어두라고도 말하고 싶지만 그녀의 심성을 볼 때 미안함에 묻혀 지낼 것이 뻔했다. 나 자신 앞에 떳떳할 수 있을 때만이 마음의 평화를 얻을 수 있다는 것이 내 지론이지만 아무리 그렇더라도……. 그의 마음은 어떠할까, 몰랐을 때처럼 받아줄 수 있을까? 몰랐을 때처럼 사랑할 수 있을까? 이성적 사고로 무장해도 때로는 감정이 앞서는 것이 사람인데 몰랐을 때처럼 내려놓을 수 있을까? 아니 그보다 나라면 어떠할까? 내가 그라면 어떠하고 내가 쌤이라면 어떠할까? 생각하고 또 해보아도 답이 내려지지 않았다. 한 사람이 아닌 두 사람이고 한 사람의 마음에도 생각은 늘 양립하는 법이니까.

머리 둘 물고기

몸통 하나에 머리 둘인 물고기
한 놈인가!
두 놈인가!

꼬리도 하나에 지느러미도 하나
헤엄치는 몸동작도 하나이거늘
머리만 두 개가 달려 괴상망측한 놈

함께 울고 함께 웃는다
서로의 볼을 비비며 행복의 미소를 짓는
한 놈이었다

모래밭을 지나 산호초 언덕을 넘어
고래가 산다는 깊고도 넓은 바다
대왕오징어와 참다랑어 무시무시한 상어 떼

머리 둘 달린 물고기 얼굴빛이 어둡다
한 놈은 돌아가자
한 놈은 더 깊은 바다로 가자

꼬리를 움직여 지느러미를 움직여
헤엄칠 생각은 잊어버린 채, 내가 옳다
몸통 하나에 머리가 둘인 물고기
두 놈이었다

한 놈인지
두 놈인지
그놈인지

놈이 사라졌다

어찌 되었건 험난한 세월 이겨준 쌤이 고마웠다. 다시 만나리라곤 생각지도 못했는데 찾아와준 마음이 고마울 따름이었다. 결정은 자신의 몫, 현명한 사람이기에 생각 바른 사람이기에 이것 역시 잘 헤쳐가리라 믿었다. 보통의 사람이었다면 그런 고민조차 하지 않았겠지. 눈 동그랗게 뜨고 하는 거짓말이 난무한 세상에서 긴 시간 괴로워하며 미안해해 왔을 사람, 배웅해주는 나를 보며 그녀가 말했다.

"한 번 안아 봐도 돼요?"

"네. 살아있는 한 살아갑니다."

"자신에게 떳떳하고 싶어요. 사랑하는 사람 속이고 싶지 않아요."

쌤이 다녀가고 난 후 한 여인으로부터 연락이 왔다. 평소 소식만 듣고 있던 화가인데 화백께선 당시 아주 힘든 시간을 보내고 있었다. 남편의 죽음 후 시댁 쪽과의 지루한 법적 공방이 진행 중이었고, 아이들의 생계를 책임지는 가장의 역할까지 해야 하는 상황이었다. 의심이라곤 모르는 백치와도 같은 사람으로 겁도 많고 마음도 여린 사람이었는데, 그 때문이었을까 큰일을 치르며 생긴 분노 조절 장애가 그녀를 괴롭히고 있었다. 기쁨과 우울을 조절하지 못한 채 하늘과 땅을 오르내리는 감정 기복이 안타까웠다. 그럼에도 아이들을 위해 동분서주하는 모습 또한 안타까웠다. 그런 화백과의 대화가 이어지던 몇 달 동안 순이 쌤으로부턴 연락이 없었다. 연락이 없으니 잘 지내고 있는 거겠지 하는 마음으로 시간을 보내던 날, 아니나 다를까 바람처럼 아주 기분 좋은 소식 하나가 쌤에게서 들려왔다.

"아저씨, 저 3월에 결혼해요. 아저씨가 주례를 서 주었으면 좋겠
어요."

"주례? 나랑 쌤이랑 몇 살 차라고 주례를? 그리고 난 주례 설 자
격이 없어요."

하지만 쌤은 막무가내였다.

"아저씨가 왜 자격이 없어요? 제겐 아빠 같은 사람인데!"

잘 얘기 된 것이 분명했다. 얼마나 기쁜 일인가. 쌤은 분명 말했
을 거고 쉽지 않은 선택 앞에 받아준 그의 마음이 여간 고마운 게
아니었다. 그렇게 털어내고 시작할 수 있다면 더 바랄 게 뭐 있을
까? 그러나 쌤의 주례는 받아들일 수 없었다.

다시 해를 넘기고 1월, 일 년 가까이 연락 없던 쌤으로부터 새로
운 소식이 왔다. 보름 후 출산 예정인데 아이의 이름을 지어달라
는 것이었다. 신랑과 긴 시간을 고민해보았지만 마땅한 이름을 생
각해내지 못했다는 것이었다. 함부로 이름을 지을 순 없는 일, 역시
나 자격 없다고 사양했지만, 그날 쌤의 고집은 여느 때와 달랐다.

"왜 또 자격이 없어요. 제게 아저씬 아빠 같은 분이신데!"

그렇게 해서 지어준 이름이 **이었다. 기운차게 살라는 마음에
서 지어준 이름, 하지만 아이의 출산일엔 찾아갈 수 없었다. 요양
원에 계시던 아버지가 그 전날 돌아가셨기 때문이었다. 어렵던 시
절 일만 하며 사셔야 했던 아버진 환갑이 되기 전 이미 허리가 휘
기 시작했다. 그런 아버지가 딸을 잃고 우울증에 걸린 어머니께 모

진 소리도 했었는데, 그 때문이었을까 아버지에 대한 원망을 오랜 시간 품고 살았었다.

그런데 그것이 아버지만의 일방적 잘못이었을까? 한재민이라는 사람으로 태어난 건 아버지의 선택이 아니었다. 열네 살의 나이로 지게를 지며 가정을 책임져야 했던 아버지의 삶 역시 죄를 지어 받게 된 벌이 아닐 것이다. 아이의 죽음은 하늘의 뜻이었고 백 원 앞에서도 모질 수밖에 없었던 현실은 한재민으로 태어난 아버지의 숙명이었을 뿐이다. 부잣집 아들로 태어났다면 환갑 전에 허리 휘는 삶은 살지 않았겠지. 사고에 발버둥치는 아이를 그렇듯 허무하게 보내지도 않았을 것이다. 햇볕에 타 새까맣게 그을린 피부, 어느 곳 하나 성치 않았던 아버지의 옷, 담뱃진 묻은 손을 돌로 박박 닦던 삶, 삼각산 봉우리처럼 넓기만 했던 아버지의 어깨가 뼈만 덩그러니 남은 모습으로 마지막 인사를 하고 있었다.

그렇게 아버지를 보내고 두 달 후 순이 쌤이 저녁 초대를 해왔다. 첨 가본 쌤의 집은 작은 평수의 아파트 17층이었다. 당직이라 늦는다는 남편에 앞서 내게 저녁상을 차려주던 쌤, 식탁 위에 나온 반찬 수가 스무 가지가 넘었다. 방금 한 쌀밥에 생선과 나물, 어느 것 하나 정갈하지 않은 것이 없는 상, 이제 밤낮이 돌아왔다는 아이는 깊은 잠에 빠져 있고 식탁 맞은편에 자리 잡은 그녀는 자꾸만 내 쪽으로 반찬을 밀어댔다.

"많이 드세요. 아저씨 주려고 차린 상이에요. 꼭 해드리고 싶었어요."

생선의 가시를 발라가며 밥그릇 위에 올려놓던 사람, 그렇게 쌤은 내게 반찬만 챙겨주며 자신은 한 술 뜨지 않았다. 지친 표정, 생기 없는 눈빛, 꽃마을에서 봤던 쌤의 모습이었다.

"왜 그래? 무슨 일 있어요?"

하지만 쌤은 상을 물릴 때까지 아무 말이 없었다. 바닥 한 번 보고 나를 한 번 보고 다시 반찬 챙겨주며 그저 "많이 드세요."라고만 한다. 목에 가시가 박힌 듯 삼키기 힘든 식사였지만 퍼준 밥을 비워내며 웃어 보였다. "술 한잔 사줄 수 있어요?" 하며 다가왔을 때의 모습 그대로이던 쌤, 침묵이 흘렀다. 침묵은 커피를 마시고 일어설 때까지 이어져 더 슬픈 모습을 만들었고, 슬픈 그 표정 앞에 어떤 말도 떠오르지 않았다. 울고 싶으면 울고, 가고 싶으면 가는 것이 바람(風) 아니던가? 함께해 줄 수 없는 몸으로 울지 마라 말하는 것이 무슨 의미가 될까? 새근새근 잠든 아이, 아이를 봐서라도 힘내야 한다는 말만 속으로 되뇌며 자리에서 일어설 뿐이었다.

나를 찾아 안성으로 왔던 날, 배웅하는 나를 보며 "한 번 안아 봐도 돼요?" 했던 사람, 그랬던 그녀가 말도 없이 품속을 파고들었다.

"어디 가시더라도 잘 살아야 해요. 아프지 말고 건강하셔야 해요."

그런 쌤을 보며 눈 크게 뜨고 힘주어 어깨 잡으며 한마디 했다.

"그럼! 쌤도!"

하지만 그녀는 눈물을 왈칵 쏟아냈다. 그리곤 떨리는 음성으로 나를 불렀다.

"아빠! **이 그 사람 아이 맞아요."

4, 5년쯤 됐을까. 골목을 사이에 두고 살며 가벼운 목례 정도 하던 쌤이 어느 날 술을 사달라고 했던 것이. 기억하지? 그네에 앉아 내가 건넨 오이를 안주 삼아 소줄 홀짝홀짝 마셨잖아. 그때 들은 쌤의 말, "많이 아팠어." 그랬던 쌤이 지난겨울 김치를 들고 찾아왔고 새해 첫날 결혼한다며 주례를 서달라고 했어. 얼마나 반가운 소리고 반가운 일이야. 해주고 싶은 말이 있어 승낙했지만 아무리 생각해보아도 주례 선생으로 선다는 거 내겐 주제넘은 일인 거 같아.

큰 어려움을 이겨낸 쌤이지만 놓인 길에도 아픔은 있을 거야. 내 마음 같지 않음에 눈물도 나고 그런 현실 앞에서 좌절도 겪게 되겠지. 알 수 없는 길, 정해지지 않은 길, 스스로 헤쳐가야 하는 길, 두려워하지 말고 피하지 말고 어깨 펴고 당당하게 살아갔으면 해. 대신 살아줄 수 없는 삶이니까. 스스로 이겨내야 하는 것이니까.

또 사랑하며 살아야 해. 집착하지 말고 구속하지 말고 있는 그대로를 존중하며 살아야 해. 그가 좋아하는 것, 그가 생각하는 것, 그가 꿈꾸는 것, 그리고 감사하며 살아야 해. 잠시 머물다 가는 삶, 숨 쉴 수 있는 그 하나에도 우린 감사하며 살아야 하는 거야.

손에 쥐여주던 돈을 보며 눈가가 젖어오던 쌤의 모습이 떠올라. 그런 쌤이 결혼을 해. 함께해줄게. 마음 함께해줄게. 그러니 행복해야 해. 아프지 말고 마음 평안해야 해. 엄마 아빠 없는 쌤, 신랑 속썩이면 꼭 내게 데려와야 해.

나는 돌아와 밤새 한숨 자지 못했다. 야속하기도 했지만 쌤의 남편은 분명 용기 있는 사람이었다. 하지만 어떤 식으로든 소원해진 쌤 부부의 관계를 회복시켜 주고 싶었다. 자격 없는 몸이지만 그래도 나 하나만을 의지하고 있는 사람이기에 아침 아홉 시 그에게 문자를 보냈다. 무엇이 죄이고 무엇 앞에 부끄러워해야 하는지에 대해 몇 자 써서 보냈더니 한 시간쯤 후 그에게서 답장이 왔다. 잘 못했다며, 생각이 짧았다며, 문자 받고 자신이 부끄러웠다며, 다시는 아프게 하지 않겠다며…….

이제 됐다고 생각했다. 강물이 흘러가는 길에도 장애물은 있으니까. 하지만 얼마 지나지 않은 오후 네 시 다시 그에게서 전화가 걸려왔다.

순이 쌤의 장례는 조촐했다. 조문객을 맞고 입관까지 직접 챙겼지만 화장장 화덕으로 들어가는 모습만큼은 볼 자신이 없어 떠나는 차 앞에서 등을 돌렸다. 또 나는 울먹이던 쌤 남편을 향해 단 한 마디의 원망도 하지 않았다.

다양한 꽃이 모여 밭을 이루듯 다양한 사람들이 모여 만들어진 사회……. 의지와는 상관없이 맞게 되는 운명과 내가 알지 못하는 곳에서의 눈물겨운 삶…… 철저히 내 시선으로 살아가면서도 아닌 척, 위하는 척 포장하며 우리는 살아간다.

그녀의 잘못이 무엇이고 또 그를 향해 돌 던질 수 있는 사람은 얼마나 될까? 자기는 아니라고 자신 있게 말할 수 있는 사람이 있을까?

한동안 등 돌린 채 울고 앉은 쌤의 꿈을 꾸었다. 집으로 찾아와선 거실 바닥에 앉아 흐느끼고 있었는데, 왜 우냐고 왜 또 왔냐고 물어도 대답이 없었었지. 제비꽃 피고 지는 시간 속에 조금은 내

마음도 무디어졌지만 돈 갚겠다며 찾아와 웃던 얼굴만큼은 털어낼
수가 없다.

　키 작은 제비꽃만 보면 떠오르는 사람, 그런 쌤에게 이 말을 전
해본다. 야박한 말일지도 모르겠지만, 미련 두지 말라고, 태어나면
가는 게 인생이듯 바람에 이승 소식 전해지더라도 결단코 돌아보
지 마시라고⋯⋯.'

복권 영수증

:

"꼼짝 마! 손들어!"

멈칫멈칫하며 베란다 쪽으로 뛰었다. 하지만 몇 발자국도 가지 못하고 재호는 잡히었다.

재호는 직업이 없다. 첨부터 그랬던 것도 아니고 일을 하는 것을 싫어하는 것도 아니다. 갈빗집을 운영할 땐 직원이 열 명이 넘기도 했다. 물질적으로나 정신적으로나 남부러울 것 없이 살 때도 있었다. 하지만 전국적으로 구제역 파동이 장기화되었을 때 부도를 맞았다. 고기의 공급보다 찾는 사람이 없는 현실, 하루 서너 테이블 받아보았자 직원 한 사람 인건비도 안 되었다. 사람을 내보내고 식당을 줄이고 대출을 받으며 이겨보려 했지만, 노력만 가지고는 되는 것이 아니었다.

큰아이 고3 때 빨간 딱지가 붙는 것을 보았다. 하지만 일자리를 구하는 건 그리 쉬운 일이 아니었다. 요리 실력이라도 있다면야 조금은 낫겠지만 재호는 운영만 했지 요리하지는 않았다.

아내 문희는 부도 이후 감정 기복이 심해지고 있었다. 아무것도 아닌 일에 짜증을 내고 또 언제 그랬냐는 듯 웃어댔다.

어렵게 지인으로부터 삼백만 원을 빌려 지하 월세방을 얻었지만 그조차도 본인 명의로는 할 수 없었다. 아이 책상만 덩그러니 놓인 방, 습기가 차고 곰팡이가 피어 매캐한 냄새가 코를 찔렀다. 고3 큰놈이 걱정이었다. 이해하며 받아들인다고는 해도 수험생이 감당이 될까? 학원도 끊어야 했고 한 시간을 걸어 등하교도 해야 했다. 작은놈은 밖으로 맴돌았고, TV도 없는 방 안에서 대부분의 시간을 혼자 지내는 아낸 벽에 핀 곰팡이를 보며 점점 더 이상하게 변해가고 있었다.

재호는 한 달간의 노력 끝에 조개구이 식당에서 숯불 담당 직원으로 취직했다. 취직하던 날 형님으로부터 돈을 빌려 치킨을 샀다. 하지만 치킨을 들고 기분 좋게 들어선 방엔 문희가 거품을 문 채 누워있었다.

"엄마가 뭐라 뭐라 하더니 갑자기 쓰러졌어요."

"119라도 불렀어야지!"

큰놈이 훌쩍인다.

"전화가 없어서, 주인집에 가봤는데 아무도 없어서……."

그래 전화기가 없다. 그제야 재호는 자신한테도 전화기가 없음을 깨닫는다.

"아빠, 병원 갔다가 올 테니까 집에 꼭 있어. 창기 오면 병원 갔다 그러고."

재호는 문희를 들쳐업었다. 응급실 담당 의사는 언제부터 이랬
느냐는 둥 잘못 먹은 것은 없느냐는 둥 이것저것 물어봤지만 재호
로서도 아는 것이 없다. 그래서 사실대로 상황을 말했더니 일단은
검사부터 해보자며 피 검사와 X-레이, CT 촬영을 했다. 하지만
검사한 것에는 이상이 없다며 뇌에 이상이 있을 수 있으니 MRI
검사를 해보는 것이 좋겠다는 말을 건네 왔다. 이러지도 저러지도
못할 상황이다. 환장한다는 말이 이래서 나온 말이리라.

"보호자 분, 어떻게 하실 건가요?"

담당 의사가 다시 물어온다. 재호는 생각했다. 왜 그 물음에 쥐구
멍이라도 있으면 숨고 싶다는 생각이 드는 것인지, 재호가 되물었다.

"저기, 안 찍고는⋯⋯?"

"네!"

"사정이 있어서, 검사비가 많이 나오면⋯⋯."

의사가 말한다.

"그럼 경과를 좀 지켜보고 상담하시죠."

그만으로도 재호는 기쁘다. 병상에 누운 문희를 보곤 수납 창구
를 향했다.

"한 가지 여쭤볼게요. CT 찍고 X-레이 찍고 했는데 병원비가
어느 정도 나올까요?"

창구 직원이 말한다.

"그렇게 했으면 응급실 비용까지 해서 사십만 원 정도 나올 것
같은데요."

그나마 재호는 또 다행이라고 생각했다. 형님으로부터 빌린 돈이 병원비를 내고도 십만 원은 남으니까.

문희의 병명은 정신질환인 과대망상증이었다. 입원을 해야 한다고 했다. 그렇지 않으면 위험한 일을 저지를 수 있다며 치료하면 많이 나아진다고 했다. 또다시 병원비를 물었더니 한 달 기준으로 백이십만 원가량 나온다는 것이었다. 공중전화기를 찾아 다시 형님께 전화했다. 자신이 받을 월급이 팔십만 원인데 병원비가 백이십만 원이라고, 그러니 도와줄 수 없겠냐고. 그랬더니 형이 그랬다. 생활은 뭐로 할 거냐고?

문희를 입원시킨 후 새벽 시간으로 신문을 돌렸다. 또 며칠 후 조개구이 사장에게 양해를 구해 오후 3시까지 세차장에서 일했다. 이 정도면 문희 병원비는 될 것이다. 하지만 월세가 또 걱정이다. 애들 용돈은? 반찬은?

큰놈 현정이 생각이 깊어 학교를 마치고 편의점에서 일했다. 공부는 밤으로 하면 된다면서 거들고 나선 것이다. 그러고 보니 아이들과 얼굴 맞대고 밥 한 번 먹을 수 없는 생활이다.

또 걱정거린 작은놈이다. 작은놈 창기는 공부와는 거리가 먼 놈이다. 중학교 때부터 친구들과 어울려 다니며 노는 쪽으로만 관심을 갖더니 지하로 오고 나선 외박을 밥 먹듯 했다.

문희의 면회는 재호와 현정이 번갈아 가며 했다. 정신 병원은 일반 병원과는 다르게 외부와 차단이 된다. 한 번 들어가면 보호자의 동의 없인 나올 수도 없다. 중증 여부에 따라 병동이 나뉘지만 한 병실 안에서도 사람들은 모두 다른 병을 갖고 있다. 조울증, 우울증, 피해, 과대망상증, 대인기피증, 폐쇄공포증, 심지어 알코올 중독자, 들어보지도 못했던 병을 앓고 있는 사람들이 모두 있는데 그럼에도 한 가지 공통된 점이 있었다. 모두 자신의 병을 인정치 않으려 한다는 것.

"나 이상한 사람 아니에요."

정신 병원 환자들은 볼펜과 같은 필기도구나 50cm가 넘는 목욕 타월도 소지할 수 없다. 남자들이 쓰는 일회용 면도기도 정해진 시간에만 쓰고 반납해야 했고, 심지어 하루 세 번 행해지는 약 복용 시간에도 삼켰는지 여부까지 확인받아야 했다. 문희의 말에 의하면 자기 옆 사람은 자기가 싫어서 할 수 있었던 법관도 하지 않았다고 했다. 또 어떤 날은 자신은 세속 사람들과는 어울릴 수 없는 사람이라고도 했단다. 그러면서 문희는 이렇게 말해 왔다. 감히 자신 앞에서 그따위 소릴 한다고……. 그리고는 재호를 향해 당신 때문이라고 당신만 안 만났으면 됐다고 소리치는 것이었다. 현정에게도 마찬가지였다. 하지만 현정에게는 좋은 대학에 갈 수 있을 거라는 격려도 했는데, 자기를 닮아 똑똑하다는 게 이유였다.

그러던 어느 날 작은놈이 사고를 치고 말았다. 어울리는 친구 놈들과 아이 하나를 집단 폭행한 것이었다. 폭행당한 아이는 충격으로 5층에서 뛰어내렸는데 다행스럽게도 화단의 나무 위로 떨어져 목숨은 건진 상태였다. 그 아이가 쓴 유서에 괴롭힌 아이들 이름이 있었는데 주동자가 창기였다. 학교에선 당연히 퇴학 조치가 내려졌다. 또 피해자 측의 고소로 소년원에 가야 했다. 그것으로 끝이면 다행이겠지만 피해 아이에 대한 치료비와 보상이 문제였다. 하지만 할 수 있는 게 없다. 할 수 있는 일이 없다는 게 재호는 한심스러웠다. 할 수 없는 현실이란 바로 돈이었다. 피해 학생 부모 앞에 엎드려 용서를 구했다. 다 해주고 싶지만, 그것이 자식 가진 부모의 마음이라는 것도 알지만 돈 앞에서는 그도 배 째라는 신세밖에 되지 못했다. 안 하는 것이 아닌 못 하는 현실. 재호가 말했다. 이렇게 살고 있는데 가져갈 것이 있으면 모두 가져가라고, 하지만 또 생각했다. 그것은 사람이 할 짓이 아니라고, 월급을 타면 그것만이라도 해줘야겠다고.

그럼 문희 병원비는, 큰놈 입학비는, 형님께 빌린 돈은, 손오공처럼 머리카락 하나 뽑아 여러 개의 몸을 만들 수 있다면 좋겠다는 생각도 했다. 그럼 한 열 명쯤, 아니지 그것도 부족하면 백 명쯤 만들어 돈을 벌겠다고, 그럼 그놈들에게 일 시키고 자기는 뒷짐 지고 살아도 되지 않겠느냐고.

겨울이 지나고 있다. 3개월 동안 입원을 했던 문희가 퇴원하고 그 뒤 한 달 후 작은놈도 출소했다. 완전하진 않지만 문희는 아이들 뒷바라지를 했다. 수능을 마친 현정은 잠시 그만두었던 아르바이트를 다시 시작했다. 방학 기간을 이용해 갈빗집에서 하는 서빙이었다. 등록금 중 일부라도 보태겠다는 생각인데 문제는 재호였다. 세차 일은 줄고 신문 배달하던 지국은 문을 닫았다.

등록금!

재호의 머리가 노랗다. 창기 이놈만 사고를 안 쳤어도, 그놈만 아니었어도 형님에게 다시 빌린 돈으로 합의금이 아닌 등록금은 하지 않았겠냐고 넋두리도 해본다. 하지만 이것이 어떻게 창기 때문만일까? 장사가 잘되던 때가 그립다. 열 명이 넘던 직원, 사장이라며 힘 좀 들어갔던 어깨, 넓은 집, 좋은 차, 아내의 행복한 표정과 아이들의 밝은 웃음, 그럴 때가 있었다.

그래, 창기 때문이 아니고 구제역 때문이다. 그놈의 구제역만 아니었으면 이렇게 되진 않았을 것이다. 그런데 나라는 왜 보상을 안 해주나. 적게나마 농가에는 보상이 있었지만 자신에겐 아무것도 없었다. 세금 빼돌리지 않고 불법 영업한 적도 없는데 보상은커녕 빈털터리가 됐고, 건강보험 미납 독촉 고지서만 받고 있다. 그러면서 문희의 병원비는 혜택도 없다. 심각한 병이라고 격리까지 시키면서 정신병은 보험 혜택이 안 된단다. 문희가 아프고 싶어 아팠나! 그놈의 구제역, 아니, 창기도 구제역도 아닌 모두 자신 때문이다. 돈 벌었을 때 깊은 산 어딘가에 땅을 파서 묻어두었다면, 집도 사지 말고 차도 사지 말고 땅에 돈을 묻어두었다면, 아니, 아니, 장사 안되었을 때 미련 갖지 말고 빨리 접었었다면, 그럼 땅속에서 돈을 캐내어 아이들 치킨을 원 없이 사줄 수 있지 않았을까? 창기놈도 저렇게까진 되지 않았을 거고, 큰놈도 등록금 마련한다며 자기 아빠 하던 갈빗집에서 서빙하는 일도 없을 것이다. 망하고 나니 갈빗집은 문전성시, 재호의 가슴에서 울화통이 치민다.

큰놈이 공부를 잘하여 두 번째 가라면 서럽다고 하는 대학에 합격했다. 조금만 더 해 서울대에 갔으면 좀 더 좋았겠지만 어려움

속에서 이만큼 자라준 녀석이 여간 대견한 것이 아니다. 하지만 다가오는 입학금 날짜에 고민이 이어진다. 다시 형께 부탁했다.

"형님, 오십만 원만 더……."

"이놈아 와서 있거든 다 갖고 가거라."

형님네도 작년에야 큰놈이 졸업하고 작은놈이 3학년이니 속이 속일까. 할 수 없이 식당 사장께 부탁했다. 한 달에 육십만 원씩 갚을 테니 빌려줄 수 없겠냐고, 그랬더니 사장이 그런다.

"지금 없는데 내일 가면 생깁니까?"

맞는 말이다. 그런데 자존심 무지 상한다. 그래도 어쩔 수 없다. 어떻게든 돈을 구해야 한다. 다른 건 몰라도 입학금만은 꼭 마련해주고 싶다. 하지만 돈 나올 구석이 없다.

복권은 매회 일등 당첨자만 십수 명이 된다는데 정작 자신은 빗나간 영수증만 보고 있다.

연희 누나

:

　연희는 3년 전 피부과 의사인 정호와 결혼했다. 피부에 난 물집을 치료하러 병원을 찾은 연희를 본 정호는 그녀의 마음을 얻으려 오랜 시간 노력했다. 물론 정호의 집에서 반대가 없었던 것도 아니었다. 부모와 형제 없이 홀로 살아가는 연희를 쉽게 며느리로 받아들일 수 없었지만 정호의 고집을 꺾을 수가 없었다. 그러나 들에 핀 꽃도 꺾어 내 손에 쥐면 그 아름다움을 잊어가듯 정호의 그런 열정적인 사랑도 그리 오래가진 못했다. 인생을 즐기며 살고 싶은 그와는 달리 연희는 순종적이었고 배려심이 많은 사람이었다. 젊은 여자의 달콤하고 짜릿한 사랑보다는 받아주고 보듬어주는 것에 익숙해져 있는 연희에게서 정호는 여자로서의 매력을 점점 느낄 수 없게 되었다.

　민수가 찾은 회사는 경상남도 어느 작은 도시에 위치한 주문 제작 가구 공장이었다. 소비자가 기호에 맞추어 디자인과 색상 등을 결정하면 거기에 맞추어 제품을 제작하는 것으로 기성 제품에 비해 가격은 비쌌지만 AS 팀까지 꾸려 관리를 해온 덕에 매출이 점점 커지고 있는 내실 있는 업체였다. 민수는 거기에서 설치를 담당했다. 주문 가구의 경우는 배송할 때 완성된 제품이 아닌 분리된 상태로 옮겨 현장에서 조립하여 설치하게 돼 있었다. 민수는 그 일이 자신의 적성과 잘 맞는다고 생각했다. 어느 한 곳에 매여 반복적인 일을 하는 것이 아닌 늘 새로운 환경과 새로운 사람들을 만난다는 것이 민수로서는 좋았다. 또 그리운 사람을 만날 수 있게 될지도 모르는 일이었다.

고등학교를 막 마치고 입사한 동철이가 민수를 따라다니며 일을 도와주고 있었다. 눈치가 빠르고 성실한 동철은 줄곧 태권도를 해와서인지 힘든 일도 척척 했고, 민수가 설치하는 동안 눈치껏 다음에 필요한 물건을 챙겨주고 끝날 때쯤이면 톱밥 가루 하나 없을 만큼 깨끗이 뒷정리를 해놓고 있었다.

민수가 동철과 함께 공장에 도착했을 때 직원들은 모두 하던 일손을 멈추고 몸에 쌓인 먼지를 털고 있었다. 공장 내에 식당이 있어 하루 세끼를 모두 해결할 수는 있었다. 하지만 아침과 저녁은 회사 기숙사에서 생활하는 사람에 한한 것이었다. 저녁을 마무리하고 아침에 먹을 밥과 반찬들을 준비해 놓고 퇴근하면 기숙사에 사는 직원들은 다음 날 아침 스스로 밥을 챙겨 먹게 되어 있었다. 먹고 난 접시를 대부분 설거지통에 담가놓기만 했지만 만복만은 가끔 담긴 접시들을 혼자서 닦곤 했다. 가끔씩이라도 그렇게 했던 건 식당 직원인 이정숙, 여기선 모두 이 씨 아줌마라고 부르는 정숙을 그가 좋아하기 때문이었다. 그날 점심시간에도 만복은 정숙을 향해 하트 하나를 만들어 힘차게 날리고 있었다.

옥희는 경리 업무를 보는 사무실 직원으로 나이는 스물셋이었고, 언제나 밝은 얼굴로 인사하여 얼굴만 봐도 기분이 좋아지게 하는 좋은 매력을 지닌 사람이었다. 마실 물을 떠오며 자리에 앉는 동철을 보며 민수가 물었다.

"할 만해?"

동철이 뒷머리를 긁적이며 말했다.

"젊은 놈이 못 할 것이 뭐 있겠습니꺼? 재미있습니더."

민수는 동철의 말을 들으며 잠시 생각에 잠겼다. 어린 시절 고아원을 도망쳤다가 붙잡혀 매를 맞던 일과 입양되어 떠나던 연희의 뒷모습이 떠올랐다.

그런 연희를 다시 만난 건 10년이 더 지난 어느 날, 이 도시 모퉁이의 레코드 가게 앞이었다. 고아원에 있을 때 연희는 종종 영화 음악을 민수에게 들려주곤 했었다. 그중에서 모나코(monaco)라는 음악을 특히 좋아했는데 그것을 듣고 있으면 바다 생각이 난다면서 좋아했다. 그때 연희는 대학을 다니고 있었고 민수는 야식집에서 야식 배달을 하고 있었다.

레코드 가게 뒤편은 계단을 올라가야 하는 곳이었다. 배달을 끝내고 세워 둔 오토바이가 있는 곳으로 왔을 때 그 노래를 듣다가 황급히 버스를 타는 연희를 보았다. 시간이 지나 어른이 되어 있었지만, 민수는 그 사람이 연희라는 것을 바로 알 수 있었다. 버스를 쫓아 정거장에 설 때마다 연희를 찾았지만, 종점까지 갔을 때 버스엔 아무도 없었다. 그렇게 다시 10년이 더 지났다. 성인이 되어서도 레코드 가게 주위를 벗어나지 않았다. 언젠가는 다시 만날 것이라는 희망이 민수에겐 있었다.

부사관 생활을 더 연장하여 7년이란 시간 동안 근무했다. 첨엔 전역하면 모아 둔 돈으로 레코드 가게를 할 생각도 했었다. 하지만 그렇게 되면 움직일 수 없는 사람이 될 것 같았다. 사람이 살아가는 동안은 집도 사고 이사도 하고 인테리어도 하게 된다. 그러다 보면 한 번쯤은 가구도 바꿀 것이고 인연이 된다면 만날 수도 있지 않을까 하는 생각이 들었다. 그래서 민수가 찾은 곳이 그 레코드 가게에서 차로 10분 거리인 가구 공장이었다.

민수가 근무한 곳은 특전부대 내에서 해척조라는 팀이었다. 작전 시에 공중이나 육상이 아닌 해상을 통해 침투하여 작전을 벌이는 팀으로 해척조만의 별도의 교육을 받아야 했다. 부대 내에서도 교육을 했지만 일부 대원들은 진해의 해군 부대를 찾아 6개월간의 해군 교육을 받기도 했다. 일명 UDT 교육이라 일컬어지는 그 교육은 매우 혹독한 것이었다. 두 달째 접어들어 극기 주를 거치며 많은 생도가 낙오되기 시작했다. 하지만 민수는 끝까지 남아 수료하고 본대로 돌아왔다.

식당 문을 열고 옥희가 들어서더니 민수 옆으로 다가가 멈춰 섰다. 그리고는 고개 들어 쳐다보는 민수를 향해 보자기에 싼 통 하나를 내밀고 있었다.

"어제 아빠 생신이어서…… 잡채를 좀 했는데 맛 좀 보시라고……."

옥희는 회사 여직원들 중 유일한 미혼이었다. 사무실에도 여직원 두 명이 더 있었지만 모두 사내 커플로 결혼까지 이르렀고 생산직에도 마찬가지였다. 옥희는 집에서 싸 온 도시락으로 점심을 해결했다. 그렇게 하면 점심값이 급여에 포함되어 입금되기 때문이었다. 그러나 도시락을 싸서 오는 직원은 몇 되지 않았다.

공장 뒤편에는 인근 들판에 농수로 쓰이는 제법 큰 규모의 저수지가 하나 있었다. 저수지 한쪽에는 백 년은 족히 됨직한 버드나무 한 그루가 있는데, 그 아래에 사각으로 된 평상이 하나 있었다. 민수도 가끔 시간을 보내는 그곳에서 옥희는 싸가지고 온 도시락을 자주 먹곤 했다.

1년 전부터 민수는 새로운 운동을 시작했다. 권투나 태권도 같은 종목이 아니라 종합 격투기로 반글러브를 착용하고 싸우는 과격한 종목이었다. 주먹을 써도 되고 발을 이용해도 되고 유도나 레슬링처럼 상대를 쓰러뜨려 공격해도 되었다. 얼마 전 민수는 다른 도장의 선수와 3라운드 경기를 치른 적이 있었다. 입식 타격에선 큰 충격을 주었지만 유도를 했던 상대 선수의 기습적인 공격에 쓰러져 기권 패를 해야 했다. 때문에 요즘은 파운딩 기술과 쓰러졌을 때의 방어 기술, 그리고 벗어나 반격할 수 있는 기술들을 열심히 익히고 있는 중이었다.

사람들은 위험하고 잔인한 운동을 왜 하냐고도 했지만 그것은 싸우는 것이 아니라 하나의 운동 종목이었고, 승패에 깨끗이 승복하고 박수를 해주는 운동 경기 중의 하나일 뿐이었다. 스물세 살의 한 선수는 특별히 어떤 운동도 하지 않았는데 종합 격투기 무대에서 연승가도를 달리기도 했다. 민수도 그렇게 되고 싶었다. 화젯거리가 되어 자신의 이름이 보도되는 그 선수처럼 되고 싶었다. 그렇게 되면 연희가 자신의 이름을 보게 될 수도 있을 일이었다. 가장 빠른 방법은 그와 경기를 치르는 것이었다. 하지만 아무 전적도 없는 그가 연승하고 있는 그 선수와 경기를 치르는 일은 없을 것이다. 그러나 언젠가는 그와 경기를 하고 이길 수 있는 실력을 키우리라 다짐했다.

그날 저녁 일을 마친 만복은 회사 짝꿍인 길조를 데리고 시내 술집에 들어섰다. 두 사람이 자주 찾는 술집으로 만복과 같은 고향인 경산 출신의 아가씨가 운영하는 곳이었다. 그녀는 늘 만취될 때까지 술을 마시면서도 일부 손님들처럼 추태 한 번 부리지 않고 돌아서는 만복이 귀엽기까지 했다. 다만 한 가지 얄미운 건 계산할 때 꼭 끝에 붙는 잔액은 주지 않는다는 것이었다. 32,000원 나오면 30,000원 주고, 37,000원이면 35,000원만 주고 돌아섰다. 그래서 한 번은 37,000원 나온 것을 일부러 42,000원 나왔다고 했더니 술에 취해 비틀거리던 만복이 눈을 크게 뜨며 말했다.

"어라! 저기 봐봐. 소주 다섯 병에 알탕 하나, 담배 두 갑, 맥주는 서비스…… 37,000원."

그러면서 35,000원을 주고 갔다. 그래서 그 뒤로는 술값이 얼마 나왔다고 말하지도 않았다. 하지만 만복은 정확하게 계산해서 여전히 끝자리를 빼고 주었다.

"너, 나중에 가구 들이면 내가 그때 싸게 해준다."

만복이 늘 하는 말이었다.

그 무렵 연희는 진정제를 먹고서야 간신히 잠이 들곤 했다. 정호는 한밤중이 되어야 들어왔고 늘 입에서 술 냄새를 풍기었다. 그리고 그런 그의 옷에선 진한 화장품 냄새가 진동했다. 시어머니는 어떻게 하기에 정호가 매일 저러냐며 연희를 다그쳤지만, 연희로선 알 수 없는 일이었다. 침대에 누워 자고 있는 정호를 보며 연희는 자신을 키워주었던 양부모님의 모습을 떠올렸다. 친자식처럼 대해주시던 따뜻한 마음과 인자했던 미소, 그리고 산악회 사람들과 여행을 가다가 계곡으로 버스가 추락한 사고…… 양부모님껜 자식이 없었고 형제들은 장례가 끝나자 연희의 집으로 몰려왔다.

"잘 모르겠어요. 저도 어떻게 해야 할지…… 잘 모르겠어요."

양부모님의 형제들은 연희에게 아버지의 도장을 가져오게 한 후, '혹시 내가 죽게 되면'으로 시작되는 유언장을 허위로 만들어 그 안에 재산 분할에 관한 내용을 넣은 후 변호사 사무실과 법무사 사무실을 찾았다. 집만큼은 연희에게 준다는 내용을 넣어 의심의 눈을 피해갔지만 연희는 그것이 부당하다고 말할 수 없었다. 고아원에서 입양되어 입적된 자식일 뿐이라는 생각에 돌아가신 분의 재산을 가지고 싸우고 싶지도 않았다.

연희가 고아원에 맡겨졌던 건 그녀의 나이 여덟 살 때였다. 일찍 어머니가 돌아가시고 줄곧 아버지의 손에서 자랐던 연희의 머릿속에는 몇 차례나 이사를 다녔던 기억이 남아 있었다. 어떤 날은 한밤중에 도망치듯 나오기도 했고, 그럴 때 아버지의 얼굴엔 두려움이 가득했다.

"너 엄마는 폐병으로 죽었어. 마음이 참 따뜻한 사람이었다."

아버지가 어머니에 대해서 해준 말은 이것이 전부였다. 이전에 무슨 일을 했는지 모르지만, 연희 기억 속의 아버지는 건설 현장에서 일하는 일용직 노동자였다. 어떤 날은 일감을 얻지 못해 쉬었고 비가 오는 날도 마찬가지였다. 쉴 때 아버진 간혹 주머니 속에서 하모니카를 꺼내어 불어주곤 하셨다. 아버지가 즐겨 불었던 노래는 '고향의 봄'이었다. 하지만 연희가 알지 못하는 곡들도 연주했는데 아버지의 하모니카 소리는 늘 슬프게만 들렸다. 늘 무엇인가에, 또는 누군가에게 쫓기듯 살아오신 아버진 연희가 여덟 살이 되던 해 겨울, 잠시만 기다리면 찾아온다는 말을 남기고 떠나갔다.

"정말 조금만 있다가 오는 거 맞죠? 아빠."

"그럼, 열 밤만…… 아니 한 달만 기다려. 아빠가 꼭 데리러 올게."

"알았어요, 아빠. 기다리고 있을게요. 울지 않고 기다릴게요. 그러니 꼭 와야 해요, 아빠!"

아버지가 등을 보이며 돌아섰다. 자꾸만 뒤를 돌아보았지만, 아버지는 그 후 한 번도 오지 않으셨다. 어디에 있는지 살아는 계신지 그조차도 알 수 없는 아버지…… 연희의 기억 속에서도 아버지의 얼굴은 차츰 흐려지고 있었다.

연희가 고아원에 들어섰을 때 운동장 한편에서 모래성을 쌓고 있는 남자아이가 있었다. 그 아이가 민수였다. 연희보다 네 살이 어린 민수는 부모님의 얼굴을 몰랐다. 원장 선생님 말에 의하면 가을로 접어들 무렵 이른 아침에 고아원 출입문 앞에 포대기에 싸인 민수가 있었다는 거였다. 거기엔 작은 메모가 있었는데, "죄송합니다. 아이를 키울 형편이 되지 못해 이런 죄를 짓습니다. 아이 이름은 민수이고 성은 제 성을 따서 한민수라고 했습니다. 호적에도 올리지 못한 아이지만 민수라고 불러주시고 못난 엄마를 용서해달라고 훗날 크면 전해주세요."라는 식의 내용이었다고 했다. 민수는 여느 아이들처럼 어리광을 부리거나 떼를 쓰지 않았다. 잘 울지도 않았고 말이 많지도 않았으며, 또래 아이들과 어울려 놀다가 친구들이 낮잠을 잘 때는 혼자 밖으로 나가 놀곤 했다. 민수가 즐겨 했던 놀이는 모래성 쌓기였다. 민수가 만드는 모래성에는 한 가지 특징이 있었는데 성 주위로 항상 담이 있다는 것이었다.

　고아원 아이들끼리도 부모의 존재 여부는 큰 관심거리였다. 이런저런 사정으로 잠시 맡겨진 아이들과 병원이나 입양 기관을 통해서 들어오는 아이들이 대부분인 그 속에서 민수처럼 출입문 앞에 버려진 경우는 극히 드문 일이었다. 그것이 때로 민수가 친구들 사이에서 놀림감이 되는 이유였다.

　"넌 엄마가 여기에 버렸지?"

　"……."

　"난 엄마 있어. 좀 있으면 데리러 와."

　"……."

민수는 아무 말도 하지 않았다. 하지만 그렇게 말하던 아이들도 새 가정으로 입양이 되거나 자라서 스스로 독립하는 경우가 대부분이었다.

아버지에 대한 기억이 조금씩 흐려져 갈 무렵 일곱 살 된 민수가 고아원을 도망친 일이 있었다. 시외버스 정류장에서 어슬렁거리는 아이를 이상하게 여긴 사람이 경찰에 신고했는데, 민수는 그날 원장 선생님한테 매를 맞았다. 매를 맞고 난 민수가 다리를 절며 운동장에 나가 고개를 숙이고 그네에 앉아 있었다. 그때 연희가 그 곁으로 다가서며 말했다.

"민수야."

고개를 드는 민수의 눈에 눈물이 맺혀 있었다. 연희는 손에 쥔 초코파이 하나를 민수에게 건네주었다.

"이거 먹어."

"……"

"어서 받아, 배고프잖아."

고개 돌려 땅을 보고 있는 민수의 눈에서 굵은 눈물방울이 떨어졌다. 연희의 마음이 아팠다.

"울지 마. 민수는 울지 않잖아."

"……"

연희도 더 말을 시키지 않았다. 그저 다 울고 나길 옆에 앉아 기다려 주었다. 그러면서 혼잣말로 하늘을 보며 말했다.

"난 하늘을 보면 기분이 좋아져. 햇볕 따뜻한 날 구름 한 점 없이 깨끗한 파란 하늘을 보면 꼭 그 속으로 빨려들어 갈 것만 같아.

그리곤 생각해. 내가 저기로 빠져들어 새처럼 날 수 있다면 얼마나 좋을까 하고. 그럼 멀리까지 갈 수 있잖아. 높은 데 있으니까 사람도 빨리 찾을 수 있을 테고. 하지만 난 사람이니까 날 수 없어. 그냥 지구가 한 번만 뒤집혔다가 돌아왔으면 좋겠어. 우습지 않니?"

그렇게 연희는 한참을 앉아 민수 곁을 지켜주었다. 봄바람이 나뭇잎을 스치고 봄 햇살은 따뜻하게 대지에 내리고 있었다. 봄 햇살 아래의 운동장 그 황톳빛, 연희가 민수를 보며 말했다.

"거기 가도 어디로 가야 하는지도 모르면서 왜 갔어?"

"……."

민수는 말이 없었다. 발로 바닥을 쓸며 생각 속에 빠져 있었다. 연희의 분홍색 신발이 민수의 눈에 들어왔다. 그 신발 속에 신겨진 하얀 양말. 민수가 그네에서 일어서며 연희를 바라보았다. 그리고 말했다.

"달리기를 해봤어, 누나. 달리는 동안은 아무 생각이 안 났어. 숨이 턱까지 차올라도 기분이 좋았어."

"……."

"씩씩하게 커갈 거야, 지금처럼 울지 않고."

연희는 그런 민수가 기특했다.

"그래, 민수야 내가 항상 옆에서 응원해줄게. 그러니 이제는 그런 거 하지 마!"

따라 일어서는 연희를 보며 민수가 고개를 끄덕였다. 약속처럼 연희는 달리기 시합이든 씨름과 같은 놀이든 늘 민수의 편에서 응원을 했고 손을 잡아주었다. 어쩜 받지 못한 사랑의 아픔이 민수를 향해 가고 있었던 것인지도 모를 일이었다. 하지만 연희는 다음 해 열두 살이 되던 봄 고아원을 떠났다. 한 번도 소리 내어 울지 않던 민수가, 울지 않고 씩씩하게 커갈 거라고 말했던 민수가 출발하는 차를 향해 소리치며 따라갔다. 가지 말라고, 연희 누나 가지 말라고, 그렇게 "가지마, 가지마!" 하며 울고 있었다.

새 부모님은 인자하신 분들이셨다. 늦게까지 아이 없이 살다가 입양해서 키우면 어떨까 하는 고심 끝에 연희를 입양하게 된 것이었다. 새엄마는 늘 입버릇처럼 말씀하셨다.

"낳은 사랑만 사랑이 아니야. 내가 너를 친딸이라 여기며 살 테니 너도 날 친엄마라 생각해주었으면 좋겠어."

낯선 환경에 적응한다는 것이 쉬운 일은 아니지만 새 부모님의 사랑 속에서 큰 탈 없이 성장기를 보낼 수 있었다. 음악을 좋아했던 연희를 위해 비싼 오디오까지 사주시고 손을 잡고 함께 레코드 가게를 찾기도 했다.

"엄마 좋아하시는 것도 골라보세요." 하고 연희가 말하면 새어머닌 늘 나는 늙어 노래 모르니 너 좋아하는 거 고르라며 어깨를 두드려주곤 했다.

'민수한테도 들려주면 좋을 텐데, 나랑 음악 듣는 거 좋아했는데……'

하지만 연희는 민수를 위해 해줄 수 있는 것이 없었다.

새아버진 봉제 공장을 운영하고 있었다. 새어머니도 거기서 만났는데 손이 참 빠른 분이었다고 했다. 봉제 공장 중에서도 한복과 이불 등의 침구류에 들어가는 수를 넣는 일로 공장은 3교대로 쉴 새 없이 가동되었다. 직원 대부분은 여자들로서 20대의 아가씨부터 사오십대 아줌마에 이르기까지 연령층이 다양했다. 새아버지가 가장 가슴 아프게 생각했던 건 십대 소녀들이 가정 형편이 어려워 고등학교 진학마저 포기한 채 일을 해야 한다는 현실이었다.

"저도 좀 돕고 싶어요, 아빠." 하고 연희가 말하기라도 하면 늘 새아버진 공부 열심히 하고 아프지 말고 건강하게만 자라 달라고 볼을 두 손으로 톡톡거리곤 하셨다. 그런 사랑을 받을 때마다 생각이 나던 민수, 민수는 연희에게 말한 대로 울지 않고 튼튼하게 자라가고 있었다.

"형님 다음엔 다른 데 좀 가입시다. 허구한 날 거기만 갑니꺼?"

빨간 얼굴에 아직 술이 덜 깬 만복을 향해 길조가 말했다. 아침밥을 챙겨 먹고 공장으로 출근하는 길이었다. 술을 먹고 난 다음 날이면 꼭 10분 이상씩 화장실에 앉아 있는 버릇이 만복에겐 있었다. 그날도 그로 인해 출근 시간보다 1분 늦게 근태 기록 카드를 찍었다. 사람들 모두 공장 한쪽에 서서 공장장의 지시를 기다리고 있었다.

사무실 직원들은 사무실에서 조회를 했고 생산직 사람들은 팀을 구분하지 않고 모여 그날 있을 일을 지시받았다. 공장장의 지시 사항이 끝나고 나면 각 팀장들이 간단하게 팀원들에게 세부 사항을 다시 말했고, 일은 시작되었다. 그날도 별다른 일은 없었다. 제작팀은 며칠 전부터 시작된 유치원에 납품할 교구를 만들면 되었고, 설치팀은 제작된 유치원 교구를 배송하여 그날부터 설치를 시작하면 되었다. 특별한 것이 있다면 많은 양의 합판이 오전에 도착하니 참고하라는 사항이었다. 일반 가구 공장은 나뭇결의 색상이 주를 이루지만 주문 제작 공장의 경우는 그 색상이 매우 다양한 편이었다. 특히 유치원이나 어린이집으로 나가는 가구의 경우 파스텔 계통의 분홍, 노랑, 파랑, 초록, 주황 등의 어린이 눈높이에 맞춘 다양한 색상이 사용되었다. 이제 3년째 접어드는 민수도 유치원 납품이 제일 즐거운 일이었다. 유치원 교구 같은 경우는 가정용처럼 현장에서 재단하는 일이 거의 없었다. 분리된 상태로 옮겨 피스를 이용해 조립한 후 각각의 위치로 옮겨 자리만 잡으면 되는 일이었다. 또 작업 공간도 널찍하여 움직이는 것이 한결 편했다.

"천만복!"

공장장이 만복을 부르고 있었다. 손등으로 입술을 한 번 닦고는 만복이 대답했다.

"네 공장장님."

"너 새끼 어제 또 한 잔 빨았지?"

"……."

만복은 말하지 않고 씩하고 웃었다. 그런 만복을 보며 공장장이 손으로 코앞을 휘저었다.

"어휴, 냄새…… 얼마나 마셨노? 이거…… 창고 들어가 봤나? 엉망이다, 엉망! 방금 말한 대로 애들 데리고 가서 정리 좀 시키고…… 알겠나?"

"죄송합니다, 공장장님."

만복이 머리를 긁으며 허리를 꾸벅 굽혔다. 만복이 일부 직원들을 데리고 창고를 향하는 것을 보며 민수는 배송할 물건을 향해 다가갔다. 제작팀 팀장이 민수를 보며 말했다.

"오늘 고생 좀 해야 할 끼라."

그 말에 동철이 물었다.

"고생요, 왜요?"

"오늘 3층이거든"

그러자 동철이 정말 죽었다는 표정으로 말했다.

"어미, 진짜 죽었네. 형님, 고생 좀 해야겠십니더."

그러자 민수가 동철의 어깨를 툭 치며 말했다.

"10층까지 벽돌 지는 사람도 있어."

유치원으로 옮겨야 할 교구의 양이 제법 되었다. 공장 직원들과 함께 차에 실을 수 있을 만큼 가득 실어 꼭꼭 묶었다. 운전은 동철이 했다. 면허를 따고 운전을 많이 해보지 못했다 하여 한적한 곳에서 맡기곤 했었는데 이젠 제법 할 정도로 운전이 늘어 있었다. 재미를 붙여서인지 운전대에서 손을 놓을 생각도 하지 않았다. 유치원은 공장에서 30분쯤 떨어진 곳에 있었다. 성당에서 운영하는 곳으로 1층에서 3층까지를 모두 사용하고 있었으며 유치원 옆에는 역시 성당이 있었다. 기존에 사용했던 교구들은 용역 회사 인부들에 의해 다 치워진 상태였다. 유치원 교사의 안내에 따라 교실을 확인하고 배치해야 할 물품들도 다시 확인했다. 이제 남은 건 동철과 함께 열심히 날라 옮기고 조립하여 설치하는 일이었다. 동철은 민수에게 자신이 옮길 테니 조립하여 자리만 잡으라고 했지만 민수는 그것이 좋은 방법이 아님을 알고 있었다. 동료란 함께 하는 거라는 걸 그는 군 생활을 통해서도 몸소 느꼈던 후였다. 해군 특수전 교육을 받을 때 교관이 그런 말을 했었다.

"왜 이렇게 훈련을 시키는지 압니까? 왜 자신이 강해져야 하는지 압니까? 우리가 악마처럼 보입니까? 내가 강하지 못하면 내 동료를 지켜줄 수 없기 때문입니다."

그 말이 맞았다. 내가 뛰지 못하고 낙오하게 되면 동료에게 짐이 되고 결국 팀은 뒤처지게 되는 것이었다. 그것이 전시라면 죽음과도 직결되는 일, 동료는 둘이 아니고 바로 하나였다. 민수는 동철의 엉덩이를 손으로 치며 뛰기 시작했다.

"동철! 준비됐습니까?"

다소 무리일 것 같았지만 오전이 가기 전에 차에 실린 모든 교구를 3층으로 옮겨 조립을 마쳤다. 물론 그것을 꼭 오전에 다 할 필요는 없는 것이었다. 하지만 할 수 있는데 하지 않는 건 남자다운 생각이 아니었다. 동철이 민수를 따르는 것 역시 말없이 성실히 일에 임하는 그 자세 때문이었다.

조립을 마치고 1층으로 내려와 동철이 뽑아 온 커피를 마시며 하늘을 보았다. 민수의 눈에 보이는 하늘은 구름 한 점 없는 파란 하늘이었다. 연희가 좋아하던 하늘, 울던 자신에게 초코파이를 쥐여주던 사람. 민수는 오랜만에 지갑 속에서 어릴 적 연희 사진을 꺼내 보았다. 하얀 얼굴에 단발머리, 민수가 가진 유일한 연희의 흔적이었다.

사진은 연희가 고아원에 왔을 때 신상 카드를 만들기 위해 찍은 사진 중 하나였다. 연희가 고아원을 떠나기 몇 달 전 민수에게 그 사진을 주며 혹시 헤어지더라도 가지고 있다가 생각날 때 보라고 했다. 물론 민수는 왜 헤어지냐고 말했지만 그것은 현실이 되고 말았다. 연희가 떠난 후 민수는 아침저녁으로 달리기를 했다. 목표를 정해놓고 하는 것이 아니라 숨이 찰 때까지 뛰었다. 하늘 높은 곳에서 새처럼 날 수 있다면 사람도 빨리 찾을 수 있을지 모른다던 연희의 말을 떠올렸다. 유난히 바다를 좋아하고 모나코(monaco)만 들어도 바다 생각이 난다던 연희 생각을 한시도 잊은 적이 없었다.

민수는 중학교에 올라서는 태권도를 배웠다. 중학교를 마치고 스스로 고아원을 나와 생활하며 학교를 다닐 때도 학교가 끝나면 바로 체육관을 찾았다. 운동이 끝나면 아르바이트를 했고 일요일은 일일 아르바이트를 찾아다녔다. 길거리에서 전단지도 돌리고 행사장을 찾아 허드렛일도 했다. 조금 더 커선 공사장을 찾아 벽돌도 지고 청소도 했다. 학교 성적은 별로 좋지 못했지만, 태권도뿐만 아니라 합기도, 격투기 같은 운동도 배워나갔다. 운동하는 동안은 모든 걸 잊을 수 있었다. 그때는 잊고 싶어 운동했다. 태권도 대회에선 여러 번 입상했다. 또한 격투기 대회에서도 마찬가지였다. 그렇게 아픔을 잊기 위해 시작한 운동이 나중엔 이름을 알리고 싶은 하나의 목표로 이어지고 있었다. 민수가 고등학교를 마칠 무렵 우연히 동사무소 앞을 지나다가 특전 부사관 모집 포스터를 보게 되었다. 공무원에 준하는 급여와 특전 수당을 더 받을 수 있고 고급 기술도 익혀 나올 수 있다는 문구가 민수의 마음을 사로잡았다. 무엇보다 하늘을 날 수 있다는 것, 연희가 좋아했던 푸른 하늘에 오를 수 있다는 것이 지원서에 망설임 없이 도장을 찍게 했다. 막타워 아래에서 뒹굴던 고통도 헬기를 타고 올라 하늘을 보는 순간 모두 사라졌다. 내가 하늘에 떠 있다는 희열과 기쁨, 민수는 하늘에 있었고 하늘을 향해 힘껏 뛰어내렸다.

포스터처럼 많은 기술을 배울 수 있었다. 또 운동도 많이 할 수 있었다. 민수에겐 만족스러운 생활이었고 성적도 우수하게 유지하고 있었다. 중사 진급 후 1년이 지나 해군 위탁 교육을 주저 없이 지원하게 된 것도 연희 때문이었다. 그냥 막연히 그랬다. 그렇게 민수는 연희가 좋아하던 하늘과 바다에서 몸담았다. 하지만 어느 정도 목돈이 모일 무렵 사회가 그리워졌다. 그리워졌다기보단 소식이 그리웠고 연희를 찾고 싶었다. 군인 신분으로는 한계가 있는 일이었다. 더욱이 연희를 봤던 레코드 가게가 있는 도시는 부대에서 너무도 먼 곳이었다. 전단지를 뿌려서라도 찾고 싶었다. 하늘 높이 날면 사람을 조금은 더 쉽게 찾을 수 있을지 모른다고 연희는 말했지만 수십 번 하늘을 날아올라도 연희를 볼 순 없었다. 그렇게 민수는 7년간의 군 생활을 접고 사회로 나왔다.

민수가 전역하기 1년 전, 연희와 결혼한 정호는 얼마 지나지 않아 해연이라는 보험사 직원을 만나게 되었다. 보험 권유로 알게 된 해연은 연희와는 다르게 소극적이지 않은 사람이었다. 만난 지 얼마 후 함께 술을 마시고 관계를 가지게 되었을 때 정호는 연희에게서 느낄 수 없었던 희열을 느끼게 되었다. 밖에서 술을 마시고 들어가는 날이 많았고 새벽녘에 들어가는 경우도 다반사였다. 와이셔츠에 묻은 립스틱 자국을 보면서도 모른 척해야 했다. 따지고 말하기에 정호도 시댁 식구도 모두 무서웠다. 연희에겐 마음 편히 얘기 나눌 사람이 없었다. 정호의 말을 믿고 결혼한 자신이 미웠다. 혼자 살았어야 했다고 결혼하지 말았어야 했다고 그렇게 가슴을 쥐어짜며 후회를 해도 소용없는 일이었다. 진정제를 먹지 않고는 잠을 잘 수가 없었다. 정호가 들어오지 않는 날이면 무서움에 떨며 밤을 새워야 했다. 다음날은 시어머니의 잔소리가 이어져 연희는 자신이 무슨 잘못을 했는지 자신에게 무슨 문제가 있어 이러는지 알 수 없었다. 그러다가 죽을 것만 같았다. 가슴이 뻥하고 터질 것만 같았다.

민수가 공장 안으로 들어설 때 사무실 앞에서 고개를 갸웃하며 목 운동을 하고 있던 옥희가 민수를 보며 양손을 흔들었다. 그리고는 꾸벅하며 인사했다. 민수는 동철에게 차를 세우게 한 후 옥희를 향해 갔다. 옥희가 다시 손을 흔들며 인사했다.

"힘 안 드세요?"

그런 옥희의 모습이 귀여워 민수가 웃었다.

"그렇게 해선 효과가 없을 거 같은데…… 저리 앉아 봐."

민수가 담장 앞의 의자를 가리키며 말했다. 옥희는 알았다는 듯 손바닥을 치며 의자에 쪼르르 달려가 앉았다.

"아저씨, 저 어깨 주물러 주려고 그러죠?"

약간은 멋쩍은 듯한 표정을 지으며 대답했다.

"어."

"크크크 그럴 줄 알았어."

손으로 입을 가리며 옥희가 웃었다.

"잠깐만 해도 풀릴 거야."

옥희 뒤로 돌아가 목덜미와 어깨에 손을 올렸다.

"조금 아플지 몰라."

"아프면 소리 지르면 되죠, 뭐!"

옥희는 기분이 좋은지 하얀 이를 보이며 활짝 웃었다.

"계속 앉아만 있으면 안 좋아. 조금씩 움직여야지. 그리고 지난번에 준 잡채 잘 먹었어. 고마워."

옥희가 대답했다.

"입맛에 맞았으면 좋을 텐데…… 아빠가 짠 것은 싫어해서 싱겁지는 않았는지 모르겠어요."

"아니 맛있었어. 고마워."

옥희가 고개를 돌리며 말하려다가 소리쳤다.

"아야!"

민수가 손을 멈추고 물었다.

"아파? 아닐 텐데, 나 이거 잘하는데."

그러자 옥희가 그랬다.

"아니거든요. 정말 아팠거든요."

민수가 힘을 더 빼고 주무르며 말했다.

"이제 괜찮아?"

옥희가 '까르르' 하고 입을 막으며 웃었다.

"사실은 갑자기 고개 돌리다가 목이 '아야!' 한 거거든요. 그리고 아저씨 뭐가 자꾸 고맙다고! 민망하게시리."

"……."

"맛있었다니, 생각 함 해볼게요."

"뭘?"

"다음에 또 해줄까, 말까? 내 말 잘 들으면 해줄 수도 있고 싫음 말고……."

옥희는 고개를 까닥까닥하며 놀리고 있었다. 바람이 따뜻했다. 하늘은 유난히 푸르렀다.

"만복 씨, 어제 술 한잔한 모양이네.

배식하며 정숙이 물었다.

"내사 뭐 항상 그렇지…… 아는 잘 크지요?"

정숙이 입을 가리며 웃었다.

"총각이 남의 집 아 안부는 왜 묻노? 밥이나 먹지."

정숙이 눈을 흘겼다. 그때 뒤에서 배식을 기다리고 있던 공장장이 또 소리를 쳤다.

"만복이 너 새끼 빨리 안 가나! 뒤에 줄 선 거 안 보이나?"

그러자 만복이 너무하다는 듯 한마디 했다.

"공장장님도 참! 우째 한마디 한 거 가지고 그래 뭐라 합니꺼? 아들 보기 남사스럽게."

공장장이 돌아서 가는 만복을 보며 다시 말했다.

"저놈 새끼 저거 결혼시켜야 되는데, 보소! 이 씨 아지매. 저놈 괜찮은교?"

공장장이 말을 하며 웃었다. 정숙이 주걱을 들며 다신 그런 말 하지 말라는 시늉을 했다. 하지만 정숙의 얼굴이 밝게 빛났다.

옥희는 식당을 찾아 민수 앞에서 동철과 셋이서 밥을 먹었다. 옥희가 싸 온 도시락 반찬은 김치와 시금치 무침이었는데 시금치가 아주 먹음직스러워 보였다. 그래서 민수가 옥희에게 말했다.

"시금치 맛있어 보이는데 어떻게 나랑……." 하며 손으로 바꾸면 안 되겠냐는 포즈를 취하고는 웃었다. 옥희는 그건 안 된다고 말했다. 얼마나 맛있는 반찬인데 바꿔 먹겠냐며 그냥 조금만 맛보라고만 했다. 그러자 민수가 기다렸다는 듯 젓가락 가득 집어 자신의 밥 위에 올렸다. 화가 나는 듯 옥희가 말했다.

"치! 치사 빵꾸똥꾸! 밥 안 먹어." 하며 고개를 돌렸다. 동철이 그 모습을 보며 민수에게 말했다.

"옥희 누나 진짜 삐진 모양입니더."

그러자 옥희가 다시 한 번 고개를 돌리고는 콧방귀를 뀌었다.

"흥!"

민수가 자신의 반찬 통에 있는 그날 반찬인 돼지고기볶음과 꽁치조림을 숟가락으로 퍼서 옥희의 반찬통에 담아주며 말했다.

"이렇게 나눠 먹으면 더 맛있을 것 같은데."

웃음 지으며 바라보고 있는 민수를 보며 어쩔 수 없다는 듯 옥희는 젓가락으로 밥알 하나를 집어 입에 넣었다.

"그럼 뭐. 그러지 뭐!"

옥희가 웃었다.

"야…… 이거 수상한데, 둘이 뭐 있는 거 아입니꺼?"

동철이 말하자 옥희가 그랬다.

"너 혼나는 수 있어. 콱!"

민수는 옥희의 늘 밝은 모습이 좋았다. 어떻게 어둔 표정 하나 짓지 않고 지낼 수 있는지 마냥 예쁘고 기특해 보이기만 했다. 연희가 자신에게 해주었던 그 마음처럼 옥희에게도 그런 마음을 주고 싶다는 생각마저 들게 했다.

"아버님 생신은 잘 보냈지? 그것도 못 물어봤네."

옥희가 입안 가득 밥을 넣어 씹으며 말을 이었다.

"빨리도 묻는다. 지난 지가 언젠데! 이래서 나이 들면 죽어야 하는 겨!"

"……."

"그럼, 아빠 기분이 좋아 춤까지 추셨는데 딸꾹!"

옥희가 목이 막히는지 자기 물컵의 물을 다 마시고는 동철의 물컵까지 가져와 마시고 있었다. 그러자 동철이 옥희를 보며 말했다.

"이! 내 물인데, 누나가 가서 떠 와!"

동철과 옥희가 서로 바라보며 으르렁대고 있을 때 민수가 컵 두 개를 들고 정수기로 갔다. 어쩔 줄 몰라 하는 동철을 보며 옥희가 볼에 손바닥을 대었다 떼며 '메롱' 하고 약을 올렸다.

그 시간 연희는 정신과를 찾아 상담한 후 언제나처럼 우울증약을 처방받아 왔다. 병원을 나오며 현기증이 밀려왔다. 가로수를 붙잡고 잠시 쉬고 있을 무렵 헛구역질이 났다. 그것은 입덧이었다. 두 달 전 만취가 되어 들어온 정호, 연희는 정호의 아이를 가진 것이었다. 하지만 연희는 그 사실을 그날도 그다음 날도 보름이 지나도 알리지 못했다. 그러던 어느 날 모처럼 일찍 들어온 정호를 보며 그 사실을 말하려는 그때, 이제 우리에게 아기가 생겼다는 말을 하려는 그때, 당신은 아빠가 되고 나는 엄마가 된다는 말을 하려는 그때, 연희보다 앞서 연희를 돌아보며 그가 얘기했다.

"우리 헤어져!"

연희는 "왜요?"라고 물어야 했다. 당신이 뭘 잘했다고 그런 말하냐고 물어야 했다. 나를 조롱한 것도 모자라 헤어지자는 말이 그렇게 쉽게 나오냐고 소리쳐야 했다. 당신 아이 가졌는데 이래도 되는 거냐고 말해야 했다. 하지만 연희는 아무 말도 하지 못했다. 할 수가 없었다. 말할 힘도 연희에겐 남아 있지 않았다.

한동안 비가 계속 내리고 있었다. 유치원 공사도 마무리되었고 대형 조명 가게에도 가구가 들어갔다. 물론 그 사이에 가정집 일도 꾸준히 있었다. 비가 그친 오후 체육관을 가기 위해 시내를 걷던 민수는 레코드 가게 앞에서 잠시 발을 멈추었다. 휴대용 카세트에 테이프를 넣고는 이불을 뒤집어쓰고 연희와 노래를 듣던 일이 떠올랐다. 이어폰 하나씩 귀에 꽂은 채 노래를 듣다가 서로를 쳐다보며 씩 웃기도 했고, 그러다 잠이 올 땐 연희의 팔을 베고 잠이 들기도 했다.

"졸리지? 이리 와. 누나가 팔베개해 줄게."

민수는 그때 연희의 몸에서 나던 냄새를 잊은 적이 없었다. 연희의 팔을 베고 꿈을 꾸었다. 너무도 좋은 냄새에 잠든 민수의 입가에 미소가 번졌다. 간식으로 가끔 과자가 나와도 꼭 반을 남겨두었다가 민수에게 건네주던 연희, 맛있게 먹는 모습만 봐도 배부르다고, 태어나 유일하게 사랑을 준 사람, 나들이 가고 견학 갈 때에도 떨어지지 않고 손잡고 함께해주었던 연희가 즐겨 듣던 음악이 모퉁이 레코드 가게를 지나갈 때 가끔씩 들렸다.

레코드 가게 주인은 흰머리가 듬성듬성한 50대 중반의 아줌마였다. 참 오래도록 그곳에 있었던 가게, 담쟁이 넝쿨이 건물 벽을 덮은 그 가게는 십여 년 전에도 거기에 있었고 더 이전부터 있었을 것이다. 잠시 발걸음을 멈추고 유리를 통해 안을 살피고 있는 민수를 보며 레코드 가게 주인이 엷은 미소를 지어 보였다. 가끔씩은 문을 열고 나와 오늘도 구경하냐며 친절하게 말을 건네기도 했다. 민수는 그럴 때마다 이 노래 좋아하는 사람이 있었는데 예전에 여기 앞에서 노래 듣던 모습을 본 적이 있다는 말을 되풀이했다. 그러면서 혹시라도 젊은 여자가 나타나 이 노래를 가만히 듣고 있으면 자신에게 알려달라는 말도 했다.

토요일 체육관에 들어섰을 때 4시가 조금 넘어가고 있었다. 운동복으로 갈아입고 준비 운동을 시작했다. 특히 민수는 줄넘기하는 것을 빼먹지 않았다. 그날은 체육관 내에서 자체 경기가 있는 날이었다. 가을에 전국 규모의 격투기 대회가 열리는데 거기엔 스물세 살의 잘나가는 선수도 출전하게 되어 있었다. 민수가 운동하는 용화 체육관에서도 한 명을 뽑아 시합에 보낼 계획을 가지고 있었다. 물론 출전할 선수는 이미 정해져 있었다. 함께 운동하는 선수는 민수를 포함해서 네 명이었다. 배우는 사람들은 많았지만 그 사람들은 모두 취미 또는 호신용, 그리고 건강을 생각해서 하는 사람들이었다. 네 명 중 민수가 나이는 제일 많았다. 하지만 막내보다 운동 경력은 짧았다. 관원들이 지켜보는 가운데 두 경기가 치러졌다. 첫 번째는 한때 조폭에 몸담았던 기철과 막내 현수와의 경기였다. 기철은 주먹은 세었지만 발 기술이 부족했고 현수는 기술은 많았지만 파워가 떨어졌다. 예상대로 현수는 피하며 공격했고 기철은 쉴 새 없이 다가서기만 했다.

다음 경기는 체육관에서 운동 경력이 제일 오래된 호용과 민수와의 경기였다. 링 위에 오르기 전에 앞 전 경기를 지켜본 두 사람은 잘해보자며 서로 주먹을 부딪치며 인사를 나누었다. 호용은 주먹과 킥 공격뿐만 아니라 그라운드 기술도 좋은 선수였다. 한때 레슬링도 했다는 호용은 동작이 민첩했다. 그러나 파워가 현수처럼 다소 떨어지는 단점이 있었다. 서로 공격을 주고받으며 팽팽한 대결을 만들어갔다. 하지만 그간 라운딩 기술을 많이 연습한 탓인지 민수를 쉽게 넘어뜨리지는 못했다. 호용의 계속된 로우 킥에 허벅지 쪽에 충격이 있었지만 경기는 1라운드를 넘기기 전에 갈렸다. 민수의 기습적인 뒤돌려 차기에 호용의 턱이 맞은 것이었다. 10초가량 호용이 의식을 잃을 정도의 충격이었다.

민수의 실력을 따라오는 선수가 용화 체육관에는 없었다. 관장 이하 선수들 역시 민수가 운동하는 이유를 알고 있었다. 누군가를 만나기 위해서라는 걸. 그래서 언젠가 막내 현수가 운동 중 잠시 휴식을 취할 때 이런 말을 했다.

"매스컴을 탈라믄 1등을 하거나 아님, 화젯거리가 있어야 됩니더. 와, 예전에 한 번 기철 형님처럼 깍두기 생활하던 사람이 매스컴 탄 거 있잖습니꺼? 조폭과의 경기라며 크게 홍보도 했었구요. 민수 형님도 그런 게 하나쯤은 있는 게 좋지 않겠습니꺼?"

그러자 기철이 현수의 주먹을 툭 치며 말했다.

"얌마! 깍두기가 뭐고? 건달이라고 해야지, 건달! 근데 뭐 있겠나? 민수 형한테 어울릴 만한 게."

그때 호용이 고개를 들며 손뼉을 쳤다.

"링 위의 낙하병!"

모두 고개를 돌려 호용을 보았다.

"보소. 특전사 출신인 게 쉽게 말해 공수 부대원 아입니꺼? 공수 부대는 낙하산을 타고 뛰어내리니까 낙하병, 거기다가 육상 해상 훈련까지 받은 전사 중의 전사, 최고의 특수 부대 출신과의 한판 대결, 뭐 이런 식으로 만들어가는 거지요. 우리나라 사람은 누구나 군대는 가고 특수 부대에 대한 동경은 있으니 공수 교육과 UDT 교육까지 받은 특수 부대 출신이 종합 격투기를 시작해 경기를 한다. 누가 승자가 될 것인가? 어떻습니꺼?"

그래서 그때부터 관장은 관계되는 체육관이나 경기 관계자들에게 수시로 그런 말을 내비쳤다. 반응이 나쁜 것은 아니었다. 예를 들어서 태권도 국가 대표와 특수 부대 엘리트 출신이 싸움을 한다. 다소 선정적인 방법이긴 했지만 사람들의 호기심을 자극하기엔 충분한 것이었다. 어쨌든 거짓말도 아니고 공인된 단증만 10단이 넘는 것도 사실이었다. 시합은 3개월에 걸쳐서 예선전과 32강, 16강, 8강, 준결승과 결승이 약간의 시간을 두고 치러지게 돼 있었다. 물론 이번 대회 역시 TV로 중계가 되고 우승을 하면 스타가 되는 일이기도 했다. 그래서 민수는 작은 게으름도 피우지 않았다. 모르는 건 누구에게라도 물었고 함께 경기를 해달라고 부탁도 했다. 체육관 선수들 역시 모두 민수의 선전을 기대하고 있었다.

5개월로 접어들면서 연희의 배가 불러오기 시작했다. 임신 사실을 알고도 끝내 정호는 연희에게 이혼을 요구했다. 심지어 아이 책임 못 지니 지우라는 말까지도 서슴지 않았다. 연희는 그렇게 미련스럽고 바보스럽게도 정호가 원하는 대로 또 이혼을 해주었다. 훗날 커서 결혼하면 행복한 가정을 꾸릴 것이라고 늘 생각했다. 자신처럼 아이에게 아픔을 주지는 않을 거라고 아빠 엄마 사랑 모두 받으며 밝게 성장해가는 아이의 엄마로 살 거라고 다짐하곤 했었다. 하지만 연희는 오랜 시간 자신을 좋아한다며 구애하던 정호의 마음이 이렇게 쉽게 바뀔 줄 몰랐다.

양부모님과 살던 집은 세를 놓은 상태였기에 계약 기간이 끝날 때까지는 다른 곳에서 잠시 살아야 했다. 그래서 그녀가 찾은 곳이 레코드 가게 뒤편 동네였다. 계단으로 이어진 동네라 걱정이 되긴 했지만, 추억이 있는 동네였기에 그곳을 찾았다. 높지 않은 곳에만 얻으면 될 것 같았다. 하지만 뜻밖에도 레코드 가게 바로 뒷집에 방이 하나 나와 있었다. 그 집은 레코드 가게 주인집이었다. 기본적인 세간만 들인 후 한동안 그곳에서 누워 지내기만 했다. 가만히 있다가도 눈물이 나고 가슴이 아파 왔다. 배 속의 아이는 또 무슨 잘못인지 연희는 억울하다는 마음도 들지 않을 만큼 마음이 아팠다.

레코드 가게는 연희가 대학교 다닐 때 자주 들르던 곳이었다. 가게 주인아줌마인 복례와도 그때부터 알고 지낸 사이였다. 대략적인 이야길 들은 복례는 연희를 딸처럼 대해 주었다. 밥을 해서 같이 먹기도 하고 싱싱한 과일을 사서 건네주기도 했다.

연희는 우울증 약을 끊고 난 후 가슴이 떨리고 불안해질 때가 많았다. 그럴 때는 숨 쉬는 것마저 힘이 들었다. 그렇다고 약을 먹을 수도 없는 일이었다. 소화가 안 되고 더부룩해서 식은땀이 날 때도 있었다. 약 때문일 거라고, 우울증 때문에 그럴 거라고 연희는 생각했다.

따가운 가을 햇살을 막기 위해 양산을 들고 가게 모퉁이를 돌아 산부인과를 찾아가던 어느 날, 연희의 뒷모습을 보며 민수가 걸어오고 있었다.

"아빠!"

옥희가 단단히 화가 나 있었다.

"내가 그랬지! 그냥 놔두라고, 내가 치운다고……. 이게 뭐야! 다 쏟고, 나 몰라!"

옥희의 아빠 태환은 어쩔 줄 몰라 하며 옥희의 눈치만 보고 있었다. 10년 전 발생한 차량 사고 후 하반신을 쓰지 못하게 된 태환은 그때부터 옥희의 도움으로 살고 있었다. 태환의 아내는 옥희가 아주 어릴 때 다른 남자와 함께 떠났다. 태환은 옥희에게 엄마는 죽었다고 늘 말해 왔다. 사실대로 말하면 버림받았다고 상처받을까 염려가 되어서였다. 대소변을 가릴 수 없어 주머니를 몸에 차고 생활하는 태환은 그것의 뒤처리를 옥희에게 맡기는 것이 늘 미안했다.

그가 사는 집은 변두리 농가 주택이라 방문을 열면 마루가 있고 마루에서 마당까지의 높이가 어른 무릎 높이는 되었다. 그래서 외출을 하거나 산책할 때는 늘 옥희가 업고 나와 휠체어에 앉히었다. 옥희는 태환을 일주일에 한 번씩은 꼭 외출을 시켜주었다.

"에구! 이런 아빠, 나 시집가면 우째 사누?"

그러면 태환은 웃으며 말했다.

"걱정은…… 나도 장가가면 되지."

그랬던 태환이 그날 대변 주머니를 분리해 들고 나오려다가 그만 이불 위에 넘어지고 만 것이었다. 태환은 자신이 하겠다고 한사코 팔을 휘저었지만 옥희가 가만있지 않았다.

"조금만 더 움직여 봐! 그랬다가는 밥 없는 겨!"

태환과 함께 다니던 일을 옥희는 잊지 않고 있었다. 도매처에서 과일을 받은 후 그중에서 제일 예뻐 보이는 것을 하나 골라 손으로 닦고 수건으로 닦아 반들반들하게 해서는 옥희의 손에 쥐여주곤 했다.

"싱싱하지? 조금만 기다려. 아빠가 이거 다 팔고 짜장면 사줄게."

어린 옥희를 혼자 집에 두기 무서워 옆에 데리고 다니며 장사를 했다. 옥희가 졸려 하면 의자 뒤 좁은 공간에 두꺼운 이불을 깔아 재우기도 했다. 옥희가 보이는 창밖에서 손님을 기다렸고, 10분이 멀다 하고 창문을 통해 쳐다보곤 했다. 그런 태환이 옥희가 중학교 입학할 무렵 혼자 장사를 마치고 돌아오던 저녁, 지프와 정면으로 충돌하는 사고가 나고 말았다. 목숨을 건진 것만 해도 다행한 일이었다. 하지만 어린 옥희는 그때부터 보호자의 길을 걸어가야 했다. 한창 어리광부릴 나이에 밥하고 설거지하고 청소하고 빨래하고, 그러면서도 늘 밝은 웃음 잃지 않고 자라준 딸이 태환은 자랑스러웠다.

흘린 분비물을 대충 닦아내고는 이불을 가지고 나오며 옥희가 또 구박하기 시작했다.

"아빠! 이불 빠는 거 얼마나 힘든지 알아? 내가 이불 빤다고 고생해서 아빠도 없는 거야. 아휴! 난 몰라. 이게 뭐야!"

태환은 보통 때처럼 그냥 "미안해" 하고 말해주고 싶은데 미안한 마음이 너무 컸다. 하지만 옥희가 화가 난 건 이불을 버려서가 아니라는 걸 태환은 너무도 잘 알고 있었다. 언젠가 혼자 방을 나가 마루를 내려서다가 떨어져 머리를 심하게 다친 적이 있었다. 태환이 눈을 떴을 때 눈이 퉁퉁 부어있는 옥희가 보였다.

"내가 아빠 발 되어준다 했잖아. 근데 왜 그래? 그러다가 죽으면 아빠 죽으면! 나, 고아 만들 거야? 어!"

옥희는 다리 못 쓰는 아빠여도 태환이 있어야 하다고 했다. 며칠 후면 옥희 엄마의 생일인데 옥희는 제삿날로 알고 있다. 엄마 제사는 지내줘야 하지 않겠냐며 보채던 옥희의 말에 어쩔 수 없이 생일날을 제삿날이라고 했다. 엄마가 미역을 좋아했으니 미역국이 나 올려주라고 말했다. 하지만 그날이 되면 또 옥희는 아껴두었던 돈을 찾아 돼지고기를 사고 생선을 살 것이다. 미역국에도 맛있는 소고기를 듬뿍 넣어서 끓일 것이다. 살아있을 때 한 번도 밥을 못 차려 주었으니 제사상이라도 푸짐해야 한다면서, 그렇게 고기를 사고 과일을 사고 떡을 살 것이다. 나물은 들에 나가 잘도 뜯어오 니 걱정할 것이 안 되었다. 옥희가 좋아하는 나물은 5월 초순경에 따서 먹는 두릅이었다. 그것을 쪄서 초장에 찍어 먹는 것을 좋아 했고, 그럴 때마다 오징어를 데쳐서 준비하는 것도 잊지 않았다.

"아빠 이 나물 보약이래. 많이 먹어. 그럼 벌떡 일어설지도 몰라."

큰 고무 다라에 물을 가득 받고는 이불을 넣어 밟아대기 시작하는 옥희의 모습이 햇살에 반짝인다.

"아휴! 냄새, 아빠 똥 냄새! 내가 못 살아, 정말!"

올 격투기 대회의 이름은 코리아칸컵이라고 정해졌다. 국내의 내 로라하는 선수들 대부분이 참가 신청을 했다. 민수도 출전 명단에 이름을 올렸고 첫 상대도 결정이 났다. 민수의 첫 대결 상대는 지 난번에 기권 패를 해야 했던 그 체육관의 선수였다. 물론 그도 열 심히 운동해 왔겠지만, 민수는 그의 단점을 파악해놓고 있었다. 기 회만 잘 노려 공격한다면 그리 어렵지 않게 이길 수 있을 것 같았다. 경기 전 민수를 소개할 내용도 정해놓았다. 호용이 말처럼 링 위의 낙하병이었고, 근무 부대를 위주로 해서 특전 요원을 강조한 문구가 그의 소개 내용이었다.

"형님 자신있습니꺼?"

동철이 가구를 조립하며 물었다.

"글쎄, 원 펀치 원 킬!" 하며 민수가 웃어 보이자 동철이 다시 말을 했다.

"꼭 이겨서 우승까지 했으면 좋겠습니더. 경기할 때마다 열심히 응원하겠습니더."

그러자 민수가 다시 씩 웃으며 말했다.

"고마워, 내가 추가 근무를 못 하게 돼서 너가 힘들겠다. 이해하지?"

"그라믄 형님. 걱정 마이소. 끄떡없습니더."

가을로 접어들면서 공장은 점점 바빠지기 시작했다. 이사철이 되면 항상 반복되는 것처럼 올해도 여전히 그러했다. 하지만 민수로서는 칸 대회를 소홀히 할 수 없는 일이었다.

민수의 첫 경기가 이틀 앞으로 다가왔고, 경기 출전을 알고 있던 회사 측에선 경기일 기준으로 3일씩 휴무 처리를 해주겠다고 했다. 대신 우승하면 한 번쯤 회사 이름만 한 번 불러달라고 말했지만, 그것은 조건적이거나 강요된 것이 아니었다. 회사 사람들 모두 민수가 우승하길 바라고 있었다. 내일부터 3일간 출근을 안 하고 경기를 치른다는 말에 퇴근 시간 무렵 옥희가 민수를 찾아왔다. 그녀는 민수의 손에 장난기 가득한 원숭이 얼굴 핸드폰 고리를 쥐여주었다.

"아저씨!"

옥희가 불렀다.

"응!"

"맞지 말고 때리부러!"

하지만 옥희의 눈에 이슬이 맺히었다. 그것은 민수도 처음 보는
모습이었다.

"무슨 말인지 알죠? 맞지 말고 때리부러!"

"⋯⋯."

"혹시 한 대 맞아 아프면 이거 봐요. 그리고 웃어요. 힘내서 또
때려요."

민수는 옥희의 마음이 고마웠다.

"고마워."

"아저씨 소원대로 이겨서, 그리고 우승해서 아저씨 좋아하는 언
니 꼭 만났으면 해요."

옥희는 더는 말을 하지 않았다. 짧은 몇 마디 하고는 돌아 뛰며
소리쳤다.

"한민수 멋쪄부러. 맞지 말고 때리부러!"

민수의 경기는 오후 1시에 시작되었다. 그리고 그 경기는 스포
츠 채널을 통해 방송되었다. 공장 직원들 모두 점심 식사를 마치고
사장의 배려하에 TV 앞에 모여 앉았다. 비록 예선전이었지만 열기
가 가득했다. 다른 사람들의 경기가 진행되고 있었고 탄식과 환호

성이 교차되며 경기장의 열기를 그대로 전해주고 있었다. 대기실에서 착잡한 심정으로 민수가 몸을 풀고 있었다. 체육관 관장이 긴장을 풀어주기 위해 등을 두드리며 격려의 말을 계속했다.

"그냥 하던 대로 해. 알지? 한 방이야. 오래 끌지 마. 기회를 잘 살려."

민수는 옥희가 준 원숭이 핸드폰 고리를 떠올렸다. 눈밖에 보이지 않는 왕눈이 원숭이를 보니 민수의 기분이 한결 나아졌다.

레코드 가게에서도 CD를 사러 온 학생의 이야기에 TV를 켜게 되었다. 자신이 좋아하는 스포츠인데 인터넷을 통해 알아봤더니 특전사 출신과 유도한 사람이 경기한다면서 보고 싶다고 부탁했다.

"때리고 하는 거 맞지요? 그런 거 무서워서 어떻게 보노?"

전원을 켜자 링 위에 민수와 상대 선수가 올라가 있었다. 장내 아나운서가 막 상대 선수의 소개를 마치고 민수를 소개하고 있었다. 그것은 체육관 동료 선수들이 준비해준 멘트 그대로였다.

"청 코너, 신장 173, 체중 62, 링 위의 낙하병, 특전사의 살아있는 인간 병기, 한 민 수!"

링 밖에서 박수가 터져 나오고 관장의 기합 소리가 그 사이로 들려왔다. TV를 보는 옥희의 얼굴이 걱정으로 가득했다. 심판의 경기 시작 알림과 동시에 경기는 진행되었고, 링을 넓게 쓰며 기회를 보는 민수와는 달리 상대 선수는 간간이 킥을 날리긴 했지만 저돌적으로 밀어붙이고 있었다. 아나운서와 해설자의 설명이 TV에서 흘러나왔다.

"김충재 선수 아무래도 잡으려는 모양이죠."

"아무래도 그렇겠죠. 김충재 선수는 유도를 했지 않습니까? 그러니 라운딩으로 가려는 계산이겠죠."

"반면 한민수 선수는 크게 공격하지 않는 것 같아요. 아직 몸이 안 풀린 걸까요?"

"몸이 안 풀렸을 수도 있겠지만 아무리 특수 부대 출신이어도 이런 경기와는 좀 다르죠. 얼마만큼 격투기 무대에서 경험이 있느냐 그것이 중요한데 어쨌든 좀 지켜봐야 할 것 같습니다."

민수는 상대의 눈을 응시하며 흔들리지 않았다. 상대의 공격이 올 때마다 공장 사람들의 탄식이 이어졌다. 하지만 그것도 잠시였다. 누구도 예상하지 못했던 일이 눈 깜짝할 사이에 일어났다. 아나운서의 놀란 음성이 들려왔다.

"아! 어떻게 저런 일이! KO입니다. 한민수 선수의 완벽한 KO승입니다. 특전사 출신의 링 위의 낙하병 한민수! 대단합니다."

킥을 날리며 들어오는 상대 선수의 관자놀이를 향해 날아간 민수의 킥이 그대로 적중한 것이었다. 상대 선수는 그 자리에 쓰러져 움직이지 못했다. 공장 사람들의 환호성이 터졌다.

"야아!"

박수 소리가 이어지고 눈물 맺힌 옥희를 보며 동철이 다가가 그녀의 어깨를 두드렸다.

"울지마라. 이겼다 아이가."

레코드 가게에서도 학생이 환호성을 지르고 있었다. 대단한 경기였다면서 연신 말했고, TV 속에선 "한민수, 한민수!" 하며 이름을 외치고 있었다. 그때 가게 문을 열며 들어서는 연희를 보며 복례가 말했다.

"세상에 저렇게 무서운 걸 왜 하노?"

복례가 TV 앞으로 다가가 전원을 껐다.

"어떤 걸 보구요?"

"임산부는 보는 게 아이다. 사람끼리 싸우는 긴데 금방 한 사람이 얼굴을 맞고 기절을 했다 아이가. 잘 안 봐서 모르는데 무섭더라. 발로 얼굴을 그냥…… 어이구!"

복례는 무서운 듯 어깨를 움츠렸다. CD를 고른 학생이 뭐가 무섭냐고 하면서 계산을 치르고 밖으로 나갔다. 연희가 꺼진 TV를 보았다.

"그게 먹고 싶더나?"

복례가 연희의 손에 들려진 오렌지를 보며 말했다.

"네, 조금."

"그래 많이 먹어라. 저녁은 나랑 같이 먹고."

그때 뭔가 생각난 듯 한참을 생각하더니 말을 이었다.

"근데 연희야, 꼭 많이 본 사람 같다는 생각이 든다."

"누구?"

"금방 경기한 사람 중에 이긴 사람. 한 뭐라고 했는데……."

"……."

생각이 난 듯이 손뼉을 쳤다.

"맞다, 여기 오는 사람이다."

"여기 오는 사람요?"

"어. 가게 앞에서 가끔씩 그냥 이 안을 보곤 했던 사람, 자기 좋아하는 사람이 모나코(monaco) 노래를 좋아했다면서 그 노래가 나올 땐 그렇게 한참씩 듣고 있더라. 그러면서 그 노래 좋아하는 사람이 있으면 자기한테 알려달라고도 했지 아마. 맞다, 그 사람!"

"아 네. 많이 좋아했던 사람인가 보네요. 저도 그거 좋아하는데……."

"그러나? 그럴 때가 좋제. 나이 먹으면 어제 것도 잊어먹으니, 몸은?"

"괜찮아요."

"그래도 소화 안 되고 하면 병원 가 봐라. 그건 애한테 문제없는 거니까. 애 생각해서라도 산모가 건강해야 하고 그러려면 많이 먹어야 하는 기라. 알제?"

"네 아줌마, 한 번 가볼게요."

연희는 마음을 다해 신경 써주는 복례가 고맙기만 했다. 입덧은 지났는데 속이 늘 불편했다. 신맛이 나는 오렌지를 먹으면 식욕이 나지 않을까 해서 사 오는 중이었다. 며칠만 있어 보고 그때도 똑같으면 병원을 가 봐야겠다고 스스로도 생각하고 있는 중이었다. 복례의 말처럼 자신이 잘 먹어야 아이도 건강할 테니, 시간이 지나면서 연희의 마음도 아주 조금씩은 안정을 찾아갔다. 다른 거 다 잊고 애하고 둘이 살면 된다고 그렇게만 생각하며 살려고 노력하는 중이었다. 그래야 살아갈 수 있는 일이었다.

민수는 공장과 체육관에서 스타가 되어 있었다. 한 번의 경기였지만 인상이 깊어 포털 사이트에 벌써 민수의 이름이 검색되고 있었다. 체육관 관장도 신이 났고 공장 사람들은 민수가 출근하는 날 모두 나와 축하해주었다. 경기가 끝나고 받은 문자 한 통.

"완전 멋쪄. 대빵 멋찜. 한민수 멋찌부러!"

옥희가 보낸 것이었다. 축하한다는 사람들 사이에서 그녀도 손을 흔들며 활짝 웃고 있었다.

세상은 불공평했다. 너무도 불공평한 세상이었다. 그리도 많은 종교가 있고 종교인이 있고 성직자가 있으면서 그들이 말하는 전지전능한 신은 어디에 있는 것일까. 신은 없는 것이다. 신이 있다면 아픔만 겪고 살아온 사람에게 또 아픔을 줄 수는 없는 일이다. 지은 죄가 많아 지옥에 떨어져도 그 사람마저 구원해주는 것이 신일진데 죄지은 놈 가만히 두고 아픈 사람에게만 더 큰 아픔을 주는 것은 신이 할 짓이 아니다. 이것은 세상이 아니었다. 정의롭고 공평한 세상이라면 이럴 수는 없는 일이었다.

현기증이 났다. 힘들게 병원에서 돌아와 레코드 가게를 찾은 연희가 자리에 주저앉았다. 그리고 그녀는 태어나 첨으로 아무도 의식하지 않고 소리가 나오지 않을 때까지 울었다. 울다 의식을 잃었다. 깨어나면 또 눈물이 났다. 복례도 연희도 모두 그렇게 울기만 했다.

"누나!"

"응."

"나중에 내가 커서 어른 되면 그땐 내가 누나 지켜줄게. 아무도 누나 못 괴롭히게 하고, 아파 우는 일도 없게 하고, 누나를 아프게 하는 사람 있으면 내가 다 혼내줄게."

"와! 그럼 누난 민수 손만 잡고 다니면 되겠다, 그지?"

"다 갚아줄게. 누나한테 받은 거 어른 되면 꼭 다 갚아줄게."

민수는 연희에게 그렇게 아프게 하는 사람 있으면 혼내 줄 거라고 말했다. 하지만 지금 연희에겐 아무도 없다. 정호를 혼내줄 사람도 양부모님의 형제들로부터 자신을 보호해줄 사람도…….

'그래 민수야, 어쩜 그때가 더 좋았는지 몰라.'

연희는 복례가 해주는 죽을 간신히 넘기고 있었다. 넘기기 어려웠지만 아이를 생각해서라도 먹어야 했다. 건들기만 해도 뻥하고 터져 죽을 것만 같은 아픔. 연희는 그렇게 모퉁이 레코드 가게 바로 뒷집에서 한동안 꼼짝 못 하고 누워만 있었다.

'내가 오래 못 산대요. 이 아이는 어떻게 해요? 또 고아원에 보내요? 네, 아빠?'

민수가 예선전을 모두 연승해가고 있었다. 모두 판정까지 가지 않고 KO로 승리를 이끌었다. 인터넷에 민수에 관한 기사가 가득했고 그로 인해 특전 부사관 지원 문의까지도 많아지고 있었다. 그리고 '한민수 코리아칸컵대회 32강 안착'이라는 대형 현수막이 레코드 가게 건너편 광고판에 걸리었다.

만복은 정숙과 결혼을 하기로 했다. 정숙에겐 아이 둘이 있었지만 만복은 그런 것은 아무것도 아니라고 했다. 만복은 매일 아침 정숙이 해주는 밥을 먹을 생각에 기분이 좋았고, 결혼식 날 신부 부케는 술집 아가씨에게 받으라고 할 생각이었다. 그리고 길조를 연결시켜 줄 궁리를 모색하고 있는 중이기도 했다.

하루 휴식 차 가볍게 운동하고 나와 시내에서 옥희와 동철을 만났다. 예선이 끝나며 회사에선 민수에게 시합이 끝날 때까지 운동에만 전념하라며 장기 휴가 처리까지 해주었다. 물론 회사에서 도와주겠지만 동철에게 맡겨진 몫이 너무 많았다. 옥희는 무조건 "고기!" 하고 말했지만 이번엔 동철이 지지 않았다. 입이 삐죽 나와 마지못해 따르는 척하더니 방에 앉자마자 메뉴판을 보고 있었다.

"누나는 와 따라와 가지고는, 귀도 밝지. 거기서 어떻게 그 소리를 다 듣고 나오노?"

그러자 옥희가 말했다.

"너가 어떻게 알겠어. 귀가 밝아질 수밖에 없는 현실을……."

그러면서 민수를 향해 손가락으로 입술을 가리며 말했다.

"아저씨, 뭐 먹어요? 살찌면 안 되잖아. 1인분만 시켜서 먹을까?"

"아유! 누나, 횟집에 일 인분이 어디 있노? 마리로 팔든가 대, 중, 소로 팔지. 회 먹어보기나 했나?"

동철의 놀림에 옥희가 발끈했다.

"너, 야! 우리 아빠가 옛날에 횟집 했어. 알아? 회 지겹게 먹었거든."

"무슨 회? 오징어 회?"

"……"

"봐, 그럴 줄 알았어."

그러자 옥희가 벽에 등을 기대며 소리쳤다.

"안 먹어! 너나 먹어."

동철이 참돔이 먹고 싶다 하여 그것을 시키고 술도 한 병 시켰다. 평소 술을 먹지 않기도 했지만 시합이 얼마 남지 않아 잔은 두 개만 시켰다. 밑반찬이 나오고 술이 나오자 옥희의 눈이 반짝였다. 그것을 본 동철이 "안 먹는다며?" 하고 말했다가 옥희로부터 숟가락으로 맞고는 머리를 감싸 쥐고 있었다. 그러나 이것저것 맛있게 먹는 동철과는 달리 눈빛 반짝이던 옥희는 별로 먹지 않았다.

"맛있다."

옥희는 민수를 향해 잔을 내밀고 있었다. 그리고는 빨리 달라고 잔을 흔들었다. 회가 나오고 몇 가지 더 나오자 술도 어느새 한 병을 비우고 새로운 병이 와 있었다. 동철이 술을 잘 먹는 건 알았지만 옥희가 지지 않고 같이 마시는 걸 보며 민수가 웃었다.

"천천히 마셔. 안주 먹고, 안 그럼 술 취해 해롱해롱한다."

그러자 옥희는 술 취한 사람처럼 말했다.

"내 맘이야!"

매운탕을 먹고 자리에서 일어설 때까지 둘이 마신 술이 네 병이었다. 눈치 빠른 동철은 숙희 몰래 혼자 술을 많이 마셨다. 동철은 혼자서 대여섯 병 먹어도 흔들림 없이 걸을 정도로 술이 셌다. 매운탕이 나오기 전 옥희는 민수와 동철을 향해 발그레해진 얼굴에 장난기를 가득 담고는 집에서 가지고 온 플라스틱 통을 들어 보이고 있었다. 그것도 세 개나 되었다.

"이거 다 못 먹는 거…… 그러니까 남기면 벌 받으니까…… 쪼끔 여기에다가……."

그러면서 옥희가 웃었다.

"참말로 징하다. 여까지 와서…… 퍼뜩 담아라."

동철이 손으로 담으라는 시늉을 했다. 하지만 그 손짓이 끝나기도 전에 옥희의 숟가락이 동철의 머리 위로 또 떨어졌다.

"아야! 와! 이번엔 진짜 아프다. 오, 내 머리. 빵꾸 안 났나, 이거!"

옥희는 튀긴 것은 튀긴 것대로 생물은 생물대로 해서 통 가득 꼭꼭 담았다. 야무져 보이는 손놀림이었다. 다 담은 통은 보자기로 다시 싸매었다.

자리에서 일어섰을 땐 9시가 다 된 시간이었다. 택시를 타고 집으로 향했다. 가까운 순서대로 동철이 먼저 내렸고 다음은 옥희가 사는 동네를 향했다. 민수는 두 사람을 모두 바래다주고 집을 찾을 생각이었다. 옥희가 사는 곳은 버스 종점 마을이었다. 택시에서 내린 옥희는 깜깜해서 잘 보이지 않는 어딘가를 향해 손짓하며 말했다.

"우리 집 조기에요. 조기! 크크!"

"머리 안 아파?"

"괜찮아요. 까짓 그깟 술 몇 잔가지고! 딸꾹!"

"어서 들어가 부모님 걱정하시겠다."

옥희가 약간 비틀거리며 민수에게 말했다.

"이 나쁜 놈! 집까지 보디가드도 안 해주고."

"……."

"어지러워. 좀만 업어줘요."

민수는 택시 기사에게 잠시 기다려 달라고 말하고는 옥희 앞에 앉았다. 그랬더니 넙죽 업히더니 "출발!" 하고 말했다. 꽤 한참을 걸었다. 등에 업힌 옥희의 숨소리가 들렸다.

"아저씨!"

"어."

"남은 음식 싸 오는 거 우습지?"

"아니."

"아빠가 좋아한다. 우리 아빤 내가 꼭 해줘야 먹어. 나쁜 아빠야. 내가 그렇게 좋은가."

"……."

"모르겠다, 그냥 이렇게 업혀 잤으면……."

옥희는 마음속으로 말하고 있었다.

'아빠도 날 업어주던 때가 있었어요. 하지만 이젠 못 업죠. 내가 아빠를 업는답니다. 아저씨 등이 꼭 아빠 등 같아.'

하지만 옥희는 자신의 집 앞에 도착하여 내려서는 민수의 귀에 대고 소곤대고 있었다.

"여기야, 찾아오면 안 돼. 아빠가 가만 안 둘 거야. 아저씨 죽을지도 몰라. 아빠, 대빵 힘세."

그러면서 어서 먼저 가라고 손짓했다. 돌아서서 걷는 민수의 귀에 옥희의 목소리가 들렸다.

"아빠! 옥희 왔어요. 맛있는 거 가지고 왔어. 얼른 일어나."

민수의 경기가 하루 앞으로 다가온 저녁 체육관으로 꽃바구니 하나가 민수 앞으로 배달되어 왔다. 그리고 거기엔 짧은 메모 한 장이 함께 있었다.

민수 맞지? 나야, 연희 누나!

민수의 16강전이 열리던 날 민수는 유난히 긴장하고 있었다. 민수의 머릿속에는 상대 선수에 대한 생각이 아닌 연희에 대한 생각으로 가득 차 있었다. 어디선가 자기를 보고 있는 것이 분명했다. 자신이 생각했던 대로 연희가 자기를 보게 된 것이었다. 민수는 많은 인기를 받는 중이었다. 한 번도 판정까지 가지 않았고 KO로 경기를 끝내왔다. 그리고 특수 부대 출신의 선수라는 것이 사람들의 관심을 모으기에 충분한 것이었다. 민수의 16강전 경기는 공장 직원들뿐 아니라 연희도 보고 있었다. 가게 안을 보며 누군가를 찾던 사람이, 그 사람이 찾던 사람이 연희였다는 것을 알게 된 복례도 연희와 함께 TV 앞에 앉아 있었다. 함께 고아원 생활을 했던 동생, 같은 아픔을 겪고 살아왔을 민수를 생각하며 건강하게 자라 준 그 모습이 고마워 연희는 자신도 힘을 내야 한다고 생각했다. 민수는 쓰러지지 않고 승리를 해나갔다. 16강전도 마찬가지였다. 상대는 민수의 적수가 되지 못했다. 2라운드 2분 만에 로우 킥 이후 날린 펀치 하나로 무너뜨렸다.

연희의 배는 점점 불러왔다. 살은 자꾸만 빠지고 있었지만 그런 것은 안중에도 없었다. 아이만 건강하게 태어나준다면 그만으로 족할 일이었다. 만일 그렇다면 무슨 일이 있어도 정호의 마음을 돌려놓고 말 거라고 다짐하고 또 했다. 그렇게 되어야 하는 것이고 그렇게 해야 하는 일이었다. 시합 때문에 레코드 가게를 찾지 못하는 민수는 그저 하루하루 다시 연희에게서 연락이 오기만을 기다리고 있었다. 하지만 연희는 8강전이 열리기 전까지 민수에게 모습을 보이지 않았다. 그저 16강전 때처럼 꽃바구니와 편지 하나를 보내주었을 뿐이었다.

잘 지냈니?
외롭지는 않았니?

우승하길 바랄게.
하지만 맞아서 아프면 그만해야 해.

민수의 눈에 눈물이 맺히었다. 체육관 식구들도 아무 말 없이 민수를 지켜봐 주었다. 민수의 꿈이 이루어진 것이었다. 20년이 지나버린 세월, 그 세월 동안 한 번도 가슴에서 떠나지 않았던 연희를 보고 싶었다. 연희를 위해서라도 자신을 보고 있을 연희를 위해서라도 꼭 우승하고 싶었다. 오늘 당장은 아니어도 꼭 찾아줄 터이니 참고 경기에 임하자고 생각했다. 그러나 연희에게 자신의 마음은 말해주고 싶었다. 민수가 맞다고 말해주고 싶었다.

8강전이 시작되었다. 상대는 전 국가 대표 태권도 선수였다. 관장이 링 중앙을 향하는 민수를 부르며 말을 했다.
"얼굴!"
그것은 얼굴을 조심하고 노리라는 것이었다. 태권도의 경우 몸통 공격과 타점이 높은 공격을 잘한다는 것을 민수도 알고 있었다. 하지만 태권도 선수들에게도 약점은 있었다. 보호 장구를 착용하고 경기를 해왔기 때문에 공격을 받았을 때 견딜 수 있는 힘이 다소 떨어진다는 것이었다. 또 화려한 발차기에 비해 주먹을 이용한 공격이 약하다는 것도 있었다. 그러나 국가 대표 출신의 선수답게 공격이 매서웠다. 몇 차례나 옆구리에 발 공격을 허용했다. 거리를 유지하며 공격하는 상대 선수를 제압하기에 민수로서도 어려움이 있었다. 따라가면 물러서고 재빨리 다리 공격을 해왔다. 민수 역시 맞은 만큼 반격하고 있었다. 반격과 동시에 펀치도 날려보았지만 거리가 미치지 못하는 경우가 많았다. TV 앞에 모인 공장 사람들 사이에서도 탄식과 걱정스러운 마음들이 오고 갔다. 옥희는 아주 고개를 돌리고 있었다. 그것은 레코드 가게 안의 연희도 마찬가지였다.

민수는 2라운드까지 고전했다. 지금껏 한 경기 중에서 제일 어렵게 풀리고 있는 경기였다. 눈언저리가 부어오르기 시작했고 왼쪽 허벅지에 통증이 몰려왔다. 하지만 민수는 생각했다. 자신이 아프면 상대도 아플 것이라고.

3라운드 종이 울렸다. 확실히 점수를 따려는 것인지 상대 선수가 무섭게 다리를 들며 공격을 해오고 있었다. 민수는 재빨리 몸을 돌려 피하며 기회를 엿보았다. 민수는 허점을 잘 노리는 편이었다. 상대 선수도 왼쪽 다리에 충격을 입었는지 잘 쓰지를 못했다. 그러면 오른 다리를 이용한 공격이 많을 것이었다. 민수는 머릿속으로 그림을 그려 나갔다. 그리고 그런 찬스가 오길 기다렸다. 민수가 잠깐 왼쪽 팔을 아래로 내리는 순간 상대 선수의 오른발이 민수의 얼굴을 향해 여지없이 날아왔다. 민수는 재빨리 그 다리를 잡고는 왼발로 상대 선수의 왼쪽 다리를 가격했다. 생각했던 대로 상대 선수는 왼쪽 다리가 꺾인 채 뒤로 넘어졌다. 민수는 그 기회를 놓치지 않고 따라가며 안면에 펀치를 날렸다. 눈 깜짝할 사이의 일이었다. 민수의 연이은 KO승이었다. 심판에 의해 팔이 들리며 우승을 확인 받은 후 관장에게서 하얀 티셔츠 하나를 건네받았다. 거기엔 이런 글이 쓰여 카메라에 잡히고 있었다.

민수 맞아. 내가 알고 있는 민수 맞아.

연희라는 이름도 쓰지 않았다. 쓰지 않아도 알 수 있는 일이었다. 혹여 이름을 말해 불편을 줄지도 모른다는 염려도 거기엔 있었다. 레코드 가게 안의 연희도 복례도 그것을 보았다. 그리고 그 글귀는 그날 저녁 '특전 용사의 연인은 누구?'라는 제목으로 포털 사이트의 인기 검색어가 되어 있었다.

"가서 만나보는 게 안 낫겠나? 니 생각 때문에 운동 못 하면 안될 낀데."
하지만 연희는 고개를 저었다.
"아니요. 민수는 내가 정말 잘 사는지 궁금해할 거예요. 사는 곳이라도 알고 싶다고 하면 어떡해야 하죠? 저 때문에 민수에게 상처주고 싶지 않아요."
복례는 그런 연희를 잠자코 바라보았다.

"그것도 그렇지만 나는 니가 걱정이다. 계속 이래 있어서 어떻게 할지. 치료받아 보아야 안 되겠나? 요즘은 기술도 좋아졌다 안 하나."

"안 돼요. 아이한테 나쁜 일 생기면 안 돼요."

복례도 알고 있다는 듯 그래도 어쩔 수 없지 않냐는 듯 말했다.

"이런 말 하면 천벌 받지만 아는 또 놓으면 되지만 넌 죽으면 끝인 기라. 안 그렇나? 아직 젊은데 너도 잘 살아 봐야제."

그러나 연희의 마음은 단호했다.

"아줌마 마음은 알아요. 하지만 세상에 자기 자식 죽이는 엄마는 없는 거예요. 안 그런가요?"

복례는 긴 한숨을 쉬었다. 정말 이러지도 저러지도 못할 일이었다. 그저 연희가 가엾기만 할 뿐이었다.

시합을 끝내고 돌아온 민수는 병원을 찾아 치료를 받았다. 몸에 난 상처가 제법 오래갈 것 같았다. 관장은 민수와 체육관 식구들에게 축하 파티를 해주었고, 레코드 가게 건너편 광고판의 현수막도 바꾸었다. '한민수 4강 진출'이라는 문구였다.

가을이 깊어가고 있었다. 연희는 정호를 찾아 몇 번을 더 설득했다. 하지만 소용이 없었고 이제는 만나주려 하지도 않았다. 그것은 정호의 집도 마찬가지였다. 민수가 일하는 공장 역시 여전히 바쁘게 움직였다. 밀려드는 일감에 하루가 멀다고 추가 근무가 이어졌다. 그러나 민수의 생각은 오직 한 가지뿐이었다. 연희를 기다리는 것이었다. 우승하면 나타날 것이라고, 어쩜 4강만 통과해도 축하한다며 나타나 줄 것만 같았다. 하지만 연희는 다운을 두 번이나

당하며 피투성이가 된 몸으로 상대를 기권패시킨 4강전이 끝날 때까지 나타나지 않았다. 그저 그전처럼 시합하기 전에 꽃과 편지를 보내왔을 뿐이었다.

민수가 4강까지 올랐어
그렇게 힘센 사람들하고 싸우고도 지지 않았어

4강전이 끝나고 민수의 상처도 제법 깊었다. 8강전에 이어서 계속된 힘든 경기였다. 얼굴의 부기는 보름은 갈 것이라고 했고 다리는 움직이는 것조차 힘이 들었다.

옥희가 체육관을 찾아오던 날 그녀의 손엔 큼지막한 보온병이 들려 있었다. 체육관 식구들이 옥희를 보면서 반갑게 인사했다. 옥희는 줄넘기하고 있는 민수를 부르며 손짓했다.

"아저씨!"

그녀는 마치 사춘기 소녀처럼 폴짝폴짝 뛰었다. 여전하다는 듯 웃음 지으며 민수가 다가오자 체육관 한편에 있는 의자를 향해 민수의 손을 이끌었다.

"오늘은 야근 안 해?"

"내 맘이지!"

옥희는 민수의 손에 보온병 뚜껑을 열어 쥐여주고는 병을 기울여 속에 담긴 내용물을 따라주었다.

"아저씨, 이게 뭔지 알아? 모르지? 이거 우리 아빠한테도 잘 안 해주는 거야. 그러니까 다 먹고 힘내야 해 알지?"

옥희가 따라준 건 곰국이었다. 얼마나 잘 우려내었는지 구수한 냄새가 체육관 안을 가득 채우고 있었다. 냄새를 맡은 동철이 섭섭하다는 듯 소리쳤다.

"누구 입은 입도 아이가? 진짜 너무하다 누나!"

그러면서 다른 선수들에게 소리쳤다.

"안 그렇습니꺼? 형님들! 곰국이랍니더. 우리한테는 먹어보란 말도 안 하고……."

그때 현수가 하던 동작을 멈추며 얘기했다.

"니도 여친 만들면 될 거 아이가! 부러우면 지는 거라는 말 모르나?"

"참, 형까지 와 그러노?"

자신을 놀리는 현수를 보며 동철이 퉁명스럽게 말했다. 현수는 옥희에게 기철을 가리키며 또 말했다.

"보소 옥희 씨! 여기 깍두기도 있으니까 참고만 하이소."

그 말에 기철이 눈을 부라렸고 호용도 관장도 웃었다. 따라준 국물을 민수가 다 마시자 옥희가 동철과 선수들에게 말했다.

"이거 같이 먹으라고 가져 온 건데……."

그러자 선수들이 그럼 그렇지 하는 표정으로 동철을 봤다. 동철이 의아한 듯 옥희를 보자 뾰로통한 표정을 지으며 다시 말했다.

"아저씨 다 먹고 나면, 쪼끔 먹어도."

"아이!" 하는 야유가 터져 나왔다.

"고마 우리는 운동이나 하자."

선수들이 다시 운동을 시작했고 그 모습을 한참 동안 보던 옥희가 민수의 팔을 잡고 체육관 밖으로 나갔다. 깜깜해진 밤 불어오는 바람이 선선했다. 민수의 체육복 상의 주머니에 자신의 손을 넣고는 꼼지락거리고 있었다. 일주일 앞으로 다가온 결승전, 옥희는 아직도 부기가 남은 민수의 얼굴을 한 번 보고 말했다.

"쪼금 아프겠다, 그지?"

민수가 말없이 씩 웃으며 그냥 걸었다.

"치! 아저씬 맨날 웃기만 해, 대답도 안 하고."

입술을 쭉 내밀고 있는 옥희를 가만히 보던 민수가 옥희의 손을 주머니에서 빼고는 몇 걸음 앞으로 뛰었다. 그리고는 말했다.

"너, 생각보다 무겁더라."

"이이이이! 한민수 거기 안 서! 잡히면 죽을 줄 알아!"

옥희가 민수를 향해 뛰었다.

도롯가 벤치에서 올려다보는 하늘에 노란 가로등이 달처럼 반짝였다. 다시 옥희는 민수의 주머니에 자신의 손을 넣고는 입을 열었다.

"제가 응원하는 거 알죠? 꼭 이겨 우승해요 아저씨!"

민수가 고개를 끄덕였다.

"아저씨한테 언니가 꽃다발 보낸다는 얘기 듣고 참 기뻤어요. 지금도 기쁘고 아저씨의 바람이 이뤄진 것 같아 많이 기뻐요. 언니도 아저씨가 우승하길 바라고 있을 거예요. 저보다 더."

하늘을 올려다보며 민수가 말했다.

"그럴 거야. 하지만 누난 내가 맞지 않길 바라고 있을 거야. 너처럼 분명히 그럴걸. 아프면 내려오라고. 연희 누나니까."

"보고 싶죠?"

"보고 싶지. 하지만 참아야지. 어쩜 누나도 방해될까 봐 안 나타
나는 것인지도 모르니까. 그러니 더 열심히 해야지."

옥희가 민수의 팔을 꽉 움켜잡으며 말했다.

"언니 만났다고 옥희, 모른 척하기만 해 봐. 곰국 안 해주는 수
가 있어!"

받은 고마움 갚아주며 살고 싶어 하는 민수의 마음을 옥희는 너
무 잘 알고 있었다. 체육관 관장은 민수에게 옥희를 여자로 생각
해보면 어떻겠냐고 말했지만 민수의 마음속엔 그럴만한 공간이 없
었다. 민수의 가슴엔 연희에 대한 그리움만이 가득했다. 물론 그
그리움이 남녀 간의 애정과 같은 것은 아니었다. 만일 그런 것이었
다면 이렇게 오랜 시간 동안 가슴에 품고 살아오기도 힘들었을 것
이다. 그렇게 3일 앞으로 경기가 다가온 날 오후 중년의 부인 한
명이 용화 체육관으로 들어서고 있었다.

민수의 경기를 보기 위해 산 TV 앞에서 연희가 보고 또 보고 있
다. 복례의 손에 이끌려간 한의원에서 처방받은 약을 아침저녁으
로 먹고는 있지만 속이 불편한 건 좀처럼 나아지지 않았다. TV를
보고 있는 연희의 머릿속에 20여 년 전 소풍 때의 일이 떠올랐다.
고아원이 있던 경기도의 어느 유원지로 봄 소풍을 갔을 때 그곳
엔 많은 학교의 학생들이 함께 소풍을 와 있었다. 유치원생도 있
고 초등학생도 있었다. 물론 중고등학생들도 있었지만 고아원 아
이들에게 부러움의 대상이 되었던 건 유치원이나 초등학생들이었

다. 요즘은 부모들이 함께하는 경우가 거의 없지만 그때는 함께 따라와서 아이들이 노는 모습을 지켜보곤 했었다.

한 무리 유치원생들이 가지고 놀던 공이 민수를 향해 굴러오고 있었다. 민수는 그 공을 주워 가슴에 안았고 공을 잡기 위해 달려오던 아이는 넘어져 울고 있었다. 그런 아이에게 달려와 안아 일으킨 엄마는 아이의 손과 몸에 묻은 흙을 털고 호호하며 눈물을 닦아주고 있었다. 밝은 햇살 아래 비친 그 모습은 민수로서는 한 번도 보지 못한 모습이었다. 다가가 공을 건네주고 돌아서던 민수는 연희를 보며 두 팔을 벌리고 있었다. 울지도 않았고 아무런 말도 없었다. 오히려 눈물이 났던 건 연희였다.

'그래 그때도 민수는 울지 않았어.'

늦은 오후의 햇살이 유리창을 통해 들어오고 창문 밖 은행잎이 가을바람에 흔들렸다. 내려앉았던 참새 한 쌍이 바람을 타고 날아오를 때 마음으로 파고드는 목소리가 있었다.

"누나."

바람은 은행잎을 울리고 햇살이 창문 틈을 뚫고 연희의 가슴에 안기었다.

"나야, 민수야."

숨이 멎을 것만 같았다. 가슴에서 올라오는 슬픔이 얼굴을 붉게 했다.

'씩씩하게 자랄 거라며 고개 끄덕였던 아이…… 민수니? 민수야?'

눈물이 흘러내렸다. 아무 생각도 나지 않았다. 떨리는 손으로 찾아든 거울 속에 생기 없이 마른 자신의 모습이 보인다. 이게 아니라고, 이 모습이 아니라고 거울 속 연희에게 고갯짓했다. 꿈꿔왔던 모습이 아니라고, 준비가 안 됐다고, 이런 모습으로 설 수 없다고, 그런데 보고 싶다고, 보고 싶어 미치겠다고, 그런데 미안하다고, 미안해서 죽을 것 같다고, 입을 틀어막고 소리죽여 울었다.

민수의 눈에 연희의 방 창문이 보인다. 저기에 연희가 있다. 우연히 봤던 10년 전 그 장소에서 연희가 살고 있다. 살 수 없다는 암 환자가 되어 버림받은 몸으로 아픔에 몸부림쳤을 방, 많이 아프다지. 아파서 살이 많이 빠졌다지. 너무 말라 뼈만 남은 건 아니겠지. 너무 커버려 징그럽다고 하는 것도 아니겠지. 손 한 번만 다시 잡게 해달라고 기도했다고, 꿈에서라도 만나게 해달라고 기도하며 잠들었다고, 20년 동안 하루도 잊지 않고 보고 싶어 했다고, 그러니 이제 나오라고, 빨리 나오라고 가슴으로 소리치고 있었다.

늦가을 찬바람이 지나가는 골목, 떨어진 은행잎이 바람에 쓸리고 유리창을 비추던 해가 구름 속으로 숨어버릴 즈음 연희의 방문이 열리고 있었다. 발소리가 들렸다. 대문 여는 소리, 열린 그 틈새로 보이는 분홍색 구두.

웃고 있었다. 하얀 얼굴에 단발머리를 한 소녀가 동그랗게 생긴 초코파이를 손에 들고 반가움을 감출 길 없는 박꽃 같은 웃음을 지으며 다가오고 있었다. 냄새가 퍼져왔다. 팔베개해주며 잘 자라 말해주던 연희의 냄새가 코끝에 전해졌다. 민수가 두 팔을 크게 벌렸다.

우승할 것이다. 그 상대가 스물세 살의 잘 나가는 선수, 한 번도 지지 않고 승리를 해나가는 그 청년이라 해도 민수는 반드시 우승할 것이었다.

경기장 열기는 최고조에 달해 있었다. 링 위에 선 민수의 얼굴에 긴장감이 역력했다. TV 앞에 모인 공장 사람들도 TV만을 응시할 뿐 누구 하나 소리 내는 사람이 없었다. 어두운 분위기를 바꿔보고자 만복이 나서서 왜 이리 어둡냐고, 이래서 민수가 제대로 경기하겠냐며 말을 했지만 소용이 없었다. 소개가 끝나고 코너로 돌아온 민수를 보며 관장이 말했다.

"거리 유지해라. 저놈 저거 한 번 눕히면 좀처럼 기회 주지 않는다. 힘이 장사다. 알겠제? 힘들면 언제든 기권해. 여기까지 온 것만 해도 된 거야."

하지만 민수는 아무 말도 하지 않았다. 오직 연희 생각만이 있을 뿐이었다.

'보고 있지? 이제 누나 보내지 않아. 다시는 헤어지지 않아. 그 어떤 누구도 내 곁에서 누나를 데려가진 못 할 거야. 신이라 할지라도'

경기를 알리는 종이 울렸다. 다시 관중석에서 환호가 울려 퍼졌고 양쪽 코치진에서 외쳐대는 소리가 그 사이로 들렸다. 예상했던 대로 상대 선수는 매우 강한 선수였다. 민수가 날린 킥을 맞고도 흔들림이 없었다. 공격이 성공할 때마다 이어지는 환호성 따위엔 관심도 없다는 듯 돌 같은 주먹을 휘두르며 민수를 향해 접근했다. 그렇게 민수의 공격이 간간이 먹혀들어 가던 찰나 상대 선수의 주먹이 민수의 얼굴에 적중했다. 비틀거리는 민수를 향해 쉴 새 없이 주먹이 날아들었다. 두 팔을 들어 얼굴을 가리며 간신히 버티었다. 벗어나고 싶었지만 벗어날 틈이 보이지 않았다. 벌써 입술이 터지고 코에서 피가 흘러내렸다.

심판은 다운을 선언하며 양 선수를 갈라놓았다. 심판이 카운트하는 동안 심호흡을 하며 정신을 가다듬어 보았다. 이대로 주저앉을 수는 없었다. '시작!' 하는 구령과 함께 경기는 다시 시작되었고 킥 공격으로 상대 선수를 견제하며 시간을 끌었다. 1라운드는 그렇게 끝이 났다. 돌아오는 민수를 관장이 걱정스러운 표정으로 바라보았다.

"할 수 있겠나?"

상대 선수는 여전히 여유로웠고 민수는 그런 모습을 보며 관장에게 말했다.

"제가 포기하지 않는 한 관장님이 기권하시면 안 됩니다. 아시죠? 제가 어떻게 살아왔고 왜 운동을 해왔는지."

민수는 마우스피스를 다시 입에 물고 심호흡을 했다. 얼굴의 상처가 부어오르고 있었다. 2라운드는 더욱 힘든 라운드였다. 민수의 기습 공격에 상대 선수의 턱이 돌아가며 잠시 멈칫하기도 했지만 민수는 두 번이나 다운을 더 당했고 링 위에 쓰러져 상대 선수의 공격을 받기도 했다. 그것을 빠져나온 것만도 기적과 같은 일이었다. 방송을 중계하던 중계석에서도 거기 모인 관중석에서도 민수의 패배를 예상하고 있었다. 무섭게 부어오른 민수의 얼굴을 보며 옥희의 눈에서 굵은 눈물이 흘러내렸다.

"그만하자. 이만하면 됐다."

관장의 말에 민수가 가쁜 숨을 몰아쉬며 말했다.

"아뇨! 그럴 순 없어요. 누나를 위해서라도 이겨야 합니다."

이제 남은 시간은 3분이다. 민수에게 남은 시간은 3분이 전부이다. 허점이 보일 때마다 킥과 주먹을 날렸다. 하지만 지친 민수의 킥은 힘이 실리지 않았고 부어오른 눈두덩으로 인해 앞도 흐려지고 있었다. 연희가 건네주던 초코파이 생각이 났다. 함께 이불 속에서 듣던 노래 생각이 났다. 소풍날 자신을 안아주던 연희의 품이 생각났다.

연희가 뒤를 돌아보았다.

"오지 마! 그냥 거기 있어. 넘어진단 말이야."

'그래 누나, 그때 누난 나에게 손도 흔들어주지 못했어. 나는 알아. 차 안에서 누군가를 향해 애원한 것을…… 잠시만 세워달라고, 민수 손 한 번만 잡고 가게 해달라고, 아침에 받은 과자 주고 가게 해달라고! 근데 누나 이렇게 다시 만났는데 왜 자꾸 눈물이 나는 거지? 이러면 안 되는 거잖아. 울면 안 되는 거잖아. 누나에게 해주고 싶은 것이 너무 많은데 누나 발에 맞는 분홍색 신발도 사주고 싶은데 왜 자꾸 울기만 해? 누나 숨소리 들으며 잠들 때가 있었어. 누나가 그랬어. 자면서도 웃는 바보라고. 그랬던 누나를 이제야 만났어.'

일어서려 링 바닥을 향해 몸을 돌리려던 민수의 눈에 자신을 향해 뛰어오는 사람이 보인다. 한 손으론 무거운 배를 잡고 또 다른 한 손으론 눈물을 닦으며 뛰어오는 사람, 사각 링 끝에 가슴을 대고 울부짖는 그녀의 모습이 눈 속으로 들어온다. 단 한 번도 잊어본 적이 없는 사람, 살아내야 할 의지를 말해주고 싶은 사람, 하얀 얼굴에 단발머리, 분홍색 구두, 그녀가 링 위로 뛰어올랐다.

연

:

아침부터 미연의 잔소리가 이어졌다.

"융이, 너 어서 색시 있는 대로 안 갈래? 내가 이 나이 돼서 아직도 너 수발들어야 되겠니?"

전남편과의 사이에서 태어난 딸 하나를 데리고 융의 아버지 상현과 재혼한 미연은 지체 장애인인 융이 몹시 미웠다. 딸 소희에게도 융과 어울리지 못하게 하는 것은 물론 남편이 없을 땐 융의 밥도 제대로 챙겨주지 않았다. 국물이 떨어지고 밥알이 떨어진다는 것이 이유였다. 매번 이어지는 구박에 융은 미연이 두렵기만 했다.

상현은 대형 가전 대리점을 운영했다. 직원의 수만 서른 명이 넘는 규모였는데 규모만큼 바빠 아침 일찍 출근하여 늦은 저녁이 돼서야 집으로 돌아왔다. 아내가 죽고 2년쯤 되었을 때 융의 장래를 위해 재혼을 결심했던 상현은 결혼 정보 회사를 통해 딸 하나를 키우고 있는 미연을 만나게 되었다. 미연은 고운 외모에 조용한 말투와 다소곳한 몸가짐을 하고 있었다. 딸 소희도 예쁘고 착했으며 이런 사람이라면 융을 친자식처럼 키워줄 수 있을 것이라 생각했다. 하지만 자신이 없을 때 융에게 하는 행동을 어떻게 알 수 있으며 사람 마음속을 어떻게 알 수 있을까? 어쩜 미연에겐 돈을 벌어주는 남자가 필요했을지 모를 일이었다.

2년 전 미연은 자신이 알고 있던 미옥에게 융을 장가들게 했다. 씀씀이가 크고 애가 둘 딸리긴 했지만 융에게 비하면 나무랄 데 없는 사람이라 여겼다. 또 미옥이 자신의 제안을 거절하지 않을 거란 확신도 미연에겐 있었다. 미옥에게는 안정적인 수입이 필요했고 생각 떨어지는 바보에게 마음을 줄 만한 사람도 되지 못했다. 그리고 미연에겐 자신과 상현 사이에서 융을 떼어놓는 것이 무엇보다 급했다. 상현도 서른이 다 된 융을 언제까지 품고 살 수만은 없는 일이었다. 그래서 미연의 말을 믿고 결혼에 동의했다. 하지만 결혼식은 생략했다. 대신 새로 출발하라며 미옥 앞으로 부자 동네라고 하는 곳에 40평이 넘는 아파트를 사주고 큰돈을 건네주었다. 또 네 식구 먹고살기에 부족함 없는 돈을 매달 미옥 앞으로 이체시켜주었다.

그렇게 미옥과 융은 한집에서 같이 살게 되었지만 같은 방을 쓰지 않았다. 아니 첨부터 그럴 생각이 없었다. 미옥은 융의 존재는 무시한 채 아이들과 함께 쇼핑하거나 영화를 보는 등의 일에만 관심을 가졌다.

미연도 알고 있는 일이지만 이미 미옥에겐 이혼 전부터 알고 지내던 내연남이 있었다. 놀라운 것은 그 남자가 전남편의 친구라는 것과 그 남자의 부인까지도 알고 지내는 사이라는 것이었다.

결혼한 지 2년 만에 융이 집을 찾아왔을 때 상현은 그저 집 생각이 나 잠시 찾아왔겠지 생각했다. 왜 혼자 왔냐고 물어도 아무 말 없이 평소처럼 씩 웃고 있었기 때문이었다. 하지만 융은 미연도 미옥도 아닌 상현과 둘이서만 살기를 바랐다. 그 마음을 알 길이 없는 상현은 미연에게 융이 오랜만에 왔으니 있는 동안 맛있는 것 많이 해주라고만 말했다. 미연은 알았다고 했지만 융은 돌아온 지 일주일도 되지 않아 다시 미옥에게로 돌아가야 했다. 융이 화장실을 향하다가 미처 확인하지 못한 화분에 걸려 넘어지고 만 것이었다. 그것은 소희가 좋아하는 꽃으로 매일 소희가 직접 물을 주고 있는 것이었다. 소리에 놀란 미연이 쫓아와 악을 써가며 소리를 질렀다.

"바보 같은 놈이! 왜 여기 들어와 말썽이야! 저게 뭔지 알아? 내 딸 소희가 제일 좋아하는 꽃이란 말이야!"

어쩔 줄 모르는 융은 자신의 의지와는 상관없이 움직이는 눈동자와 고개를 흔들며 떨고 있기만 했다.

"죄…… 송…… 송…… 합……."

어떻게든 죄송하다고 말하고 싶었다. 알고 그러지 않았다고, 모르고 그렇게 된 것이라고 속 시원히 말하고 싶었다. 하지만 몸이 따라주지 않았다. 융도 자신의 그런 모습이 너무 싫었다. 그리고 너무 놀란 나머지 자신도 모르게 바지에 실례를 하고 말았다. 바지를 타고 흘러내린 배설물이 거실 바닥을 적셨다. 머리끝까지 화가 난 미연은 융을 화장실로 밀어 넣은 후 매몰차게 때리기 시작했다. 그래도 화가 풀리지 않는지 샤워기를 틀어 얼음보다 차가운 물을 융의 몸에 뿌려대었다. 그렇게 융은 그날 오후 상현이 돌아오기 전에 미연의 손에 이끌려 다시 미옥에게 보내졌다. 융을 보는 그녀의 얼굴엔 조소와 멸시가 가득했다.

미옥의 전남편은 시장에서 닭집을 운영하는 사람이었다. 그는 배려심 많고 이해심 많은 사람으로 고등학교를 마치고 일자리를 구하기 위해 서울로 올 때까지 미옥과 한마을에서 알고 지낸 고향 사람이었다. 그는 가락동 농수산물 시장에서 일을 배웠고 워낙 성실했기에 주위 사람들로부터 빨리 인정을 받았다. 그러던 중 어느 점포 사장으로부터 멀지 않은 시장에 있는 닭 가게를 소개받게 되었다. 부족한 돈은 그 사장이 도와주었지만 얼마 되지 않아 빌린 돈 전부를 갚을 만큼 장사가 잘되었다. 2호점 3호점까지 오픈했지만 미옥은 그의 성실함과 노력에 감사할 줄 몰랐다.

미옥의 불필요한 지출이 심했는데, 남편이 힘들게 일하는 동안 그녀는 골프 레슨까지 받으러 다녔다. 장사는 잘되었지만 살림살이 변하는 것이 없었다. 급기야 카드 연체 고지서가 날아오는 것을 보고서야 남편은 그간 확인하지 않았던 통장 입출 내역을 보게 되었다. 통장 잔고는 마이너스였고, 통장 입출입금 내역에는 증권 회사로 이체되었다가 반 토막 되어 입금된 돈이 있는가 하면 현금지급기를 이용해 2, 3일이 멀다 하고 확인할 수 없는 큰돈이 인출되고 있었다. 그는 서너 시간도 못 자고, 때론 밤을 새워가며 일해 온 것에 대한 심한 배신감을 느껴야 했다. 그녀와 많은 시간을 함께해주지 못한 것이 늘 미안했지만 가족을 위한 것이니 이해해주리라 생각했다. 하지만 그녀는 그냥 사는 데 쓴 것이라며 오히려 믿지 못하고 통장을 확인했다고 화를 내었다.

상현이 융을 위해 보내준 목돈도 이미 다른 곳으로 빠져나간 상태이고 매달 보내주는 돈 역시 융이 아닌 다른 곳에 쓰이고 있었다.

돌아온 융은 언제나처럼 입구에 마련된 자신의 방에 틀어박힌 채 꼼짝하지 않았다. 밤 열두 시가 되어도 미옥은 밥 줄 생각을 하지 않았다. 한 번은 배고픈 융이 깊은 밤에 일어나 냉장고를 열고 빵과 우유를 몰래 먹은 적이 있었다. 그날 융은 식중독에 걸려 병원 신세를 져야 했다. 미옥은 아이들에게 좋은 옷을 입히고 좋은 학원에 보내는 데만 관심이 있을 뿐 집안 살림에 대해선 아무 관심이 없었다. 그러한 속에서도 아이들이 밝게 자라 준 것이 신기할 뿐이지만 부모는 아이들의 거울이라고 했듯이 미옥이 융을 대하는 태도를 아이들도 머지않아 배우게 될 것이다.

융은 자신의 빨랫감도 미옥이 없을 때 스스로 세탁기를 돌려 빨아 자신의 방에서 말려야 했다. 미옥은 수시로 미연에게 전화를 해 융과 살기 힘들다고 하소연했고 돈이 부족하다는 말도 했다. 하지만 미옥의 씀씀이를 알고 있는 미연으로서도 더 이상 많은 돈을 줄 수는 없는 일이었다. 융을 싫어하는 것은 미연도 마찬가지였고 이제 융은 미옥이 책임져야 할 일이라고 생각했다.

융은 미연도 미옥도 무서웠다. 그저 먼저 돌아가신 친어머니가 그리울 뿐이었다. 친어머니만 있었어도 융이 끼니를 거르는 일은 없었을 것이다.

융은 이제 집을 찾아가도 마음 편히 있을 수 없음을 알게 되었다. 자신의 의지와 관계없이 이루어진 결혼이지만 이제 자신이 살 집은 상현이 있는 곳이 아닌 미옥과 두 아이가 있는 곳이라는 것도 알 수 있었다. 그래서 융은 다음날부터 장애인 복지 시설을 찾아다니며 자신이 할 수 있는 일을 찾아보기 시작했다. 돈을 벌어 미옥의 손에 쥐여주면 조금쯤은 자신을 좋아해주지 않을까, 피가 섞인 아이는 아니지만 두 아이들에게도 예쁜 선물을 사서 건네주면 한 번쯤은 자신을 보며 웃어주지 않을까 하는 생각도 가져보았다. 상현처럼 남자는 일을 해야 했다. 하지만 지체 장애인이 할 만한 일은 그리 많지 않았다. 사회 복지 단체나 종교 단체 또는 민간 봉사 단체에서 운영하는 사업체가 있긴 했지만 일을 원하는 장애인에 비해 자리가 턱없이 부족했다.

융이 일자리를 구한 것은 그렇게 제법 긴 시간이 지나고 나서였다. 겨울이 지나고 봄의 향기가 바람을 타고 찾아왔을 때 융에게도 다음 주부터 출근하라는 기쁜 소식이 전해져왔다. 그것은 찾아온 봄 향기보다도 더 기분 좋은 소식이었다.

그곳은 종이를 가지고 선물용 소품, 즉 작은 모자에서부터 가방, 신발, 바구니, 종이학 등을 만드는 곳이었다. 물론 개인 사업체는 아니고 회사가 정부의 지원을 받아 운영하는 곳이었다. 융은 기뻤다. 집에서 거리가 먼 것도 아니었다. 버스를 타고 다섯 정거장이면 되는 거리였고 내려서도 5분만 걸으면 도착 가능한 곳이었다.

그곳의 정확한 이름은 '종이 타고 떠나는 여행'이라는 다소 긴 이름이었는데 주변 사람들은 편하게 그냥 '종이여행'이라고 했다. 종이여행엔 대표가 한 명 있고 사회 복지를 전공한 직원이자 교사가 세 명, 그리고 근무자가 서른 명가량 되었다. 모두 장애를 가진 사람들로 듣거나 말하지 못하는 사람, 보지 못하는 사람, 자폐증이나 다리가 없는 사람 등 여러 장애를 가진 사람들이 모여 있었다. 작업장 천장에는 각양각색의 연과 용이 달려 있는데 연은 융이 좋아하는 것이기도 했다. '어린왕자'라는 동화책에 보면 비행기 조종사가 어린 왕자에게 지구에 어떻게 왔냐고 묻는 구절과 철새 떼를 타고 왔다고 대답하는 구절이 있다. 융은 그 모습을 자주 상상해 보곤 했다. 어린 왕자처럼 분화구가 있고 장미꽃이 있는 자신만의 별은 없지만, 연을 타고 하늘을 날 수만 있다면 편견이 없는 세상을 만날 수도 있을 것 같다는 생각이 들었다. 그래서 관심을 가지게 된 것이 연이었다.

어릴 적 융은 엄마 손을 잡고 엄마의 고향인 시골을 찾은 적이 있었다. 그곳엔 넓고 평탄한 언덕이 마을 가운데에 솟아 있었는데 거기에 올라 엄마가 날리던 연을 잊은 적이 없다. 바람을 타고 높이 올라간 연은 하늘 저 높이 떠서 춤을 추었고, 엄만 융에게 원하는 소망을 말해보라고 했다. 그럼 연이 그 소망을 담고 날아가 전해 줄 것이라 했다. 그때 자신이 무슨 소망을 말했는지는 모르지만 엄마가 날렸던 연과 잠시 후 실을 잘라 더 멀리 연을 날려 보내시던 엄마의 모습은 생생히 떠오른다. 그리고 그때 연이 날아간 곳에 엄마가 계실 거라 융은 믿고 있다. 엄마도 그때 자신이 빈 소망이 무엇이었는지는 말해주지 않았지만, 융은 날아가는 연을 보며 그 연을 타고 세계를 여행하는 모습을 머릿속으로 그려보았다.

종이여행에서의 근무 시간은 참 즐거웠다. 강요보단 자율을 강조했고 사람들도 스스로 해나가려 노력했다. 거기서 제일 인기 있는 사람은 정희라는 나이 어린 복지사 선생과 앞을 보지 못하면서 종이학을 제일 빨리 접는 승호 아저씨였다. 간식 담당인 정희 선생은 노래를 잘 불렀다. 그러나 한 곡을 끝까지 부르는 경우는 거의 없었다. 콧노래처럼 흥얼거리다가 어느 순간 곡이 바뀌어 노래가 나왔다. 조용한 노래를 부르다가도 신나는 노래를 부르고 그러다간 별안간 손가락으로 V자를 만들어 보이며 씩 웃곤 했다. 승호 아저씬 용이나 사슴벌레 또는 사마귀 같은 복잡하거나 많이 만들어보지 않은 것은 잘 접지 못했다. 그러나 새알 같은 것은 한 손으로도 접었고, 종이학의 경우는 다음으로 빠르다고 하는 정희 선생보다도 두세 배는 더 빨랐다. 하지만 융은 빨리 만드는 것은 하지 못했다. 승호 아저씨가 종이학을 쉰 마리, 아니 백 마리쯤은 접어야 겨우 하나를 만들 수 있는 정도였다. 하지만 누구도 그런 것을 가지고 불만을 표하는 사람은 없었다. 대신 융은 사람들이 필요로 하는 것을 알아서 챙겨주었다. 종이가 필요한 사람에겐 종이를, 앞 못 보는 사람에겐 상자를 비워주고 가져다주었다. 그럴 때마다 사람들은 말했다.

"고마워."

"고마워요."

그들이 감사의 표현을 해줄 때마다 융은 활짝 웃으며 뒷머리를 붉적였다.

"뭐…… 뭘…… 요."

거기에선 누구도 융을 바보라 부르지 않았다. '융'이라 불렀고, '융 씨'라 불렀고, '융이 형', '융 오빠' 하며 부를 뿐이었다. 말 못 하는 희경은 융을 비롯해 몸을 잘 움직이지 못하는 사람들을 많이 도와주었다. 융은 그런 희경이 참 좋았다. 그래서 어느 날은 희경에게 이야기했다.

"나에게도 아들이 둘 있어요, 참 예뻐요."

하지만 희경은 그 말을 알아듣지 못했다. 그래서 융은 벽에 걸린 아이들 사진을 손으로 가리키고는 자신의 가슴을 또 가리키며 어렵게 손가락 두 개를 펴서는 보여주었다. 그러자 희경도 똑같이 사진 속의 아이들을 가리킨 후 융을 가리킨 다음 손가락 두 개를 만들어 보였다. 융이 활짝 웃으며 고개를 끄덕이자 희경도 알았다는 듯 웃어 보였다. 그리고 그녀는 자신에게도 아이가 있다는 것을 설명해주었고 거리에서 장사하는 남편에 대해서도 말해주었다.

근무를 마치고 집에 도착하면 여섯 시가 조금 넘는 시간이었다. 융은 알아서 밥을 챙겨 먹고 거실에 널린 것들을 정리했다. 하지만 미옥이 있는 안방과 아이들이 있는 방에는 들어가지 않았다. 어떻게든 잘 지내보고 싶지만 미옥의 얼굴만 봐도 두려움이 생긴다. 아이들이 마지막 학원을 마치고 집에 오기 전인 여덟 시쯤 도착한 미옥은 융의 존재는 무시한 채 자신과 아이들만의 저녁 준비를 했다.

융이 일을 하고부터는 미옥은 많은 시간을 집에서 보냈다. 늘어지게 낮잠도 즐겼고 커피를 마시며 음악을 듣거나 영화를 보기도 했다. 그러다 핸드폰을 찾아 어디론가 전화를 했는데 주로 일했던 보험사와 증권사 직원, 그리고 아이들 학원 관계자였다. 물론 그 안엔 하루도 빠지지 않고 연락하는 내연남도 있었다.

그녀에겐 전남편으로부터 들어오는 양육비가 있었다. 그는 아이들을 지켜주지 못했다는 죄책감에 미옥이 요구하는 금액을 그대로 보내주고 있었다. 자신은 남편의 친구와 오래전부터 그런 관계를 이어왔으면서도 양육비에 조금이라도 문제가 생긴다면 바로 소송으로 나설 태세였다.

아이들을 혼자 키웠다며 자랑도 했을 것이다. 이렇게 살았다는 식의 동정론으로 사람들 속에 편승하기도 했을 것이다. 세상 아픔은 자신만이 겪어 본 것처럼 떠벌리며 쓴웃음도 지어보였겠지만 그녀는 남편이 벌어다 준 돈으로 호의호식하며 딴 남자와 만나 외로움을 달래온 이중적 사람일 뿐이다.

내연남은 사업이 힘들다는 푸념을 계속 늘어놓고 있었다. 조금만 더 있으면 될 것 같다며 미옥이 돈을 더 해주길 바라기도 했다. 미옥으로서도 다소 부담이 되는 것이 사실이지만 곧 부인과 이혼한다고 하니 아깝다는 생각은 하지 않았다.

융이 일한 지 한 달이 못 되었지만 종이여행의 급여일이 되었다. 사람들은 들뜬 마음으로 하루를 시작했다. 그곳의 급여는 근로기준법이 정하는 최저 임금으로 반은 국가에서 지원하고 반은 종이여행 측에서 부담해 지급했다. 융은 20일가량의 급여를 받게 되었는데 그것은 태어나 첨으로 받아보는 급여이기도 했다. 급여를 받으면 무엇을 할지 이미 생각해두었다. 첫째는 상현과 미연에게 빨간 내복을 사주고, 다음은 두 아이에게 선물을 사줄 생각이었다. 두 놈 모두 장난감을 좋아해 거실 바닥엔 자동차며 비행기, 칼 등의 장난감이 즐비했는데 융은 아이들에게 레일이 있는 기차를 사줄 생각이었다. 어릴 적 엄마는 고향을 찾을 때 기차를 타고 융을 데려가곤 했었다. 그때마다 엄만 기차 안에서 삶은 계란을 사주시곤 했다.

"기차 여행할 땐 삶은 계란이 제일이란다."

하지만 아이들은 자신이 까서 건네주면 먹지 않을 것이 분명했다. 그래서 계란은 놔두고 기차만 사줄 생각이었다. 그리고 아주 적은 돈으론 연을 하나 살 생각이었다. 그 연은 옷장 속에 잘 넣어두었다가 시간이 지나 그 수가 많아지면 엄마의 고향 마을 언덕을 찾아 그곳에서 하늘에 띄울 생각이었다. 한 달에 하나만 사도 일 년이면 열두 개, 십 년이면 백이십 개가 되니 그쯤이면 자신을 싣고 하늘을 날 수 있지 않을까 하는 생각이 들었다. 연은 반드시 엄마가 계신 곳에도 데려다줄 것이다. 소망을 빌면 이루어진다 했으니 반드시 그럴 것으로 생각했다. 그리고 남는 돈은 전부 미옥에게 줄 생각이었다. 많진 않지만 두 손으로 공손하게 건네주면 아주 조금은 고마워하지 않을까 하는 희망도 가져 보았다.

정희 선생 말에 의하면 희경은 작은 평수지만 곧 아파트를 사서 이사 가게 된다고 했다. 현재는 임대 아파트에서 살고 있지만 남편과 함께 모은 돈이 아파트 하나는 살 수 있을 만큼 됐다는 것이었다. 그래서 모두 희경을 위해 박수를 쳐주었다. 그리고 희경이 집을 사서 집들이를 하게 되면 승호 아저씬 학을 천 마리 접어주겠다고 했다. 어떤 사람은 립스틱을 사준다 했고, 어떤 사람은 희경의 남편을 위해 귀마개를 사주겠다고 했다. 거기서 자폐증을 앓고 있는 제일 나이 어린 민석이는 "저는 누나! 그냥 맛있게 먹어주면 안 될까요?" 하며 농담해서 사람들 모두를 한참 동안 웃게 했다. 하지만 융은 뭘 해줄지 아직 정하지 못했다.

그날 오후 융이 받은 돈은 50만 원이 조금 넘는 돈이었다. 버스를 타지 않고 걸어서 시장에 들렀다. 시장은 종이여행에서 집과 반대쪽으로 세 정거장쯤에 있는데, 거기까지 융이 걸어가서 물건을 사고 다시 집으로 걸어가기에는 다소 먼 거리였다. 하지만 왜인지 그날은 걸을 수 있을 것만 같았다. 융은 자신이 번 돈으로 누군가에게 무언가를 해줄 수 있다는 것이 기뻤다. 상현과 미연의 내복을 사고 동생 소희의 선물도 샀다. 소희를 위해 산 것은 자신이 깨뜨렸던 화분이었고 거기에 심겨 있던 꽃이었다. 또 두 아이에게 줄 기차를 사고 예쁜 연도 하나 샀다. 종이여행에도 만들어놓은 연과 재료가 있지만 그것은 융이 일하는 사업장의 물건이니 자신이 개인적으로 쓸 수는 없는 일이었다. 그렇게 물건을 사고 나니 해는 지고 있었고 받은 월급은 조금밖에 남아 있지 않았다. 하지만 미옥도 그쯤은 이해해주리라 믿었다. 첫 월급이니, 다음 달부턴 모두 받게 될 터이니 말이다.

융은 기분이 아주 좋았다. 무거운 줄도 모르고 걸음을 재촉했지만 몸은 마음대로 따라주지 않았다. 양쪽에 들린 선물 꾸러미가 꼬이는 팔에 의해 흔들댔다. 화분이 깨어질까 염려스러워 버스를 탈까 하는 생각도 해보았지만 양손에 물건을 들고는 버스를 탈 수가 없었다. 버스가 출발하거나 멈춰 설 때, 또는 코너를 돌 때 손잡이를 잡지 않고서는 서 있을 수 없는 일이었다. 버스엔 노약자나 장애인, 임산부를 위한 자리가 마련되어 있지만 장애인에게 그 자리를 선뜻 양보해주는 사람도 그리 많지 않았다. 더욱이 융은 사람들에게 불편함을 주고 싶지 않았고 부담도 주고 싶지 않았다. 이마에서 굵은 땀방울이 흘러내렸다. 마음은 벌써 집에 도착하였건만 아직 거리는 반이 더 남았다.

집에 도착한 시간은 아홉 시가 넘은 시간이었다. 융은 들어서자마자 거실에서 놀고 있는 두 아이에게 기차가 들어 있는 큰 박스를 보여주었다.

"이…… 이…… 거."

하지만 아이들은 시큰둥한 반응을 보였다.

"뭐?"

그래서 융은 다시 용기를 내어 자신이 산 것은 기차라고 말해주었다.

"이…… 거…… 기차…… 칙…… 칙폭…… 폭…… 차…… 기차."

하지만 아이들은 융을 보며 비웃듯 말했다.

"이…… 이…… 거…… 기…… 차…… 바보 아니야?"

융은 가슴이 아팠다. 그리고 코끝이 찡해졌다. 하지만 어쩔 수 없는 일, 그래서 미옥에게 기차가 든 상자를 보여주었다. 미옥은 아무 표정 없이 아이들 대신 받아 주방 식탁 위에 올려놓았다. 그것을 보고 주머니에 넣어놓았던 급여 봉투를 미옥 앞에 또 내밀었다. 그녀는 짧은 웃음을 보이며 받았지만 그 웃음은 기쁨이나 감사의 웃음이 아니었다. 융은 아내와 아이들을 위해 뭔가 해주었다는 것이 기뻤다.

상현이 사는 집은 한참 멀리 있는 곳이라 쉽게 갈 수 있는 거리가 아니었다. 그래서 갈 때까진 잘 보관해두어야 했다. 그러나 전화는 하고 싶었다. 스스로 일해서 번 돈으로 산 것이라고 하면 상현도 대견해하고 기뻐할 것이다. 결혼한 후 집으로 전화한 것은 그날이 첨이었다. 전화기를 방으로 가지고 들어와 번호를 눌렀다. 자신의 말을 쉽게 알아들을 수 있을 것이란 생각에 상현이 받기를 바랐지만 전화는 미연이 받았다.

"여보세요?"

미연이 말했다.

"여…… 보…… 세요?"

융이 신경을 집중해 "여보세요" 하고 말했다. 전화기에 찍힌 번호와 목소리를 듣고 융임을 충분히 알았을 테지만 미연은 모르는 척했다. 계속해서 '여보세요'만 반복하더니 전화를 끊었다. 누구냐고 묻는 상현의 말에 미연은 모르는 사람이라고 했다. 고개를 숙인 융은 옷장 문을 열어 포장한 빨간 내복 두 벌을 넣어 두었다. 그리고 꽃이 심긴 화분을 꺼내어 창틀 위에 올렸다.

미옥이 받은 돈은 30만 원이 넘었다. 다음날 그녀는 아이들을 학교에 보낸 후 내연남인 종식을 만났다. 그들은 함께 차를 타고 시내를 벗어나 한적한 국도를 달렸다. 그리고 아주 자연스럽게 모텔로 향했다.

미옥의 숨소리가 점점 거칠어졌다. 종식의 입이 그녀의 풍만한 가슴으로 갔다. 고개를 젖히고 길게 신음 소릴 내던 미옥은 몸을 돌려 종식의 위로 올라갔다. 장마 때의 끈적끈적한 날씨마냥 방 안의 공기도 그러했다. 쾌락의 시간을 보낸 둘은 침대에 나란히 누워 긴 숨을 내쉬었다. 종식은 담배를 찾아 물고 불을 붙였다. 한 개비를 피우고 나자 또 한 개비를 물고 불을 붙였다. 미옥이 몸을 돌려 종식을 보며 물었다.

"자기 왜 그래?"

하지만 종식은 담배만 피웠다. 종식의 팔에 안긴 미옥이 그의 가슴을 만지며 다시 물었다.

"또 사업 때문이야?"

종식은 한참 뜸을 들인 후 입을 열었다.

"우리 여기 정리해서 멀리 떠날까?"

놀란 듯 미옥이 말했다.

"여길 떠나다니! 왜?"

"그냥 일도 잘 안되고 다른 데 가서 살았으면 해서."

미옥이 좀 냉정해진 표정으로 말했다.

"정리가 그리 쉬운가? 애들도 있고, 자기는 아직 이혼도 안 했고……."

"까짓 이혼이야, 내일이라도 하면 되지."

어이없다는 듯 종식의 가슴을 때리며 미옥이 말했다.

"이보세요! 그게 그렇게 쉬운 줄 아세요? 그리고 곰 같은 자기 부인이 안 해주면? 그땐? 그게 그리 말처럼 쉬운 줄 알아?"

하지만 종식은 자꾸만 떠나고 싶다는 말을 했고 사업적으로 힘들다는 말도 빼먹지 않았다.

"먼저 이혼부터 해. 이제 그럴 때도 됐잖아. 언제까지 나 기다리게 할래? 내일 내일 한 게 벌써 몇 년이야?"

종식이 자신의 아이들을 키워준다 했으니 이혼하고 합치기만 하면 될 일이었다. 융과는 혼인 신고를 하지 않았으니 문제 될 것도 없다. 바보 하나쯤은 어떻게든 할 수 있으리라 생각했다. 그렇게 되어야 그동안 종식을 위해 해온 자신의 일들이 조금이나마 보상받는 일이기도 했다. 많은 돈을 조건 없이 주었던 것도 다 그 때문이었다. 아이들을 데리고 종식과 함께 사는 것, 그것이 미옥이 바라는 삶이었다. 이혼한다는 말을 오래전부터 해온 건 사실이지만 그땐 그렇게 서두를 필요가 없었다. 하지만 이젠 상현으로부터 받은 큰돈까지 건네준 상태이고 융과도 언제까지 함께 살 수도 없는 일이다. 미옥은 종식과 함께 있는 시간이 즐거웠다. 자신을 오래도록 사랑해주고 지켜줄 것이라 생각했다. 미옥이 다시 종식의 입술을 찾았다.

"나 안아줘."

하지만 그들은 알지 못했다, 쾌락의 시간 후 벌어지게 될 일과 철저하게 농락해온 한 여인의 분노를.

융은 출근하며 어제 산 꽃에 물을 주었다. 싱그럽게 키워 소희에게 주면 소희도 분명 기뻐할 것이라고 생각했다. 그러면 미연도 조금쯤은 자신을 좋아해주지 않을까 하는 기대도 해보았다. 거기에 씩 웃으며 빨간 내복을 건네 보인다면?

희경의 이사 날짜가 잡혔다고 했다. 그녀는 융에게 아내와 아이들을 꼭 데리고 오라고 말했다. 융은 희경의 집들이에 해줄 선물이 생각났다. 그것은 연이었다. 엄마가 해주었던 말을 그대로 또 해주기로 했다. 또 백 개쯤 모으면 그 연을 타고 세상 여행을 할 거라는 비밀 이야기도 몰래 해줄 것이다. 그러면서 이것은 둘만의 비밀이라고 귀띔해주는 것도 잊지 않을 것이다. 그녀라면 비밀을 지켜줄 것이라고 생각했다.

승호 아저씬 전날 과음을 했는지 손놀림이 굼벵이처럼 느려 있었다. 아니나 다를까 손으로는 학을 접으면서 머리는 푹 숙인 채 졸고 있었다. 자폐아 민석은 다음 달 하프 마라톤 대회에 출전할 거라고 했다. 거기서 1등 하면 사무실에서 파티를 열어주어야 한다고 협박까지 했다. 케이크는 3층짜리면 된다고도 했다. 그리고 종이여행의 마스코트인 정희 선생은 가을에 결혼한다는 폭탄선언을 했다. 모두들 거짓말하지 말라고 야유를 보냈지만 정희 선생은 정말이라며 어제도 결혼할 사람이랑 그 사람의 아버지랑 술도 같이 마셨다면서 자랑했다. 그러면서 그중에서 자신이 술이 제일 세더라는 말도 빠뜨리지 않았다. 모두들 믿기지 않는 표정이었고 놀란 가슴을 숨기지도 못했다. 지금껏 단 한 번도 그런 내색 없이 지내다가 갑자기 결혼 발표를 했으니 그럴 만도 했다. 그때 민석이 손을 들며 일어나 정희 선생에게 물었다.

"근데 결혼할 그분이 누구세요? 여기 있나요? 아님 다른 데 계신 분인가요? 말해주면 다음 달 마라톤 대회에서 꼭 일등 할게요."

하지만 정희 선생은 피식 웃으며 쉽게 말해주려 하지 않았다. 그때 술에 취해 졸고 있던 승호 아저씨가 고개를 들며 민석에게 말했다.

"그게 누구냐 하면 말이다. 내 아들이다."

사람들 모두 "와!" 하며 부러움의 시선을 보냈다. 그리고는 큰 박수를 치며 축하한다고 말해주었다. 그렇게 되면 정희 선생의 노랫소리에 승호 아저씨의 눈이 정말 뜨일지도 모른다는 생각이 들었다. 그렇게 모두들 즐거워하고 있던 그때 천장에 매달려 있던 연 하나가 바닥으로 떨어졌다.

인생

⋮

창고 문을 열고 들어섰을 때 바닥에 쓰러진 정 사장이 있었다. 배엔 칼이 꽂혀 있고 마지막 숨을 몰아쉬는 그의 곁엔 철윤이 있었다. 달려가 일으키며 잡아본 칼의 손잡이, 박혀도 너무 깊이 박혀 있다.

1부

1985년, 하루에도 몇 번씩 봉석은 밖으로 나갔다. 이유 없이 히죽거리는 것이 한눈에 보기에도 치매 노인이다. 그날도 이어지는 봉석의 소란에 문구점을 지키던 대호는 뒷문을 열며 마당으로 들어선다. 실랑이하는 춘희는 금방이라도 쓰러질 듯 녹초가 되어 있다.

"또 어디 가시려고요? 나가시면 안 되니더, 아버님!"

하지만 봉석은 어린아이와 같다.

"순사 양반, 이 아줌마가 자꾸 나를 방에 가둘라 그러니더. 나 좀 빼주이소."

어제오늘 일도 아니지만 보고 선 대호의 가슴으로 불길이 솟구친다. 경우 바르고 인품 좋기로 소문났던 아버지가 치매에 걸릴 줄 어떻게 알았을까.

"막내 공책 사러 온 모양이제?"

"야. 가가 이제 내년이면 고등학생이니더."

"영희도 영희지만 내사 니가 안타깝다."

"어쩔 수 없지요. 오빠랑 언니는 아부지 어무이 대신인께 많이 배워야 안 되겠니껴."

어머니의 가출 후 그 역할을 해야 했던 열일곱의 춘희, 스물 갓 넘은 나이로 대호와 결혼을 결심하게 된 것도 인자했던 시아버지 봉석이 있었기 때문이었다.

'한티 반점'은 '한티'라는 고개에서 따온 이름이다. 영양읍에서 수비로 이어지는 길 끝에 있는 고개로 오르막이 있으면 내리막이 있다지만 한티 고개엔 내리막이 없다. 고개로 올라서면 보이는 마을 그 끝에 수비면이 있다.

문구점의 일상은 땡그랑 소리의 연속이다. 스케치북이나 물감 등이 팔리면 그나마 마진도 좀 있지만 비싼 물품은 잘 나가지가 않는다. 하지만 해숙이 운영하는 문화 문구점보다는 나은 편인데 이유는 만져보며 고르는 것을 해숙은 용납하지 않기 때문이다.

"다 똑같지! 뭘 그렇게 뒤적이고 보노?"

대호는 그와 반대다. 만지든 말든 신경 쓰지 않았고 주면 주는 대로 돈을 받았다.

"연필 세 개요."

"알았어."

"빵 열다섯 개에 공책 스무 권, 스케치북 오십 개에 물감 오만 개요."

"그래, 돈 통에 돈……."

"지우개가 이것밖에 없어요?"

"다음 주에 안동 가면 더 사 올게."

"그 말이 아니고 예쁜 거 없냐고요?"

"지워지면 되지 예쁠 필요가 뭐가 있노?"

아이들과의 대화는 늘 이런 식이다.

"오늘 많이 샀는데 빵 하나 안 줘요?"

"그거 팔아서 얼마 남는다고?"

"그래도 한 개만요."

"한 개만 먹어."

아이들이 가고 나면 돈 통을 들어본다. 들어만 봐도 알 수 있는 금액, 세어보지 않아도 얼마 정도 팔렸겠구나 계산이 바로 선다.

문구점과 농협 사이 돌다방 앞엔 평상이 하나 있다. 신원리에 사는 할아버지가 시간 보내시는 곳으로 그의 일과는 첫차를 타고 수비면에 도착해 정류소 남 씨와 두어 시간 수다를 떤 후 평상에 앉아 사람들을 보는 일이다. 수비면 사람 치고 그를 모르는 사람은 없다. 할아버지 역시 저 사람은 어디 사람이고 몇 시에 그 앞을 지나간다는 것까지 꿰고 있지만, 다방에서 차를 시키는 일은 가뭄에 나는 콩이다.

"돈 버는 거 그렇게 어려운 게 아니더라. 식당 몇 번 옮기고 나니까 돈이 생기데. 그런데 만족 못 하겠던 기라. 요즘은 말이다. 집! 집인 기라. 건축 말이다. 그거 하면 떼돈 버는 기라."

어릴 적부터 영악하던 철윤이 찾아와 건넨 말이다.

"선미라고 니도 안다 아이가? 가하고 지금 하고 있다."

"명희는 우짜고?"

"가하곤 헤어졌다 아이가. 하청이란 게 있다. 우린 홍보만 하고 소비자를 하청 업체에 연결만 시켜주면 되는 기라. 공사 금액이 천만 원이면 우린 소비자한테서 천사오백만 원 견적 넣어 받으면 되는 기라."

철윤이 말하는 건 아파트 구조 변경 공사였다. 화장실도 꾸미고 베란다도 확장하고 벽지와 바닥재도 취향에 맞게 바꾸어 주는 일로 마진이 상당하다는 것이었다. 하지만 대호는 철윤의 말을 안 믿는다. 잔머리나 굴리고, 하는 말의 90%는 거짓말인 놈, 손버릇 역시 좋지 않아 남의 물건에 손을 대기도 했다.

"니는 내가 바본 줄 아나? 어떤 멍청한 인간이 더 많은 돈을 주고 일을 맡긴단 말이고?"

하지만 철윤은 자신만만이다.

"니가 몰라서 그런 기라. 일반 소비자들은 인테리어 비용 모른다. 그리고 업체마다 부르는 가격이 다 다른 기라. 우린 안내 책자만 준비해 놓고 공사 따서 넘기면 되는 기라. 공사 금액이야 좀만 해보면 되는 기고, 뻔한 거 아이가? 집 크기와 재료에 따라서 달라지겠지만 똑같은 평수의 아파트에 똑같은 자재가 들어간다면 금액도 거기서 거기인 기라. 있는 사람들에게 1~2천은 돈도 아니다. 한 집 공사하고 3~4백 남는다고 생각해봐라. 열 집이면 3~4천이다. 그 돈이 어떤 돈인지 아나? 여서 10년 농사지어도 못 모으는 돈이다. 아니 만져보지 못할 돈인 기라. 그걸 잘만 하면 한 달에도 벌 수 있다는 기라."

옆에서 함께 듣고 있던 순화가 철윤을 보며 말했다.

"쉽게 돈 버는 게 있다더나. 그렇게 쉬운 일이라면 그 일 안 할 사람이 어디 있겠노?"

"그건 형님이 몰라서 하는 말이니더. 아직은 말이니더, 사람들이 구조 변경 쪽은 잘 모르는 거라요. 멋지게 꾸민 집 보여주면 돈 있는 사람들 안 하고는 못 배긴당게요."

"전단지만 돌려도 가능하단 말이가?"

"하머요. 아무것도 필요 없니더. 대구에 가면 상인동이라고 있니더. 지금 거서 엄청나게 아파트 짓고 있니더."

10%의 마진을 남긴다 해도 천만 원 공사면 백만 원, 백만 원 벌려면 서너 달은 꼬박 일해야 하는데 영업이 잘되어 천만 원짜리 공사 열 개를 한다면 천만 원을 벌게 된다는 얘기다. 하지만 대호는 금방 고갯짓을 한다.

"공짜는 없는 법이다. 안 들은 걸로 하마."

하지만 철윤은 여전히 여유롭다.

"니 없어도 할 사람은 얼마든지 있다. 그래도 친구라고 얘기해 주는 거니까 생각 바뀌거든 연락해라. 아는 교육시켜야 할 거 아이가?"

안 들은 걸로 하겠다고 말했지만 그날 밤 대호는 몇 번을 곱씹으며 생각해보았다. 적어도 사기는 아닌 것 같았다. 물건을 받아서 좀 더 높은 가격으로 파는 것이 장사라면 철윤이 말하는 것도 장사임에는 분명했다. 첨부터 돈이 들어가는 것도 아니고 공사를 따지 못한다 해도 손해 보는 일도 없으니 한 달 정도는 해봐도 되지 않을까 하는 생각이 들었다.

아침 버스가 수하동에서 먼지를 뿜으며 오고 있다. 수비면의 첫 차는 학생들의 등교 시간에 맞춰져 있다. 하루 세 차례 운행이라고 하지만 전날 저녁 종점 마을로 간 버스는 그곳에서 하룻밤을 자고 아침 일찍 올라온다. 그 때문에 왕복은 한 번뿐이고 아침으로 나오고 저녁으로 들어가는 것이 수비면의 버스 운행 방식이다.

영양군에는 다섯 개의 면 소재지가 있다. 5일 간격으로 장이 열리는데 수비장은 3일과 8일로 정류소와 파출소 사이의 빈 공터에 들어선다. 수비면은 다른 면에 비해 면적은 넓지만 인구는 적다. 하지만 장날이면 수비에도 어패류가 등장했고 시골에선 보기 힘든 액세서리와 그릇까지 등장했다. 아이들에게 있어 최고의 인기는 단연 품바 타령을 앞세운 엿장수였다.

나름 멋을 부린 아낙네들이 방앗간으로 쌀을 옮겨 한바탕 수다를 떨고 남자들은 반점을 찾아 짬뽕을 시킨다. 한산하던 골목으로 사람들의 소리가 시끌벅적 울리지만 장날이라고 특별히 기존 가게들의 매출이 느는 것은 아니다. 식품점이나 미용실, 이발소 등만 사람으로 북적일 뿐 문구점이나 수리점은 별반 다를 게 없다.

대호의 눈에 지루함이 가득이다. 어울리던 친구들 모두 도회지로 나가고 잔머리꾼 철윤도 자가용을 몰고 와 거드름을 피우는데 면 소재지에 박혀 아이들을 상대로 백 원짜리 공책이나 팔고 있는 자신에게 불쑥 화가 난다. 자리에서 일어서며 보는 마당으로 근석을 씻기고 있는 춘희가 보인다. 10년, 살을 섞고 산 시간, 아버지의 병수발과 아이 양육에 지칠 법도 하련만 단 한 번 힘든 내색하지 않고 자신만 바라보며 살아온 사람, 뻔히 알면서도 퉁명스럽게 한마디 툭 던진다.

"좀 있다가 돼지껍질 파는 데로 개똥이 데리고 와라."

"돼지껍질 파는 데요?"

"그래."

하지만 봉석이 또 걱정되는 춘다.

"아버님은요?"

"대문 걸어 잠그고 오면 된다 아이가."

시끌벅적한 소리가 마당까지 들린다. 퉁명스럽게 말하고 돌아서는 대호지만 춘희의 입가로 미소가 번진다. 얼굴 새까만 사람들이 뽀글 파마를 하고 지나는 거리, 정류소 마루에 앉아 밖을 보던 남씨가 대호를 본다.

"가게는 어떻게 하고 오노?"

"일찍 닫을라고요. 우리 아가 돼지껍데기를 좋아한다 아이니꺼."

"맞다. 가가 그거 좋아하제."

"내려올 때 쪼매 사다 드릴까요?"

"아이다. 가나 마이 먹이거라."

배달을 다녀오는 경태 뒤로 생선을 고르는 돌다방 다홍이 보인다. 동혁은 아주 공구상 앞에 죽치고 앉았고 반갑다며 손잡는 이들의 표정은 마치 십수 년 만에 만나는 사이들 같다. 국수 한 그릇 값을 두고 서로 계산하겠다며 우기는 사람들과 상가 건물에 기대어 앉아 해바라기하는 노인네들……. 엄마 손 잡고 나온 아이의 손엔 막대 아이스크림이 쥐어져 있다.

"오빠가 여긴 웬일?"

배달을 다녀오던 미스 정이 반갑게 달려온다. 눈이 마주치자 급히 셔츠 단추를 잠그며 삐죽 웃는 사람, 대호의 목소리는 여전히 퉁명스럽다.

"내가 여 오는데 니가 뭔 상관이고?"

"아휴! 그 말버릇!"

눈을 치켜뜨며 쏘아대는 그녀지만 금세 대호의 팔을 잡고 한곳으로 이끈다. 싸구려 귀걸이며 반지, 브로치가 있는 행상, 햇빛을 받아 반짝이는 장신구들을 보며 하나를 골라 자신의 가슴에 대보이며 묻는다.

"이거 어때?"

대호의 눈에도 예뻐 보이는 물건이다.

"괜찮네."

"나 이거 사주라. 응?"

애교스런 표정으로 보고 선 미스 정을 보며 잠시 망설이던 대호가 주인에게 묻는다.

"이거 얼마니껴?"

"삼천 원이너."

"삼천 원요?"

가격에 잠시 놀랐지만 흥정 없이 돈을 내민다. 반짝이는 브로치, 대호의 손에 쥐어진 브로치를 보며 미스 정이 눈치를 준다.

"뭐?"

"그거."

"이거? 이걸 내가 왜 니 주노?"

"내 줄라고 산 거 아이가?"

대호는 아무 일 없다는 듯 돌아서며 말한다.

"이거 근석이 엄마 꺼다."

"나쁜 인간, 앞으로 국물도 없을 줄 알아."

새침하게 말하는 미스 정이지만 돌아서는 그녀의 얼굴에도 미소가 번진다.

돼지껍질 파는 노점상엔 파전과 국수도 있다. 다소 매운 감이 있어도 돼지껍질은 근석이 좋아하고 국수는 춘희가 좋아한다. 봉석은 파전에 막걸리를 좋아했는데 이젠 함께하기가 어려운 상황이다. 춘희가 오는 동안 동혁과 막걸리 몇 잔을 나누었다. 옮겨 다니는 직업 탓에 세상 소식에 빠른 노점상 주인 말에 의하면 영양군의 인구가 빠르게 감소한다는 것이었다. 10년만 지나도 군 전체 인구가 2만이 안 될 거라며 그렇게 되면 오일장도 사라지게 될 것이라며 한숨을 내쉬었다.

"그래도 아제는 사람 많은 데 가서 장사하면 되자니껴?"

"식당도 영양에선 할 데가 없니더. 있는 가게도 다 문 닫을 지경인데요."

"그래도 그렇게까지야 되겠니껴?"

"세상이 달라지니까 문제지요. 영양읍에 차가 몇 대인지 아니껴? 이제는 사람들이 자가용도 사기 시작하니더. 그뿐인 줄 아니껴, 애들 학원도 생기고 TV나 냉장고도 좋은 것들이 들어오고 있니더. 그런 걸 파는 가게가 생긴다니까요. 식당은 안 돼도 그런 가게는 장사가 되니더. 사람이 줄어도 그런 가게는 된다니까요. 희한하제요?"

노점상 주인의 목소리 사이로 근석을 업고 오는 춘희의 모습이 보인다. 눈이 마주치자 엷은 미소를 지어보이는 춘희, 손을 흔들려다 멋쩍은 듯 내려놓는다. 오랜만의 시장 구경이어서일까, 춘희의 얼굴에 생기가 넘쳐난다. 하지만 자리에 앉은 근석인 여전히 초점 없는 눈으로 앞을 보고 반쯤 벌려진 입에선 침이 흐른다.

"아부지는?"

"주무시는 거 보고 왔니더."

"먹고 싶은 거 있으면 먹어라. 이래 바람 쐬니까 안 좋나."

"어제 철윤 씨가 뭐라 하디껴?"

"아무 말도 없었다. 그놈이야 항상 그렇다 아이가. 그제 말한 거 매로 집에 한 번 댕겨 오고"

춘희의 얼굴에 다시 미소가 번진다.

"그럴게요. 고맙니더."

쑥스러운 듯 고개 숙이는 춘희, 대호가 다시 말을 잇는다.

"힘 안 드나?"

춘희는 전혀 안 그렇다는 듯 고갤 가로젓는다.

"아이니더. 그렇지 않니더. 힘들고 답답할 게 뭐가 있니껴? 힘들면 당신이 힘들지…… 아무렇지 않니더."

노점상 주인이 말아준 국수가 유난히 맛있는 날이다. 함께 나온 돼지껍질을 국수물에 담갔다가 근석에게 주자 녀석도 맛있게 받아먹는다. 시끌벅적한 시장 안, 이름은 몰라도 한 번씩은 봐 왔던 사람들, 그들이 하는 이야기도 변함이 없다. 올해 고추는 어떻게 돼 가고 담배잎마름병엔 어떤 약이 좋으며 고추나 담뱃값이 올라 돈 좀 벌어봤으면 좋겠다는 얘기에서부터 아이들 생활하는 것까지 바뀌지 않는 레퍼토리다. 자식들이 좋은 학교에 가거나 좋은 곳으로 취직한 부모의 목소리는 커져 있고, 일찍 도시에 나가 주야 교대근무를 하고 있는 아이들의 부모는 목소리가 죽어있다. 태연한 척 "그래요?" 하며 맞장구쳐주는 목소리에도 부러움이 가득이다.

생활의 변화 없이 가을이 찾아왔다. 춘희는 일주일에 두 번씩 영양읍에 들러 근석의 치료와 교육을 받기 시작했고, 본가로 가서 며칠씩 머물다 오기도 했다. 할머니를 홀로 모시며 사는 아버지 때문이었다. 그럴 때마다 대호가 봉석을 돌봐야 했지만 봉석은 대호의 말에는 꼼짝하지 못했다. 또 경태가 자주 들러 먹을 걸 챙겨주기도 했다. 또 한 번씩은 신원리 할아버지께 봉석을 부탁하기도 했다. 엉뚱한 말만 하는 봉석이었지만 할아버지의 말엔 대답도 곧잘 했고, 몇 시간이고 죽치고 앉아 어울리는 것이었다. 또 다홍이가 나와 가끔 얘길 나눠주기도 했는데 봉석은 그런 다홍을 보며 함박

웃음을 짓곤 했다.

여름이나 가을이나 대호가 보는 모습은 변함이 없다. 바람이 조금 선선해졌다는 것과 여름엔 팔지 않던 어묵을 준비해서 정자가 팔기 시작했다는 것, 지나가다 고개 쏙 내밀며 "오빠!" 하는 미스 정의 셔츠 위로 조끼 하나가 더 걸쳐졌다는 것 정도가 변화라면 변화이다. 봉석만 아니라면 굳이 자신이 직접 가게를 지키고 있을 필요는 없다. 일주일이나 보름에 한 번씩 안동으로 나가 물건을 받아오는 것 말고는 힘을 필요로 하는 일도 없다. 차라리 춘희가 가게를 보고 자신은 다른 일을 하는 것이 낫지 않을까 하는 생각도 해보았다. 조금 모아놓은 돈으로 동혁처럼 포도를 심든가 아님 고추나 담배 농사를 조금 지어보는 것도 나쁘지는 않을 것이다. 그러나 그것들은 노력에 비해 수익이 너무 적다. 수익의 반절은 비닐이나 농약 등의 비용으로 빠지고 남는 돈을 계산해 보면 도시에 나가서 공장 생활하는 것보다도 못한 것이 현실이었다. 고추나 담배 농사를 지으려면 건조기와 농기계도 사야 하며 비닐하우스도 지어야 한다. 그렇다고 집을 떠나 공장에 취직할 순 없는 일이다. 그러려면 가족 모두 이사를 해야 하는데, 혼자 받는 월급으로 치매 걸린 아버지와 근석일 먹여 살리는 건 도회지에선 힘든 일이다. 돈만 있다면 영양읍에 나가 문구점을 하고 싶다는 생각도 든다. 영양읍은 수비면보단 사람이 많고 복지 센터도 가까이 있어 근석의 치료에도 여러모로 편할 일이다. 하지만 돈이 문제다. 지금 하고 있는 가게를 내놓아봤자 하겠다는 사람도 없을 것이고 집도 팔리지 않을 것이다. 나가는 사람만 있고 들어오는 사람이라곤 명절 때뿐인

곳, 큰 도로라도 나서 건물이 편입되어 보상이라도 나온다면 또 모를까, 20년이 지나고 30년이 지나도 가게 앞의 도로가 확장될 일은 만무한 상황이다.

철윤이 했던 말을 생각해본다. 말처럼만 된다면 한두 달만 고생해도 영양에 나가 살 수 있을 것 같다. 하지만 봉석과 근석이 걱정이다. 또 잘되면 다행이지만 성과가 없다면 무슨 낯으로 돌아오나? 이런저런 생각 끝에 창밖을 보노라면 기름 끓이며 아이들이 오길 기다리는 정자의 모습이 있다. 일도 잡히지 않고 머리가 아파 봉석을 데리고 한티 반점에 들른 저녁, 2층 계단을 가리키며 대호가 말했다.

"올라가서 놀고 계시소. 아부지 좋아하는 만두랑 짬뽕 해가지고 올려 드릴게요."

신나하며 계단을 오르는 봉석을 보며 경태를 불렀다.

"돌다방 가서 다홍이 아지매 좀 모시고 와라. 저녁 사드린다고."

다홍인 봉석이 치매에 걸린 후로도 살갑게 대해 주는 사람이다. 생각해보면 수비면 사람치고 봉석에게 그렇지 않은 사람은 없다. 경태가 다홍이를 부르러 간 사이 순화가 짬뽕 국물을 끓여 나왔다.

"우선에 이거 먼저 먹어라. 남은 거 끓인 기다. 아제한테는 경태 오면 다시 해드리라 할 테니까."

돼지껍질 팔던 사람의 말처럼 순화 역시 장사가 첨 같지는 않다. 그나마 사계절 내내 일정한 수입을 올리고 있는 사람은 중학교 앞 슈퍼 주인인 석돌뿐이다. 학생들을 상대로 장사도 했지만 아울러 약초 장사도 병행했는데 송이버섯이나 복령, 또는 고사리며 취

나물 등 인근에서 나는 것들은 모두 사서 팔아넘겼다. 하지만 누구에게도 판매처를 알려주진 않았다. 안동 가면 있다고만 말할 뿐 정말 안동에 가면 있긴 한 것인지도 알 수 없는 일이다. 그뿐만이 아니었다. 늦가을엔 개구리를 사서 되팔고 뱀도 사들였는데, 또 그 것을 어딘가에 웃돈 받고 팔아넘겼다. 하지만 그의 가게론 미스 정도 미스 리도 배달 가려 하지 않았다.

심부름 갔던 경태가 음식을 만들어왔다. 2층 봉석에게는 벌써 만두 한 접시를 주었고 대호는 순화와 짬뽕 국물을 안주 삼아 소주 한 병을 비워냈다.

"사실은 말이다. 나도 생각 좀 해봤다. 하지만 내한테는 안 맞는 기라. 내가 가고 나면 자는 어떻게 하노?"

주방을 오가는 경태를 보며 하는 순화의 말이다. 하나뿐인 아들이 말더듬이다. 바보스럽게 착하기만 한 아들, 그런 아들을 보는 부모 마음을 대호라고 모를까. 하지만 대호 역시 순화와 별반 다르지가 않다.

"저도 마찬가지제요. 아부지하고 아 엄마 놔두고 갈 수 있겠니껴?"

"그래도 니는 제수씨가 있으니 좀 낫지 않나. 오래도 아니고……."

"솔직히 그놈이 한 말이 생각나긴 하디더. 돈 벌어 영양에다 문구점 하면 좋지 않겠니껴?"

소주 한 잔을 단숨에 넘기는 대호의 잔으로 술을 채워주며 순화가 말을 잇는다.

"먹고 사는 게 다 그런 거 아니겠나. 저 아래 미스 정 봐라. 미스 정이라고 사연이 없겠나. 그래도 얼마나 열심히 사노?"

"하기사, 가도 그렇지요. 가 가슴에도 설악산 흔들바위만 한 돌멩이 하난 있을 거니더."

어쩌다 미스 정 이야기로 흘렀는지, 두 사람 테이블 위의 술잔을 본다. 언제였을까, 미스 정이 첨 수비에 온 날이. 그녀를 뒤쫓아 온 사내 두 명, 둘은 미스 정의 머리채를 잡고 거리 한복판에 내동댕이쳤었다.

"이년아! 도망가려면 받은 돈은 내고 가야 할 것 아니야!"

영천이 고향이랬지. 나이 열아홉에 대구의 봉제 공장을 갔었다고. 하지만 봉제 공장의 수입은 터무니가 없었고 근무 형태도 2교대였다. 그때 함께 일하던 언니를 통해 소개받은 술집, 서빙만 하면 된다고 했지만 첫 출근하던 날 술집 사장은 사내 몇을 불러 겁탈을 했다. 시내에 있었지만 섬과도 같았다는 곳, 어쩜 한탕 노리던 작자를 만나 영양으로 올 수 있었던 것이 그녀에겐 축복이었을지도 모를 일이다. 그러나 그것으로 끝이었을까?

유리문 밖으로 다홍의 모습이 보인다. 뒤로 미스 리와 미스 정도 따르는데 그 모습 보며 대호가 괜히 경태를 향해 소릴 지른다.

"내가 아지매 모시고 오라 안 했나?"

그 말에 미스 정이 대호의 어깰 치며 혀를 날름한다.

"치사빵꾸다! 누가 오고 싶어서 온 줄 아나? 허구한 날 단추 타령이나 하는 사람이 뭐가 좋다고!"

미스 정의 표정에 순화가 웃음을 터뜨린다. 할 말 잃은 대호가 술 한 잔을 들이키며 다홍에게 말한다.

"아부지 위에 있니더. 아지매 좋아하자니껴. 말동무나 좀 해주이소."

"안다. 니 아부지 내 좋아하는 거. 근데 나도 니 아부지 좋다. 다 좋은데 미스 정 구박 그만 좀 해래이. 자가 니를 얼매나 좋아하는데 맨날 구박이고?"

고개 빳빳이 드는 미스 정은 또 혀를 날름한다. 깊어가는 밤처럼 소주병도 하나씩 비워지고 있다. 봉석의 웃음소리 사이로 벌써 술에 취해 졸고 있는 미스 정, 대호는 순화에게 결심을 말한다.

"형님이 한 달만 수고 좀 해줄라니껴?"

"가 볼라고?"

"한 달만 가봤으면 하고요."

"아제나 제수씨 도와주는 건 어려울 거 없다. 경태도 있고. 그러나 서두르진 마라."

"아니더. 당장 간다는 것도 아이니더."

그때 미스 리가 나선다.

"대호 오빠 대구 갈라꼬?"

미스 정과는 달리 말똥말똥한 미스 리다.

"생각 중"

"도시 생활하는 거 쉽지 않대이. 얼마나 더러운 덴 줄 아나?"

"사람 사는 데가 똑같지 무섭고 더러운 데가 어디 있겠노?"

"그래도 안 그렇대이. 사기 치는 인간들도 많고, 피 빨아먹는 인간들도 많고, 눈 뜨고도 코 베가는 곳인 기라. 내 고향이 대구 아이가. 그나저나 오빠 가면 자는 우짜노? 많이 섭섭할 낀데, 한 달이라도"

미스 정을 가리키며 하는 말이다. 대호가 씩 웃는다.

"섭섭할 게 있나. 단추 잠그라고 잔소리하는 사람도 없고 오히려 더 좋제."

"가더라도 변하지만 마래이. 다른 세상 다른 모습 보며 살다 보면 사람도 변하니까. 그게 인생이고 사람이니까. 알제? 헛바람 들지 말란 말이다."

미스 정을 다방으로 업어주고 돌아오는 대호의 눈에 촘촘히 박혀 있는 별이 보인다. 희뿌연 은하수까지 선명한 수비의 하늘, 원색의 그림과 같다. 수비를 벗어나 본 적이 대호는 없다. 기껏해야 물건 사러 나간 안동이 전부, 첨 안동을 가며 본 안동댐의 모습이 짙다. 크다고 생각했던 오기 저수지와는 비교가 되지 않는 규모의 댐, 하지만 그곳의 산은 수비와는 달리 높지 않았다.

옷이며 생필품을 담은 가방을 안고 대호는 버스에 앉아 있다. 이발소 성 씨, 분식집 정자, 문화 문구점 해숙, 돌다방 다홍, 한티 반점 순화와 경태, 수리점 동혁, 미스 리와 미스 정 모두 정류소까지 마중을 와 있다. 정류소 소장 남 씨가 문을 열고 나오며 먼저 말한다.

"돈 많이 벌어서 와래이."

"아제, 거기 앉아 일한 지 10년이지요?"

"그래."

"시간 빠르네더. 여기 버스 들어온 지가 그래 됐으니까요. 시간

나면 아부지한테 놀러 가이소. 빨리 돌아오니더."

"알았다. 니 아부지 챙겨줄 사람 많다. 걱정 말고 댕겨와래이."

미스 정이 밝은 표정 지며 미스 리 곁에 서 있다.

"오빠야! 빨랑 와. 내가 언니 손 꼭 잡고 있을 테니까 걱정 말고!"

그 마음을 왜 모를까, 알면서도 눈만 부라리는 대호다.

"단추 단디 잠그고 다니고!"

"또 시작이야! 가더라도 딴 여자한테 눈길 주지 말고 나만 생각
해 오빠."

경태가 춘희 곁으로 다가서며 손을 내민다.

"자 자주 드 들를게요. 그러니 걱정 말고 댕겨 오오 이소."

"니 형수 부탁한대이. 가게도 좀 봐주고…… 알제?"

"야, 걱 걱정 마이소 그그."

버스 기사가 출입문을 닫는다. 키 작은 춘희, 그제야 손을 뻗어
올린다. 본가에서 돌아온 날 대호가 꺼낸 말에 아무런 망설임도
없이 뜻을 따라줬던 춘희, 눈에서 눈물이 흐른다. 등에 업힌 아이
는 입 벌린 채 잠을 자고, 잡은 춘희의 손이 떨리고 있다.

"빨리 온다. 좀만 참아라. 알제?"

"야. 잘하고 오이소. 돈 못 벌어도 좋으니 몸 건강히 지내다가 오
이소. 알지요?"

"그래. 빨리 온다."

대호의 가슴도 뭉클해진다. 잡은 춘희의 손이 가냘프기만 하다.
춘희, 한 손으로 주머니를 뒤적이며 대호가 사주었던 브로치를 꺼
내 보인다.

"이거 보고 기다리니더. 태어나 이래 멋진 선물 첨이니더. 당신이라 생각하고 이거 보고 기다릴 테니 빨리 오이소. 당신 생각하며 꼼짝 않고 있을 테니 빨리 와야 하니더. 딴 데 안 가고 당신만 기다리고 있을 테니까, 알지요?"

"……."

버스가 움직인다. 버스를 따라 걸으며 눈물 훔치는 춘희, 대호를 향해 소리친다.

"사랑하니더. 제가 당신 사랑하니더."

첨으로 하는 춘희의 말이다. 힘들다는 말도 아프다는 말도 하지 않던 사람이 마음속에 담아두었던 말을 꺼내고 있었다. 브로치 쥔 손을 흔들며 한 손으론 아일 업은 채 버스를 따르던 춘희는 파출소 삼거리에서 버스가 사라지자 자리에 쪼그리고 앉아 고갤 묻는다. 한 달이면 될 거라고 한 달만 있겠다고…….

철윤을 만난 건 대구 북부 정류장이었다. 먼저 와 기다리던 철윤이 자신의 승용차로 대호를 안내했다. 차창 밖으로 보이는 도시의 모습이 마냥 신기하기만 하다. 넓은 도로를 가득 매운 자동차, 가로등과 가로수, 옆으론 고층 건물이 즐비하고 가도 가도 끝이 보이지 않는 도시. 대한민국 사람 전부가 모인 것처럼 거리마다 넘쳐나는 사람들은 수비면이 아닌 영양읍과도, 물건 사러 들르던 안동시와도 비교가 되지 않는 곳이다. 그날 철윤은 시내와 유원지 일대를 구경시켜주었다. 어두워질 때까지 돌아다니다가 찾은 곳은 철윤이 산다는 신암동이었다. 신암동은 닭똥집 골목으로 유명한 평화 시장과 파티마 병원이 있는 곳이다. 또 시장 건너편엔 궁전 예식장이 있고 동 이름을 딴 신암 육교도 있다. 경북대학교와 대구 공고도 근처에 있고, 화가가 그린 멋진 간판이 걸린 신도 극장이 가까이 있다.

철윤이 산다는 집은 평화 시장 깊은 곳에 있었다. 보도블록이 깔린 골목을 복잡하게 걸어가 있는 오래된 단독 주택 1층이었는데 주인이 거주하는 본채 외에 철윤이 사는 방과 셋방 하나가 더 있는 집이었다. 2층 옥상에도 방 하나가 더 있는데 사람이 들지 않은 지 오래라 했다. 그 방이 대호가 머물 곳이었다.

전망은 좋으나 튼튼한 방은 아니었다. 속이 빈 벽돌을 쌓아 만든 벽에 얇게 시멘트를 바른 방으로 유리창도 한 겹이라 단열과는 거리가 먼 방, 챙겨온 짐을 대충 정리한 후 옥상에서 시장을 본다. 옷가게, 쌀가게, 정육점이 있고 분식집도 여럿 보인다. 어묵을 파는 집과 만두를 파는 집, 튀김을 파는 집이 따로 있고 옷가게도 한두 집이 아니다. 그뿐인가? 수비의 문구점과는 비교도 되지 않는 크기의 문구점도 한두 곳이 아니다. 옥상에서 제일 잘 보이는 집은 만둣집이다. 젊은 아가씨와 아주머니가 일하는 곳으로 사람들의 발걸음이 끊이질 않았다. 밥 시간일까, 1층에서 소리치는 철윤의 목소리가 들린다.

"배고프제? 나가서 밥 먹고 오자."

고개 들고 옥상을 보고 선 철윤, 하지만 대호는 나가기가 귀찮다.

"뭐 할라고 나가서 먹노? 집에 밥 없나?"

"밥이 없어서 그러나! 잔소리 말고 내려 온나. 삼겹살 잘하는 집 있다."

삼겹살은 봉석이 좋아하던 음식이다. 그것만 구워주면 혼자서도 2인분을 먹을 만큼 좋아했다. 쑥스러운 듯 상추에 고기를 싸서 내밀던 춘희 얼굴이 떠오른다. 걸어 10분 거리에 있는 삼겹살집은 솥뚜껑삼겹살집이었다. 그러나 솥뚜껑만 있지 불은 가스를 이용했다. 수비면에선 숯불 위에 솥뚜껑을 올리고 구워 먹었는데 아무리 솥뚜껑이라지만 숯불 위에서 먹던 맛과는 비교되지 않았다. 선미가 부지런히 고기를 굽고 철윤은 대호의 잔에 연거푸 술을 따랐다.

"니 연락 받고 놀랐다. 올 줄 몰랐다 아이가."

"나도 오게 될 줄 몰랐다. 니 말대로 되면 나쁘지는 않을 것 같아 와 봤다. 오래 안 있는다. 잘 안 돼도 한 달 넘기지 않고 내려간다."

"오자마자 내려가는 이야기가? 술이나 한잔해라."

철윤이 술잔을 내민다.

"시작은 했나?"

대호의 질문에 철윤의 반응이 여유롭다.

"아직 안 했다. 급할 거 있나. 시간 많다 아이가."

"그래 좋다 해놓고는 와 아직도 시작 안 하고 있노?"

"내가 하는 일이 바빴다. 그거 정리 좀 하느라고."

"식당 말이가?"

"그래, 말 그만하고 한잔 먹자."

잔을 부딪치며 한 모금 넘긴 철윤이 '캬' 한다.

"니하고 마시니까 술맛이 죽인다 고마."

"미친놈. 입 놀리는 건 변하질 않노."

선미가 익은 고기를 대호 앞으로 옮기며 말을 보탠다.

"잘 왔니더. 거 있는 거 보다야 백 번 낫지요. 오늘은 고기 많이 잡숫고 푹 쉬이소. 한 며칠은 크게 할 일 없을 거니더."

"이젠 말도 못 놓겠고! 제수씨도 같이 일하니껴?"

"도와야지요. 그래야 안 되겠니껴?"

대호가 철윤을 향해 말을 돌린다.

"니가 말한 데가 여서 가깝나?"

"아이다. 여서 차 가지고 40분은 가야 된다. 아직은 준비를 안 해서 내일부터 바로 일은 못 하고…… 전단지도 만들고 준비할 것이 많다. 내일부터 내랑 그것부터 하자."

"그면 언제부터 시작하는 기고?"

"뭐 그래 급하노? 인제 와놓고"

"내가 놀러 왔나? 아도 있고 아부지도 있는데 편하게 있을 수 있나?"

"알았다. 빨리 서두를 테니까 너무 보채지 마라."

"말했지만 니 잔머리 굴릴 생각마라이. 그랬다간 뒤진다."

그 말에 선미가 대호를 향해 쏘아붙인다.

"이 사람 그렇게 나쁜 사람 아닌데 대호 씬 자꾸 그러니더."

"눈에 콩깍지가 끼긴 한 모양이네. 내 말투가 본래 그러니까 기분 나쁘게 생각지 마소."

"기분 나쁘고 한 거 아이니더. 그냥 내 있는 데서 그러니까 해본 말이니더."

"됐다. 뭐 그런 걸 가지고…… 대호야 많이 먹어라이. 당신도 많

이 먹고. 술 더 먹고 싶으면 말해라. 여가 닭똥집 골목 아이가! 배
터지게 먹는다."

대호는 의구심이 들었다. 자동차도 몰고 사업도 잘된 것처럼 말
하더니 이런 골목에 셋방을 얻어 살고 있다는 것이 선뜻 이해되
지 않았다. 집과 사업장이 멀면 여러 가지로 불편할 텐데 왜 사업
장 부근에 집을 구하지 않았는지도 모를 일이었다. 저녁을 먹고 잠
시 둘러 본 철윤의 방엔 세간이라곤 없었다. 작은 흑백 TV와 이
불, 옷가지와 취사도구가 전부였다. 하지만 선미가 있는 데서 이유
를 물을 순 없었다. 또 대호와는 상관없는 일이기도 했다. 대호는
하루라도 빨리 일을 시작하고 싶은 마음뿐이었다.

다음 날 아침 선미가 해주는 밥을 먹고 철윤과 상인동을 찾았
다. 철윤의 말로는 신암동과 상인동은 끝에서 끝이라고 했다. 신
암동은 옛날부터 있었던 동네이고 상인동은 이제 막 아파트가 들
어서며 개발이 이뤄진다고 했다. 철윤이 준비한 사무실은 대구 상
고 옆의 대로변 건물 2층이었다. 출입문 위에 '하나인테리어'라는
푯말이 있고 사무실 안엔 책상과 전화기가 단조롭게 준비되어 있
었다. 철윤은 대호에게 책상 하나를 지정해주고 미리 준비해놓은
명함을 건네주었다. 거기엔 하나인테리어 실장 조대호라는 이름이
써 있었다. 철윤은 대표이고 선미도 대호와 같은 실장, 명함 하난
번지르하다는 생각을 했다. 문구점 주인이던 사람이 하루아침에
인테리어 업체 실장으로 바뀌었다는 것이 우습기도 했다. 상인동
은 이제 막 입주하는 아파트와 공사가 완료되어 가는 아파트, 그
리고 건물이 올라가는 현장까지 생기가 돌았다. 점심시간엔 부근

에서 일하는 노동자들이 도로를 가득 메웠고, 출퇴근 시간 버스에는 콩나물처럼 사람들이 가득 차 있었다.

철윤과 전단지를 손에 들고 부근 인테리어 가게를 찾아다녔다. 철윤은 종합 인테리어 사무실 대표라고 소개하며 인근 아파트에서 일하고 있다고 했다. 철윤의 제의를 거절할 까닭이 그들에겐 없었다. 작업 전에 50%의 돈을 주고 끝남과 동시에 잔금을 지불하겠다고 약속했기 때문이었다. 하청의 경우 50%의 선금을 주는 곳은 없다. 기껏해야 계약금식의 1.20%가 전부인데 철윤이 제시한 건 50이었다. 단, 10%는 하자 보수비 명목으로 공사 마감 후 한 달후 지급한다는 것이었는데, 그것은 건설 현장의 관행이기도 했다. 어떤 곳에는 도배 장판을 부탁했고 어떤 곳에는 확장, 목공, 필름, 또 어떤 곳에는 타일 공사 등 세분화하여 하나씩 의뢰했다. 그렇게 하청 업체를 만든 후엔 입주하는 아파트 분양 사무실을 찾아 또 명함을 돌렸다. 철윤이 내민 조건은 사무실 측에 공사 대금의 10%를 소개료로 준다는 것이었다. 역시 분양 사무실에서도 거절한 까닭이 없었다. 공사를 맡아줄 곳만 있어도 될 상황에서 10%의 마진을 준다고 하니 분양 사무실을 찾아 의뢰하는 입주자를 연결시켜주겠다는 약속은 어려운 것이 아니었다. 아울러 며칠 후엔 아르바이트 학생들을 이용해 집집마다 전단지를 돌렸다. '최저 금액 보장', 만일 자신보다 더 싸게 공사하는 업체가 있다면 그 차액금의 두 배를 보상하겠다는 것이었다. 그렇게 해서 수지가 맞겠냐고 물어보았지만 철윤은 여유롭게 이 바닥의 마진율이 40%가 넘는다며 아무 문제가 없다고 했다.

철윤은 벌써 대략적인 공사 금액을 파악해놓고 있었다. 확장이 들어가고 목공 작업에 타일 작업까지 들어가면 기본 사오백만 원은 넘었다. 넓은 평수의 아파트인 경우 천만 원이 넘는 돈을 들여 공사하는 집도 부지기수였다. 대호는 수비와는 전혀 다른 모습에 놀라움을 감출 수 없었다. 무슨 돈들이 그리도 많은지, 무얼 해서 그리도 큰돈을 모았는지 알 수 없는 일이었다. 물론 알 필요도 없었다. 하루라도 빨리 몇 개의 공사라도 해 수비로 내려가고픈 마음뿐이었다.

그렇게 열흘 정도 지났을까? 사무실로 전화가 왔다. 분양받은 주민으로 집을 새로 꾸며보고 싶다는 내용이었다. 분양 사무실을 거친 것이 아니었다. 말쑥한 차림으로 승용차를 타고 샘플 북을 들고 의뢰자를 찾아갔다. 사무실은 선미가 지켰고 대호는 철윤의 뒤에서 무거운 샘플 북을 차에서 내려 들고 따랐다. 들어선 집은 50평 가까운 집이었다. 그 집에선 발코니 확장과 욕실 개조, 그리고 실내 목공 작업과 도배 장판을 모두 새로 하려 했다. 철윤은 대략적인 금액은 이렇게 나오지만 재료에 따라 다르니 일단은 재료부터 고르라고 말한 뒤 주인이 선택한 것들을 빠짐없이 적어 빠르게 계산을 해나갔다. 철윤은 공사에 들어가는 자재의 양을 계산하는 법을 알고 있었다. 그리고 샘플 북을 넘길 때마다 그 뒤에 자신만이 알 수 있는 글자로 단가를 기재해놓고 있었다. 거기에서 20%의 마진을 붙여 공사 금액을 말했다. 20%의 마진이라면 일반 업체에서 남기는 마진율의 반밖에 되지 않았다. 그러니 최저 금액 보장은 가능했고 분양 사무실을 거쳐서 할 경우 10%의 마진을 준다고 해도 10%가 남았다. 대호는 그것만이라도 된다고 생각했다. 금액 자체가 문구점에서 만지던 돈과는 다른 큰 액수의 돈이었기 때문이다.

첨 맡은 집의 견적은 800만 원이 나왔다. 엄청난 금액이었다. 수비에서 1년 내내 담배와 고추 농사를 지어봤자 만질 수 없는 돈이었다. 속으로 또 생각해보았다. 800만 원의 20%는 160만 원, 세 명이 나눈다 해도 50만 원이 넘는 돈이라는 생각에 기분이 좋았다. 철윤은 필요한 인테리어 가게 사장들을 사무실로 불러들였다. 전단지를 돌릴 무렵 제법 비싼 소파며 진열장 등을 들여놓아 있어 보이는 사무실로 꾸며놓은 후였다. 인테리어 가게 사장들이 말하는 금액과 철윤이 낸 금액에는 차이가 날 수밖에 없었다. 인테리어 가게 사장들은 40%의 마진을 계산해서 말했고 철윤은 이미 단가에서 20%만 마진을 남긴 금액을 소비자에게 말했기 때문이었다. 대호는 머리가 아팠다. 도대체 어떻게 계산이 되어 가는지 알 수 없었다. 이미 예상한 일처럼 철윤은 아무렇지 않게 인테리어 사장들에게 말했다.

"여기 단지가 일이백 세대가 아니지요? 솔직히 제가 이 동네는 첨입니다. 하지만 서울과 부산 등에서 이 일 계속해온 거라요. 첨부터 마진 다 남길 생각으로는 공사 못 따냅니다. 여기 견적서 보면 알지만 총비용에서 20%만 남기고 견적을 넣었습니다. 한 번 보이소. 거짓말 안 합니다. 첨엔 이렇지만 한두 달 지나 자리 잡히면 그때도 이렇게 할까요? 제가 5% 먹고 사장님들 15%로 드리겠습니다. 다만 딴 데 안 쓰고 계속 사장님들과만 거래할 것이고 자리 잡히면 25%까지 마진 보장해드릴 테니 첨에만 협조 좀 해주이소. 장사를 하루이틀 하고 말 것도 아니고 안 그렇습니까?"

또 거절할 까닭이 없었다. 입주한 사람들과는 그들도 직접 거래하면 그만이었고 추가적으로 철윤이 소개해주는 일에 손해도 아니고, 15%의 마진을 남기는 것인데 마다할 이유가 없었다. 더욱이 다른 업체와는 달리 절반의 돈을 바로 입금해주었으니 만에 하나 아닐 것 같으면 손을 떼면 그만이었다. 대호가 다시 생각했다. 800만 원의 5%면 40만 원, 세 명이 나누면 13만 원 첨보다 확 줄어버린 마진율에 다소 기분이 언짢았지만 크게 하는 일 없이 13만 원이면 그것도 나쁘진 않다고 생각했다. 13만 원이면 문구점에서 보름은 꼬박해야 남길 수 있는 순수 마진이기 때문이었다.

근데 또 생각해보았다. 사무실 사용료와 운영비는 어떻게 할 것인지, 하지만 입이 떨어지지 않았다. 왜 그런지 대호 자신도 이해되지 않았다. 평상시 같으면 어떤 말도 할 수 있는 사이였는데, 하지만 돈이 관계된 문제다.

"이런 말 하긴 뭣하지만 말이다. 돈 어떻게 나눌 기고?"

철윤이 대호를 보며 말한다.

"뭘 어떻게 나눠?"

"공사를 하면 남는 게 있을 거고 그걸 우리끼리 어떻게 나눌 거냐는 말이다."

철윤이 답답하다는 듯 말했다.

"그걸 말이라고 하나? 뭘 어떻게 나눠? 남는 거 똑같이 나누는 거지. 당연한 거 아이가?"

대호는 안심이 되었다. 어떻게 하다가 철윤의 눈치를 보게 되었는지는 모르지만 어쨌거나 똑같이 나눈다는 말에 기분이 좋았다. 13만 원은 벌었다고 생각했다. 아니 사무실 비용으로 3만 원쯤 줘도 10만 원은 벌었다고 생각했다.

대호는 공사 현장을 지켜보는 역할을 했다. 가끔 철윤이 함께 하기도 했지만, 견적 다니기에도 바쁠 만큼 사업은 순조로웠다. 바쁠수록 조바심이 나는 건 대호였다. 하루라도 빨리 집으로 가고픈 마음이 간절해졌기 때문이다. 그러나 공사 금액에 대한 계산은 서지 않았다. 물어서 계산해두고 싶은 마음이 컸지만 서로 바쁜 처지에 일일이 묻는다는 건 쉽지 않은 일이었다. 하청 업체와의 약속도 잘 지키고 있었다. 공사 하나가 끝날 때마다 철윤은 40%의 잔금을 어기지 않고 지불했다. 물론 10%의 하자 보수비가 남아있었지만 90%의 수금이 이루어진 마당에 10%의 금액은 업자들에게 그리 큰 비중이 아니었다. 약속처럼 잘 지급되는 돈, 한 달 후면 10%의 하자 보수비도 그렇게 입금되리라 생각했다. 일은 바쁘게 돌아갔다.

대호는 철윤의 사업 수완이 부러웠다. 어디서 번 돈으로 선수금을 내줄 수 있는지도 궁금했다. 공사 대금은 잘 받고 있는지 자신 몫의 돈은 잘 계산하고 있는지도 궁금했다. 그렇게 시간이 흘러 한 달이 돼 갈 무렵 철윤이 대호를 불렀다.

"공사는 잘 돼 가나?"

"지금은 107동 하나밖에 없으니까 별거 아이다."

소파에서 허리를 세워 앞으로 내밀며 철윤이 말을 이었다.

"대충 계산해봤는데 니 앞으로만 200 가까이 되는 것 같다."

200이라는 말에 대호도 깜짝 놀랐다. 200만 원이면 문구점 반년 이상의 수익이다.

"진짜 그래 됐나?"

철윤은 여유롭게 웃는다.

"내가 왜 거짓말 하노? 그동안 고생했는데 오늘은 술이나 한잔하자. 내가 좋은 데 데리고 가마."

하지만 밖에서 마시는 술이 달갑지 않은 대호다.

"술은 무슨 술! 먹고 싶으면 집에 가서 한잔하면 되지."

하지만 철윤은 답답하다는 듯 손가락을 흔든다.

"이래 답답해가지고는! 우리만 먹나? 가게 사장들 오라 해서 한잔 사줘야 열심히 일해 줄 거 아이가?"

그런 것엔 관심이 없다. 200만 원을 달라고 해서 집으로 갈지 며칠 더 있어야 할지가 갈등될 뿐이다. 아니 200만 원은 언제 줄 건지가 궁금할 따름이다. 지금 진행 중인 107동 공사분은 받지 않아도 될 것 같다. 한 달이 되지 않아 200만 원이니 더 바랄 게 뭐 있을까. 물론 욕심이 아주 생기지 않는 건 아니다. 한 달만 더 하면 4~5백만 원도 벌 수 있고 두어 달 더 하면 천만 원인데, 천만 원이란 돈은 영양읍에다가 근사한 문구점을 내고도 남을 돈이다. 하지만 가족이 걱정이다. 혼자서 아버지와 근석을 돌보며 살림과 가게 일까지 해야 하는 춘희에게 4개월은 못 할 짓이다. 어쨌든 200만 원이라는 말에 밖으로 나와 공중전화기를 찾았다. 바빠 거의 일주일 만에 거는 전화, 몇 번 신호음이 울리지도 않았는데 수화기 너머에서 목소리가 들린다.

"당신이에요?"

"그래, 내다."

춘희의 목소리가 아이마냥 밝아진다.

"아픈 데 없지요? 힘들지는 않니껴?"

대호의 입가에도 미소가 번진다.

"괜찮다. 아는 잘 있제?"

"야, 경태가 자주 놀러와 놀아주니더."

"경태가?"

"야, 경태뿐만이 아이니더. 다들 어찌나 신경써주는지, 여 걱정 말고 당신만 잘 있으면 되니더. 미스 정이 당신 전화 오면 전해달라대요. 보고 싶다고 오실 때 자기도 내 브로치와 닮은 거 사다 달라고."

"미쳤나 보다. 쓸데없는 소리 말고 단추나 잘 잠그고 다니라 해라."

반가우면서도 아닌 척 퉁명스럽게 하는 말에 춘희가 웃는다. 200만 원을 모았다는 말은 하지 않았다. 할까 말까 망설임도 있었지만 사내다운 행동도 아닌 것 같고 왠지 그런 것까지 말하기가 멋쩍어 마음을 숨긴 채 툭 말을 내던졌다.

"잘 지내래이, 아프지 말고."

무뚝뚝한 남편의 길지 않은 말, 춘희가 다급히 말을 이었다.

"당신도 잘 지내이소. 빨리 오라고는 않을게요. 건강하게만 지내다 오이소. 돈 벌라고 무리하게 일하지도 말고, 알지요? 건강하게만 지다가 오이소."

대호도 코끝이 시큰하다. 하지만 보일 수는 없는 일.

"내 걱정 말고 니 걱정이나 해라. 전화 끊는다."

춘희의 목소리가 다급해졌다.

"저기 개똥이 아부지!"

"와?"

"사랑하니더."

수비를 떠날 때 들은 말이다. 쑥스러워 평소엔 하지도 않던 말, 수화기를 내리는 대호의 입가에 미소가 번진다. 번 돈 손에 쥐여주면 얼마나 좋아할까? 아니 돈 못 벌어도 자신만 돌아가도 기뻐해 줄 춘희이다. 하지만 대호는 꼭 많이 벌어 돌아가고 싶었다. 그것이 가장의 의무이니 빈손으론 돌아갈 수 없는 일이다.

그날 저녁 철윤은 하청 업체 사장들을 불러 저녁을 샀다. 횟집에서 저녁을 먹고 주점으로 옮겨 또 술을 마셨다. 양주에 아가씨들이 사이사이에 앉아 접대하는 값비싼 주점, 취기에 기분 좋아진 사람들이 따르고 받아가며 마셔댔다. 또 접대부들이 집어 주는 안주에 느끼한 웃음도 빠뜨리시 않았다. 철윤은 그들에게 고맙다는 말과 잘 부탁한다는 말을 잊지 않았다. 언짢을 때도 있겠지만 한 배를 탄 이상 서로 믿고 가자는 말도 빼먹지 않았다. 대호는 놀랐다. 어떻게 철윤에게 저런 면이 있었는지, 빠른 시간 안에 사람들을 휘어잡고 깨끗하게 계산하며 사는 철윤이 놀라울 뿐이었다.

"황 사장 대단하시네. 나이도 젊은 사람이 어떻게 이렇게 사업을 잘하시는지 말이야."

목공 일을 책임지는 최 사장의 말이다. 그 말에 도배 장판을 책임지는 김 사장이 맞장구를 친다.

"일도 어찌나 깐깐한지 대충 넘어가는 법이 없다니까요."

욕실 공사를 하는 변 사장은 한술 더 뜬다.

"내 똥통 공사만 30년이지만 황 사장 같은 사람은 첨 봐요. 사람은 이래야 되는 기라. 계산 정확하지, 경우 바르지, 사업하는 사람 중에 이런 사람이 어디 있겠노? 안 그래요?"

물론 예외인 인물도 있다. 도장 일을 하는 정 사장으로 구 단이 아닌 백 단의 눈치를 가진 사람이다.

"하지만 저런 사람을 조심해야 되는 기라. 뒤통수 맞아보면 아프거든. 내가 뒤통수를 여러 번 맞다가 보니 앞머리가 이래 빠졌다 아이가."

번들번들한 이마를 가리키며 정 사장이 웃는다. 덩치가 황소만 한 그다. 덩치만큼 힘 또한 장사로서 20kg 페인트 통을 네 개씩 들고 다니고도 여유 있는 사람이다. 성격 역시 호탕하여 마음에 없는 말은 하지 못했고 아닌 것 같으면 상대가 누구라 해도 풀고 넘어가야 하는 강단 있는 사람으로 하청 업체 사장들 중 철윤이 가장 어려워하는 상대였다. 하지만 그날은 정 사장만큼의 여유가 철윤에게도 있었다.

"그러니까 조심들 하이소. 저한테 뒤통수 맞고 대머리 되기 싫으면요."

자신보다 나이 많은 사람들, 현장 경험 역시 월등히 많은 사람 앞에서 철윤은 주눅 들지 않았다.

"지금은 첨이라 이렇지만 좀만 있어 보이소. 마진도 더 드릴 테니 지금처럼만 해주이소. 서로 좋은 거 아니겠습니까? 해주시는 것만큼 꼭 보답해드리겠습니다."

대호는 조용히 듣기만 했다. 철윤보다 함께하는 시간이 훨씬 더 많았어도 업체 사장들은 대호를 인정해주지 않았다. 이유는 간단했다. 모른다는 것, 그리고 결재권이 대호에겐 없다는 것이 이유였다. 수십 년을 현장에서 생활한 사람들이 책임자라고 서 있는 대호가 달가웠을까? 사람 상대도 현장 관리도 문구점만 해오던 대호에겐 쉬운 일이 아니었다.

일은 이어졌다. 대호에게 100만 원을 주며 철윤은 이왕 온 거 좀만 더 돈 벌어 가면 좋지 않겠냐며 며칠만 더 일해 달라며 부탁해왔다. 200만 원을 다 주지 않은 것도 계산된 행동이다. 대호는 초라해짐을 느낀다. 자신에게 맞고 컸던 철윤에게마저 돈 달라는 말을 하지 못했다.

하청 업체에 주어야 할 돈도 조금씩 밀리고 있었다. 첨엔 며칠이겠지, 수금이 안 돼서 그렇겠지 하고 생각하던 사람들도 한두 건이 물리고 반복이 되자 조금씩 항의하기 시작했다. 대호는 수금에 관련해서는 전혀 알지 못한다. 그것은 철저히 철윤과 선미만의 몫이었다. 조금만 더 하자 한 것이 두 달째를 향한다. 더는 기다릴 수 없다. 너무 오랫동안 비운 시간이다. 은행에 들러 100만 원을 보내준 후 전화했을 때 춘희는 대호 걱정에 눈물부터 흘렸다.

"이렇게 큰돈을 버느라 얼마나 힘들었니껴? 힘들게 일하지 마이소. 당신 몸 축날까 걱정이니더."

조금만 있다가 간다고 했다. 그러니 걱정 말라고 했다. 건강 잘

챙기고 있으라는 말로 사랑한다는 말을 대신했다.

"사랑하니더. 내가 당신 많이 사랑하니더."

그 말이 대호의 머릿속을 떠나지 않는다. 봉석도 춘희도 근석이도 보고 싶다. 그뿐인가, 순화도 경태도 이발소 정 씨도 문구점 해숙, 분식집 정자, 정류소 남 씨, 수리점 동혁, 다홍이, 미스 리, 미스 정 모두 보고 싶다. 수비면의 밤하늘이 그립고 버스가 들어올 때 나던 흙먼지가 그립다. "빵 하나 먹어도 돼요?" 묻던 아이들이 그립다.

"내 말이다. 이제 집에 가 봐야 할 것 같다."

옥상으로 철윤을 불러냈다. 하지만 철윤은 또 조금만 더만 반복했다.

"좀만 더 하지. 이대로 가면 돈 많이 벌 수 있다 아이가."

"돈도 좋지만 이젠 안 되겠다. 집을 너무 오래 비운기라."

"그렇다고 이래 갑자기 간다고 하면 나는 어쩌노? 니도 알지만 니 없으면 현장 관리는 누가 하노?"

약속과는 달리 자신의 입장만 내세우는 철윤에게 화가 났다.

"내 첨부터 안 그랬나? 한 달만 있는다고! 아니가?"

"그거야 맞지만 좀만 더 있어주면 안되겠나? 사람 구할 때까지만이라도"

"내한테 뭐라 했노? 말만 하면 못해서 난리라 안 했나? 근데 이제 와 사람 핑계를 대나?"

"핑계가 아니고 대호야. 그땐 시간이 많을 때고 지금처럼 이렇게 바쁠 때 사람 구하기가 그리 쉽나?"

밀린 돈을 받고 당장이라도 돌아가고 싶은 것이 마음이다. 하지만 친구란 게 무엇인지 무책임하게 가고 나면 남은 철윤이 또 걱정이다. 잘하든 못하든 관리해주는 사람이 있어야 하는데 철윤 혼자서는 할 수 없는 일이다. 그래도 돈 벌게 해준 사람 아닌가? 그러나 확실히 못 박아두는 것은 필요했다. 더는 사정 봐줄 수 없다는 의지이기도 했다.

"일주일은 못 넘긴다. 무슨 말인지 알제? 그리고 지금까지 일 한 거 계산해라. 알았나?"

단호한 말에 고갤 끄덕인다.

"알았다. 지금까지 일 한 거 내일 주꾸마."

다음 날 철윤이 계산한 돈은 400만 원이 넘었다. 하지만 철윤은 또다시 100만 원을 뺀 300만 원만 주는 것이었다. 화가 치민 대호는 철윤의 멱살을 잡아들었다.

"너 새끼 진짜 이따위로 할래? 돈이 왜 없어 임마? 내가 수금하는 거 본 것만 몇 갠데."

철윤은 돈이 없다는 말만 반복했다. 받지 못한 돈이 있고 먼저 지출된 돈이 있어서 그렇다며 일주일 후에 남은 공사 건이랑 같이 계산해서 준다는 말만 했다.

하청 업체 사장들의 분노 역시 극에 달했다. 받은 돈을 춘희에게 보낸 다음 날 저녁, 사장들이 사무실로 몰려왔다. 그들의 이야기를 듣고 난 대호는 놀라움을 감출 수 없었다. 첫 한 달 것만 수금이 되었고 이후 한 달 것은 하나도 결재가 되지 않았다는 것이었다. 한 달 전에 하자 보수비 명목으로 남겨놓았던 10%도 아직

결재가 되지 않았으니 적자도 이런 적자는 없는 것이었다.

"며칠만, 며칠만 하더니 이게 뭐야? 누굴 핫바지로 알아? 여기 있는 사람들 땅 파먹고 사는 줄 알아?"

하지만 철윤은 여유롭다.

"왜 그러세요? 최 사장님. 제가 사기 칠 놈으로 보입니까? 저도 환장하겠거든요. 공사해놓은 거 가지고 트집 잡으면서 돈 안 주는데 어쩌겠습니까?"

변 사장이 철윤을 향해 삿대질했다.

"공사해놓은 거 가지고 트집 잡는다고? 지난번 그거 보고 하는 모양인데, 그거 내가 새로 해줬잖아. 사실 그것도 황 사장이 샘플을 잘못 말해줘서 그런 거지 내 잘못이었나? 그리고 그 공사 하나 가지고 한 달째 돈을 안 준단 말이야?"

옆에 있던 김 사장도 씩씩대었다.

"사장님들은 그래도 저보단 낫습니다. 우린 있죠, 재료비가 많은 기라요. 인건비는 줘야지 장판 값이며 벽지 값이 얼만지나 아십니까? 내가 지금 미치고 환장할 노릇인 겁니다. 오늘내일 못 받으면 부도날지 모르는 기라요. 어음 끊어준 거 뭐로 막습니까?"

철윤이 일어서며 손을 휘젓는다.

"걱정 마이소. 3일 안에 반드시 해드리겠습니다. 수금이 안 되면 집을 팔아서라도 해드릴 테니 너무 화내지 마시고 3일만 기다려주이소. 진짜 이래 수금이 안 될 줄 몰랐습니다."

하지만 김 사장은 믿지 않았다.

"이봐요. 황 사장! 수금이 안 된다고? 한 달 내내 수금이 안 돼?

된 것이 있으면 그거라도 줘야 하는 거 아니야. 또 당신 수금하고 우리하고 무슨 상관이야? 수금이 되면 주고 안 되면 안 줘도 된다는 거야? 당신은 거기에서 돈을 받고 우린 당신한테서 돈 받는 거 아니야?"

그 말에 철윤이 양미간을 찡그린다.

"정말 너무 하시네요. 뭘 그렇게 심하게 말하세요? 지금까지 같이 해놓고 수금 조금 밀린다고 이렇게까지 합니까? 그래 안 봤는데 해도 해도 너무하시네 진짜!"

김 사장의 얼굴이 벌겋게 달아오른다.

"뭐야! 그래 안 봤는데 너무한다고? 이 자식이 지금 누구한테 화를 내는 거야! 누가 화를 내야 하는데 어디서 새끼가 함부로 주둥일 놀려! 못 받은 돈이 얼만 줄 알아? 니가 안 준 게 얼만지 아냐고 새끼야?"

"새끼요? 새끼? 안 준다고 했습니까? 누가 안 준다 했어요? 드린다고요. 3일만 기다려 달라고요. 집이라도 팔아서 드린다고요."

"집이라도 팔아서 준다고? 어디야? 집이 어디야?"

잠시 숨을 내쉬던 철윤이 고개를 들며 말한다.

"사람을 우째 이리 못 믿을까. 범어동에 가면 집 있습니다. 범어동 987번지니까 믿지 못하겠거든 가 보이소."

거기가 아니다. 또 철윤에겐 집이 없다. 도대체 지금 무슨 생각으로 저러는지 알 수 없는 일이다. 김 사장 말처럼 한 달 공사한 것이 전부 수금이 되지 않은 것도 아니었다. 사무실에서 또는 현장에서 결제가 되는 것을 봐 왔기 때문이다.

"참 어이가 없네. 저놈 저거 사기꾼이라요."

도장을 맡은 정 사장이다. 정 사장이 늦게 출입문을 열고 들어서며 하는 말이다.

"내가 이 바닥에서 굴러먹은 지 변 사장처럼 30년이지요. 겪을 만큼 겪었다 이 말이지. 첫 달은 주고 다음 달부터 수금이 안 되는 것 보고 느낌이 왔어. 그래서 경찰서에 신고하러 갔더니 저놈 저거 사기 전과만 4범인 기라."

철윤의 표정에 당황함이 역력하다.

"저놈 저게 식당 한다고 하면서 사람들 사기치고, 지가 가게 주인인 양 행세하며 더 많은 돈 받아 날라버리고, 월세 살면서 주인인 양 속여 전세금 가로채고……. 보고 기절할 뻔했다 아이가. 나쁜 놈 중에 나쁜 놈인 기라. 다 한 패인기라. 이것들이 사기 칠라고 작정하고 덤빈 기라요."

선미가 나갔지만 화난 사람들 눈에 선미는 들어오지 않았다. 뭐가 뭔지 알 수가 없다.

"그건 사정이 있었던 거라요. 뭔가 오해를 하신 것 같은데 우리 이러지 말고 나가서 얘기합시다. 제가 저녁 쏘겠습니다."

당황하던 철윤이 같이 나가자는 포즈를 취하며 출입문을 향했다. 그러자 정 사장이 철윤의 팔을 낚아채며 잡아당겼다.

"요 피라미 같은 놈 봐라. 어딜 도망갈라고?"

당황스러운 건 대호이다. 사기범은 무엇이고 4범은 또 무엇인지. 거기에다 공범으로 몰리고 있다. 정 사장에게 붙들린 채 빠져나가려는 철윤을 향해 대호가 소리쳤다.

"무슨 말이고? 전과 4범이라는 게 무슨 말이고!"

하지만 철윤은 아니라는 말뿐이다.

"아이다. 그런 거 아이다. 뭔가 오해가 있는 거다."

정 사장의 손아귀에서 좀처럼 빠져나오지 못하는 철윤이 소릴 지른다.

"놓고 얘기합시다. 누가 도망간답니까? 나가서 저녁이나 먹으며 얘기하자니까요."

밖으로 나가려는 철윤의 목덜미를 다른 손으로 잡은 정 사장이 하청 업체 사장들을 향해 소릴 쳤다.

"경찰서로 데리고 갑시다. 요것들이 죽을라고 환장을 한 깁니다."

업체 사장들 모두 철윤과 대호를 둘러쌌다. 그리곤 사무실 문을 열며 계단으로 향했다. 정 사장의 손아귀에서 이리저리 흔들리는 철윤, 사고가 일어날 듯 불안감이 엄습했다.

"내가 제일 싫어하는 인간이 어떤 인간인지 아나? 뒤통수치는 놈들인 기라. 이렇게 말이다."

곰만 한 덩치의 정 사장이 철윤의 뒤통수를 연거푸 내려쳤다. 하지만 철윤의 기세도 만만치 않다. 정 사장의 눈을 똑바로 쳐다보며 눈을 부라린다.

"지금 사람 쳤습니까? 이거 폭행죄라는 거 아십니꺼?"

"뭐! 폭행죄?"

사기범인지 알지 못했다. 지금 하는 사업의 운영에 대해서도 대호는 잘 알지 못한다. 그저 마진의 일정 부분을 나누어 가진다는 것 정도가 대호가 아는 전부, 한 달만 일하겠다며 찾은 대구, 돈

벌기 위해 찾은 것이 전부인데 어릴 적부터 잔머리나 굴리며 사기 치던 철윤을 좀 더 의심했어야 했다. 집으로 가겠다던 자신을 붙잡으며 매달리던 철윤에게 밀린 돈 받아내고 등 돌렸어야 했던 거다. 그러나 지금은 사태 수습이 급선무다. 저렇게 엉겨 붙어 몸싸움을 하다가는 무슨 사고로 이어질지 모를 일, 철윤을 떼어놓고자 정 사장의 팔을 붙잡았다. 자신의 팔을 잡는 대호 모습에 얼굴이 벌겋게 달아오른 정 사장이 잡힌 팔을 빼내며 대호의 뒷덜미를 낚아챘다.

"니도 한패 맞제? 짜고 친 거제? 내 너그들 가만 안 둔다. 우릴 감히 엿 먹일라고 해!"

매미처럼 매달린 채 흔들리는 와중에도 철윤의 입은 멈추지 않는다.

"가입시더. 경찰서 가입시더. 근데 요거는 놓고 가입시더. 계속 이러면 정말 가만히 안 있습니더."

철윤의 말에 정 사장이 철윤 앞으로 얼굴을 들이민다.

"가만 안 있으면 새끼야. 가만 안 있으면 어쩔 건데 새끼야?"

둘의 싸움은 끝날 줄 몰랐다. 정 사장의 폭력은 멈추지 않았고 철윤도 지지 않고 바득바득 덤벼대었지만 계속되는 폭력은 철윤의 표정을 바꾸고 있었다. 때리면 때리는 대로 흔들면 흔드는 대로 정 사장이 하는 대로 몸을 맡기고 있었지만 덤빌 때와는 달리 철윤의 눈은 갈 때까지 간 사람의 살기 어린 눈빛이었다.

정 사장의 계속된 폭력에 다른 공정 사장들의 분노는 가라앉고 있었다. 그렇게 사무실 안이 조용해질 무렵 철윤이 정 사장을 향해 말을 이었다.

"알겠습니더. 오늘 돈 드리지요. 저랑 같이 가입시더. 1단지 창고에 가 계이소. 그 앞 은행에서 돈 찾아서 갖고 넘어가겠습니더. 다른 사장님들은 오실 것 없니더. 정 사장님께 드릴 테니 내일 받아 가이소."

2부

주공 아파트 210세대가 용인의 김량장동에 준공을 앞두고 있다. 그에 맞춰 마지막 공정인 도배 장판의 일감을 따내기 위한 지업사 간의 경쟁이 치열한데 기존에 거래하던 곳도 있었지만 대부분 서울팀인 관계로 용인까지 내려와 합숙하며 공사를 하기엔 무리인 부분들이 있었다. 그래서 지역 업체들이 소장을 상대로 로비를 벌였지만 수주는 고운지업사 소쿠리에게로 떨어졌다. 210세대라면 하루에 열 명씩 투입이 돼도 한 달이 넘게 걸리는 공사였다. 13평과 15평대의 소형 아파트지만 구조가 복잡하고 조잡한 구석이 있어 일하기가 까다로운 곳이었다. 용인에선 의배 내외와 석구, 영길, 순국, 그리고 대호를 붙이고 나머지 사람은 용인이 아닌 수원 쪽에서 사람을 구했다.

소쿠리는 보통이 아니었다. 아파트 현관을 기준으로 양쪽으로 팀을 배치한 다음 팀별로 작업하며 내려오게 했다. 경쟁을 부추기는 줄타기였다. 대호가 쪼그리고 앉아 벽지를 잘라 주면 의배의 처인 명환이 맞은편에서 풀칠했다. 바쁘지 않은 사람 없고 힘들지 않은 사람 없었다. 그렇게 3일을 하면 5층 아파트 두 라인, 즉 스무 세대가 두 팀에 의해 마무리가 되었는데, 가정집에 비해 두 배 이상 힘이 들어 가끔 볼멘소리가 나오기도 했다.

"시팔! 형님은 뭣 하러 이거 한다고 해가지고는 사람 고생시켜요?"

"내가 하자고 했냐? 그리고 한 달만 고생하면 되는 건데 까짓 참으면 되지 뭘 그러고 있냐?"

석구의 투정에 의배가 발판에서 내려서며 담배를 꺼내 든다.

"털보야, 아래층에 가서 순국이랑 영길이 오라고 햐."

털보는 대호를 두고 하는 말이다. 뻐근해진 다리를 펴며 일어서는 대호를 향해 명환이 말한다.

"정우 아저씨 골병 나겠네. 이제 좀 바꿔줘요. 종일 재단하고 풀칠하는 게 얼마나 힘든지 알아요?"

정우는 대호의 다른 이름이다. 정우라 부르는 명환을 보며 대호가 말한다.

"형수님이 고생이지요. 쉬고 계이소, 내려갔다 올게요."

영길과 순국은 벽지를 붙이기에 앞서 밑 작업을 해나갔다. 거친 벽을 긁어내는 식의 일이기에 시멘트 가루로 인해 얼굴이 뽀얗게 변해 있다. 잠시 쉬었다 하라는 대호의 말에 두 사람도 석구처럼 투덜대기 시작했다.

"시팔! 거지도 아니고, 퉤퉤!"

옆에 있던 땅딸이도 거들었다.

"조지나! 난 오늘까지만 하고 안 해!"

"시팔! 그게 마음대로 되냐? 그냥 가면 지금까지 한 거는?"

"그거야 주겠지. 설마 일 시켜 놓고 돈 안 줄라고?"

"그건 니 생각이지 임마. 올라가서 쉬었다가 해."

사람들 모두 입이 거칠었다. 석구의 '시팔'은 애교라도 있다지만 순국이 하는 '시팔'은 정말 욕 같았다. 위층으로 올라서자 풀판을 바닥에 깔고 명환이 먹을거리를 준비해놓고 있었다. 미숫가루를 탄 물과 구운 가래떡이 그것이었다. 순국이 보며 다시 역정을 낸다.

"시팔! 소쿠리는 왜 안 와? 이렇게 고생하면 와서 먹을 것이나 좀 챙겨주던가! 일하는 사람들이 일일이 다 챙겨야 해."

그러자 석구가 가래떡 하날 입에 넣으며 능청스럽게 되받았다.

"그렇다고 왜 욕을 하고 그래요? 시팔!"

미숫가루 한 잔에 가래떡이 전부였지만 잠시 쉬며 먹는 맛은 무엇과도 비교되지 않는 맛이다. 하지만 뭔가 허전한 것일까, 주섬주섬 가방을 뒤지던 의배가 소주 한 병을 꺼내는 것이었다.

"우리 이거 한 잔씩 하자."

술을 마시지 않는 명환을 빼고 다섯이면 겨우 한두 모금뿐이지만 그럼에도 반가운지 순국이 대뜸 목소릴 높였다.

"있으면 진작 꺼내놓지 미숫가루 먹고 난 뒤에 꺼낼 건 뭐야?"

그날부터 대호는 밑 작업을 시작했다. 순국이 배려한 일로 시멘트 가루가 난다고는 해도 움직이며 하는 일이 종일 앉아 벽지를 자르는 것보다는 나은 일이었다. 아파트 공사는 기간 안의 끝냄이 생명이다. 그래서 속도가 늦어지면 야간 공사라도 해야 했기에 힘들다고 쉴 수도 없었다. 그것은 수원 사람들도 마찬가지였다. 어쩜 수원에서 용인까지 출퇴근하느라 힘이 더 들면 들었지 덜하진 않을 일이었다. 그러나 두 팀끼리 대화하는 일은 거의 없었다. 시작하기 전과 점심시간이 전부였고, 간혹 마주치며 고생한다는 인사는 건넸지만 형식적인 말에 불과했다. 줄타기를 시킨 소쿠리가 문제였다. 경쟁을 부추기는 비열한 방법, 대호는 생각했다. 혹여 자신이 지업사를 하게 된다면, 지업사를 하게 돼서 아파트 공사를 맡게 된다면 이런 방법은 쓰지 않겠다고.

그날의 도배가 끝날 때쯤이면 장판 기사들이 장판을 매고 와 바닥을 깐다. 210세대의 도배 장판 공사면 자재 값도 만만치 않은 금액이다. 모두들 말했다, 공사 끝나고 나면 용인에서 번듯한 단독 주택 하나쯤은 소쿠리가 살 거라고. 물론 돈을 받았을 때의 일이지만 대호가 생각하기에도 소쿠리는 그러고도 남을 사람이었다. 돈을 받지 못한다면 소장 집에 찾아가 받을 때까지 꼼짝하지 않고 누워있을 사람. 그날 집 부근의 중국집으로 석구가 대호를 불렀다. 산 지 얼마 되지 않은 차가 벌써 상처투성이다.

"차 산 지 얼마 됐다고 벌써 이래 됐노?"

대호의 말에 석구가 대답한다.

"시팔! 이놈 저년 와서 들이박고 낙서하고 환장하는 기라. 그래도 굴러는 가니 안 됐나?"

석구가 안내한 곳은 집 옆 하천가의 허름한 중국집이었다. 두어 번 가본 곳으로 그날은 아내 옥련도 함께 와 있었다. 대호는 그녀를 웅이 엄마라 불렀다. 큰아이가 웅이고 둘째 놈이 동이기 때문인데 사자처럼 파마머리를 한 옥련은 눈이 왕눈이처럼 크다. 조금만 뭐라 해도 금방 눈물을 흘릴 것 같은 사람이지만 그녀에게도 재미있는 구석이 많았다. 한 번은 부화산 등산 중에 6·25 때 이곳에서 많은 사람이 굶어 죽었다는 일행의 말에 옥련이 한 말이 이것이었다.

"왜 굶어 죽어요? 라면이라도 끓여 먹지."

그때 라면이 어디 있냐며 석구가 구박하자 빙그레 웃어넘기던 모습이 대호는 잊히지 않는다. 또 유머 같지 않은 유머도 많이 했다.

"아저씨, 나무 다섯 개가 뭔지 알아요?"

"글쎄요."

"오목요."

"그럼 입만 가지고 행복한 건 뭔지 알아요?"

"입만 가지고 행복한 거?"

"뽀뽀요."

"그럼 곰을 거꾸로 하면 뭔지 알아요?"

"문요."

"어떻게 알았어요?"

동이를 포대기에 업고 웅이의 손을 잡고 나온 옥련을 보며 석구가 주문한다.

"자장면 세 개하고 군만두 하나요."

군만두는 대호를 위해 시키는 것이었다. 물론 대호 역시 그냥 얻어먹고 있을 사람은 아니다. 단지 일을 먼저 시작했다는 이유로 석구가 사는 경우가 많았지만 석구에겐 아이가 둘이나 되었다. 석구도 마찬가지지만 대호 역시 그와 술잔 기울이는 것이 좋았다. 석구는 그 누구보다도 대화가 통했고 대화 자체가 즐거웠다. 하천 건

너에 건설 중인 종합 운동장, 올림픽이 열린다는 서울의 경기장처럼 크고 멋지게 만들어진다는 말에 모두들 기대하고 있는 현장을 보며 한 번은 석구가 이렇게 말했다.

"내가 저거 어제 5만 원 주고 샀는데 4만 원만 줘. 그럼 팔게."

많이 들어온 레퍼토리에 대호가 되받았다.

"오늘 아침에 내가 3만 원 주고 샀어. 2만 원만 줘."

그러자 석구가 놀란 표정으로 말했다.

"그래? 시팔! 4만 원 밑으로는 팔지 말라 했는데……."

군만두 하나를 놓고 세 병의 소주를 비웠다. 석구처럼 대호도 자장면의 반을 들어 옥련의 그릇에 담아 주었다. 자장면은 큰아들 웅이가 좋아하는 음식이다. 웅이는 성격이 조용한 반면 동생 동이는 장난기가 보통이 아닌지라 대호는 동이를 '똘이장군'이라 불렀다. 하지만 먹는 것은 석구를 닮아 많이 먹질 않았다. 나중에 크면 저놈들도 배가 나올지 대호는 그것이 궁금했다. 그날 석구는 옥련도 도배할 거라고 했다. 첨 얼마 동안은 힘들겠지만 석구가 있으니 조금은 쉽게 일을 배울 수도 있을 터였다. 한 품짜리든 두 품짜리든 같이 나가서 하다가 보면 기술은 배울 것이고 그러다 보면 기술자가 되어 일하게 될 것이다.

돼지 농장을 그만둔 후 옥련은 집에서 부업을 했다. 옥련이 한 부업은 가죽 제품을 다듬고 규격에 맞게 자르는 일이었다. 그래서 항상 손과 얼굴이 새까맸는데, 그렇다고 많은 돈을 버는 것도 아니었다. 한 달 내내 해봐야 도배공의 수입으로는 사나흘 치 수입밖에 되지 못했다.

석구는 대호에게 아파트 공사가 끝나면 거래처를 더 만들어보자고 했다. 차가 있으니 가능한 일이라며 그렇게 몇 년만 더 고생해보자고 했다. 하지만 문제는 대호였다. 석구의 차가 두 사람밖에 타지 못하는지라 멀리 갈 경우 동승이 힘든 까닭이었다. 그래서 대호가 말했다.

"니 앞으로 오토바이 하나 사줄 수 있겠나?"

자기한테 차가 있는데 뭣 하러 사냐고 했지만 옥련이 함께 일하게 된다면 어쩔 수 없는 부분이었다. 그날 대호는 옥련 명의로 통장도 하나 만들어달라고 했다. 돈 찾아서 도망가면 어쩔 거냐고 옥련은 말했지만 대호가 아는 그들은 그럴 사람이 아니었다.

소쿠리는 아파트 공사를 끝내고 일주일도 지나지 않아 공사 금액 전부를 받아냈다. 현장 소장은 한 달만 기다리라고 했지만 소쿠리는 한 달 후에 무슨 일이 있을 줄 아냐면서 줄기차게 찾아가 받아낸 것이었다. 그리고 그 돈으로 대리점에 연락해 잘 나가는 물건들을 대량으로 구매해 매장과 5분 거리인 빌라 지하 창고에 가득 쌓아놓았다. 그리고는 다시 자연농원으로 눈을 돌렸다. 그런 곳과 거래를 터면 지속적인 거래와 함께 안정적인 수입이 보장되기 때문이었다. 물건도 싸게 받아놓았으니 견적에서도 자신 있는 까닭이었다.

그의 생각대로 몇 달 지나지 않아 자연농원 협력 업체로 선정되어 거기에서 나오는 도배 장판 공사를 맡게 되었다. 대호는 석구와 함께 양지나 신갈 쪽으로 다니며 새로운 거래처를 만들기도 했지만 고운지업사에서 고정으로 일하는 의배의 요청으로 그곳으로의 일은 마음처럼 자주 갈 순 없었다. 자연농원과의 거래를 통해 일이 더 바빠졌기 때문이고 용인 사람들 빼곤 딱히 아는 사람이 의배에겐 없기 때문이었다. 소쿠리가 하는 행동이 괘씸하긴 했지만 어차피 일로 만나는 사이, 돈만 받으면 되는 것이기도 했다.

일반 가정집과는 달리 자연농원에 일을 갈 때면 민망한 모습이 연출되기도 했다. 경비실 앞에 차를 세우고 카트로 물건을 옮겨야 했는데 싣는 것에도 순서가 있다. 먼저 큰 고무 다라를 올리고 그 위에 풀과 벽지, 발판과 연장을 올리는 것이었다. 그렇게 물건 실은 카트를 끌고 자연농원 안을 지날 때면 놀러 온 사람들과 부딪히기도 했는데 그때마다 석구가 하는 말이 이것이었다.

"아부지가 재작년에 완공한 63빌딩 내 준다고 했을 때 받았어야 하는 건데 시팔!"

올림픽을 앞두고 서울이 변하고 있었다. 특히 63빌딩의 규모는 대단한 것이었다. 최고를 강조하는 나라답게 아시아에서 제일 높다는 건물은 황금빛이 나게끔 만들어져 있었다. 한강 변도 정비되고 도로도 정비되었다. 또 오래된 집들도 재건축이 되었다. 겉으로 보이는 화려함 뒤로 거기에서 쫓겨나는 사람들은 정작 갈 데가 없었다. 하지만 대호의 눈에 보이는 서울의 모습이나 자연농원으로 놀러 온 사람들의 모습은 화려하고 풍족하기만 했다. 곳곳에 들어서기 시작하는 아파트와 확장되는 도로, 번창해가는 상가, 돈만 있다면 살기 좋은 나라이고 살기 좋은 곳이었다. 돈만 있다면 작고 볼품없는 소쿠리 밑에서 일할 필요도 없고, 자연농원의 나이 어린 직원들 지시를 받으며 일할 필요도 없다. 그런 생각이 들자 대호는 고갯짓했다. 그림자가 돼야 한다고, 그것이 살길이라고.

인건비도 6만 원까지 오르고 일을 나가면 점심이 해결되어 수입의 80%가량을 저금했다. 그 상태로 몇 년만 더 한다면 부자도 될수 있을 것 같았다. 주위 사람들의 말처럼 목 좋은 곳에 아파트를 사놓으면 몇 년 지나지 않아 큰돈도 벌 수 있을 일이었다. 아파트는 집값이 떨어지지 않는다고 했으니 돈만 있다면 버는 것은 문제가 아니었다. 단지 자신의 이름으로 살 수 없다는 것, 자신의 이름으로는 전세도 얻을 수 없다는 것이 문제였다.

소련이 불참한 반쪽짜리 대회이긴 했지만 88서울올림픽은 성공리에 막을 내렸다. 우리 선수들이 거둔 성적도 좋았고, 전쟁의 나라, 가난한 동북아의 분단된 나라이던 대한민국을 세계 속에 알리는 기회가 되기도 했다. 그것을 계기로 빨라진 경제 성장과 더불어 도시의 모습도 변해갔다. 신도시가 발표되고 개발되어 눈 감았다가 뜨면 없던 건물이 들어설 정도로 세상은 변하였다. 사자머리를 하던 옥련의 머리가 단정해진 것처럼.

도배공의 수입이 괜찮다는 말에 많은 사람들이 뛰어들었다. 특히 여자 수입으로는 부러울 것이 없어 혼자 다니던 남자들도 아내와 함께 다니는 경우가 많아졌다. 도배공이 많아지면 그들끼리 경쟁이 되게 마련이다. 마음에 들지 않는다고 소쿠리에게 함부로 할수도 없고 일이 좀 많다고 연장 던지며 나올 수도 없는 일이다.

고운지업사에도 선애라는 서른 중반의 여자가 찾아와 일하게 되었다. 10년 전에 결혼했다가 아이 없이 이혼하고 도배를 시작하게 된 사람이었다. 남동에 방 하나 얻어 산다는 그녀는 아직 기술자가 아님에도 승용차를 한 대 사서 일하고 다녔다. 나중에 안 일이지만 돈이 많아서 그런 것이 아니었다. 차가 없으면 기술 부족한 자신을 누가 불러줄까 하는 생각에 할부를 안고 산 것이었다. 한눈에 보기에도 그녀는 생활력이 강했다.

선애의 등장으로 자연스럽게 팀이 나뉘게 되었다. 의배네와 석구네, 그리고 대호와 선애였다. 선애에게 차가 있어 대호로서도 편해진 것이 사실이었다. 편하게 물건을 실을 수 있고 비가 와도 비를 맞지 않고 움직일 수 있게 되었으니까. 물론 일이 서툴러 일적으로는 대호가 더 해야 했지만 그렇다고 선애도 놀고 있지 않았다. 배우려는 노력이 여간한 것이 아니었다. 또 나중에 안 일이지만 첨부터 도배를 배웠던 것도 아니었다. 첨엔 청소업체를 찾아 청소를 했다고 했다. 그러다가 알게 된 것이 도배였는데, 여자인 자신이 하기에 딱 맞는 일인 것 같아 시작하게 되었다는 것이었다. 성격도 밝았다. 웬만해선 짜증 내지 않고 긍정적으로 생각했다. 또 고운지업사에만 매달리지 않고 틈나는 대로 다른 곳을 찾아 거래처를 만들었다. 대호와 석구처럼 한 발짝 물러나 상대를 하는 것이 아닌 일이 있어 못 가게 되면 다른 사람이라도 맞추어주려 노력했고, 만든 거래처는 잃지 않으려 노력했다.

"머리 기르는 거 힘들지 않아요?"

4년 동안 자르지 않은 대호를 보며 선애가 물어온 말이다.

"가만히 놔두면 기는 건데 힘들기는"

"머리도 길고 수염도 길고 그래도 수염은 손질하나 봐."

4년 동안 수염을 손질하지 않았다면 어떻게 되었을까.

"머리 길러도 손질은 좀 하고 다녀요. 그래야 손님들도 좋아하지. 지금처럼 그래가지고 누가 좋아할까요?"

"천성이 게을러서 안 그래요. 그리고 같이 일하는 거 꽤 됐는데 말 놔도 되지요? 내가 나이도 너댓 살 많고."

그러자 선애가 말했다.

"나이가 뭐 계급인감?"

"……"

"맘대로 해요. 대신 나도 말 놔도 되죠?"

"그런 게 어디 있노? 친구도 아니고."

"몰라요. 나도 불편한 거는 딱 질색이라서! 보고 반은 높여줄 수도 있고."

선애와 함께 일한 지 반년이 지났을 무렵 대호는 석구와 함께 만들어 놓았던 거래처 일을 네 명이서 가게 되었다. 자연농원 일이 바빠 한 번 가지 못한 곳이었는데 그날은 운 좋게도 시간이 맞아 가게 된 것이었다. 신갈에 위치한 그곳은 신갈 주공 아파트를 끼고 있어 제법 장사가 잘되는 곳이었다. 그날 현장은 신갈과 오산 중간쯤에 있는 전원주택이었다. 2층 건물로 1층 거실엔 서까래가 시공돼 있었는데 높이가 매우 높았다. 2층은 일반 벽지이고 1층은 한지인데 내일 종이 장판까지 놓아야 한다며 1층 도배를 마무리해달라던 업체, 꺼림한 생각도 들었지만 기왕 나온 거 하는 데까지 하자는 생각으로 일을 시작했지만 얼마 못 가 문제가 발생하고 말았다. 준비한 한지가 너무 약해 시공이 어려웠던 것이다. 풀칠하고 나서 들면 물먹은 화장지처럼 허물거리다가 찢어지는 한지, 많이 붙여보지 않은 대호로서는 당황스러운 일이었다. 그래도 해결 방법은 알고 있었다. 한지가 아닌 벽에 풀칠하고 한지를 바르면 되지만 문제는 거실 천장이 너무 높다는 것과 서까래가 있어 까다롭다는 것이었다. 벽돌 쌓듯 3단으로 발판을 올린 후 그 위에서 작업한다는 게 여간 위험한 것이 아니었다.

"시팔! 저들이 하기 싫으니 쏙 빠지고 우릴 부른 거네, 이거."

생각할수록 화가 나는지 석구가 투덜댔다. 비스듬한 천장을 석구가 위쪽을 맡고 대호가 아랫부분에 풀칠했다. 밑에서 올려주는 한지를 받아가며 천천히 붙여갔는데 문제는 천장에 풀을 칠하다 보니 꽤 많은 양의 풀이 바닥으로 떨어지는 것이었다. 아니나 다를까 현장을 찾은 지업사 사장이 그것을 보며 대뜸 소리를 질러댔다.

"이게 뭐예요? 도배 한두 번 해봐요. 바닥에 이 풀 뭐예요?"

"천장에 풀을 칠하다가 보니 그러네요. 끝나고 닦아드릴게요."

하지만 사장은 이해되지 않는 표정이다.

"천장에다가 왜 풀칠을 하죠?"

석구가 한지를 들어 보이며 설명했다.

"한지가 너무 약해서 풀칠하면 붙일 수가 없어요."

그러자 사장은 어이없다는 듯 헛웃음을 짓더니 이렇게 말하는 것이었다.

"그래가지고 한지가 붙어있을 거 같아요. 종이도 숨이 죽어야 하는데 그래가지고 붙이면 울어버리지 제대로 작업이 된다고 생각해요. 도배쟁이라는 사람들이 기본을 모르고 일을 해요?"

하지만 석구도 물러서지 않았다.

"한지는 얇아서 우는 일이 없어요. 그리고 한지가 약할 땐 이렇게 해서 작업을 해 왔구요. 이 한지 가지고는 이 방법밖에 없어요. 또 바닥 깐다고 하지 않았어요?"

"바닥은 바닥이고! 왜 못해요? 다른 사람들도 다 그렇게 하는데!"

"……."

떨어진 풀을 보며 다시 사장이 말했다.

"다시 하세요. 이거 뭐 아줌마들이나 데리고 와서는 말이야. 뭐 하자는 거야!"

모두 사장을 보았다. 그리고 모두 사장이 한 말에 할 말을 잃었다. 잠깐의 시간이 흐른 후 석구가 옥련을 향해 소리쳤다.

"웅이 엄마! 거기 풀칠해서 사장한테 줘 봐."

석구가 폭발한 것이었다. 화가 났지만 어쩔 줄 몰라 하며 큰 눈만 끔뻑이며 서 있는 옥련 대신 선애가 가서 풀칠한 후 그것을 사장에게 건네주려 했다. 하지만 풀이 칠해진 한지는 미처 사장의 손에 건네지기 전에 선애의 손에서 바닥으로 떨어지는 것이었다. 사장의 얼굴이 벌겋게 변했다.

"아니, 이 양반들이 하라면 할 일이지 뭔 말들이 이리 많아. 이게 얼마짜린 줄 알아? 남들 다 하는 거 실력도 없는 사람들이 와 가지고는 말이야 무슨 짓거리야!"

풀 먹은 한지를 주워 뭉친 후 벽을 향해 던지는 사장, 만만한 것이 아이라더니 선애를 향해 화풀이를 시작했다. 물론 석구가 풀칠해서 주라 하지 않고 알았다고 해보겠다고 말했으면 달라질 수도 있었겠지만 안 되는 걸 두고 뭐라 말해야 할까? 시공 방법을 모르는 건 석구나 대호가 아닌 사장이었다. 선애를 향해 화풀이하는 사장을 보며 석구가 내려와 맞서는데 끝날 싸움이 아니었다. 못하면 오면 되고 마음에 안 들면 가라 하면 될 일이지만 사람에겐 자존심이란 게 있었다.

"시팔! 니가 해 봐 새끼야!"

그날 중국집으로 네 사람이 다시 모였다. 웅이와 동이는 식당 방에서 놀다 잠이 들고 탕수육과 짬뽕 국물을 시켜 놓고 술을 마시는 네 사람, 소주 석 잔이 주량인 옥련과는 달리 선애는 곧잘 마셔댔다.

"사람 사는 게 어디든 다 똑같다지만 참 희한한 사람들도 있지요. 안 그래요, 오빠야들?"

"있어 봐요. 더한 사람도 있지."

석구의 대답에 선애가 술 한 잔을 넘기며 말을 잇는다.

"그런 놈은 빨리 잊어버려요. 맘에 담아두면 병만 되니까 시팔!"

대호는 자신이 뭔가 할 수 없다는 것이 답답했다. 집도 계약하지 못하고, 차도 사지 못하고, 쥐어박아 주고 싶은 사람이 있어도 하지 못한 채 지켜봐야 하는 현실이 답답했다. 철윤, 그놈만 없었다면! 그 생각이 들자 가슴에서 화가 치솟았다.

"오빠. 천천히 마셔. 누가 잡아가? 딸꾹!"

그러면서 대호의 빈 잔에 술을 따라주는 선애다.

"세상이 말이다 오빠, 다 그렇다. 어떤 인간은 마누라 눈 동그랗게 뜨고 있는데 소리도 없이 집 팔아서는 도망을 갔다. 알고 봤더니 딴 여자와 바람이 나서…… 딸꾹! 그래도 사람은 다 살아간다. 남 눈에 눈물 흘리게 하면 자기는 안 울까, 천벌 받을 거다. 그치 오빠야?"

아이들을 데리고 옥련이 일어섰지만 세 사람은 남아 한참이나 더 술을 마셨다. 대호 역시 용인으로 온 후 그렇게 마신 것은 첨 있는 일이었다. 말술이라고 소문났던 석구도 테이블에 얼굴을 묻고 대호의 눈에서도 사물이 흔들렸다.

아침에 눈을 떴을 때 낯선 모습이 대호의 눈 속으로 들어왔다. 옆에 누운 선애, 그냥 잠든 듯 보였지만 함께 잠을 잤다는 것에 대호는 적잖이 당황했다. 식당 주인에게 부탁해 석구를 집으로 데려가게 하고 집이 어디냐고 물어도 역북동이란 말만 되풀이하는 대호를 어쩔 수 없이 집으로 데려갔던 선애, 대호는 조용히 집을 빠져나가 간단히 세수한 후 고운지업사를 찾았다.

"머리 아프지?"

먼서 와 기다리던 석구가 건넨 말이다.

"그래 죽겠다."

"나도 눈 뜨니까 집인 기라. 환장하지 시팔!"

옥련이 가게에서 커피를 타온 것을 마실 때까지 선애는 오지 않았다. 얼마나 지났을까. 자연농원으로 갈 물건을 싣고 골목을 살필 무렵 불쑥 대호 옆을 지나치며 귓속말을 하고 간다.

"춘희가 누구야? 새벽까지 춘희, 춘희!"

일을 끝내고 난 뒤 새로운 일이 들어와도 대호는 힘든 내색 보이지 않았다. 집에 있어 봤자 할 일도 없을뿐더러 일을 하면 끼니도 해결하고 돈도 벌 수 있으니 마다할 까닭이 없었다. 하루라도 빨리 돈을 벌고 싶었다. 그럼 그때 가서 쉴 수 있으리라 생각했다. 하지만 얼마를 번다든지 언제까지 일할 거라는 식의 계획은 없었다. 그것은 선애도 마찬가지였다. 밤 열두 시가 넘도록 일을 하고도 다음 날 일찍 또 일 나가는 것을 마다하지 않았다.

선애는 돈을 벌면 할 일이 있다고 했다. 그것은 가든을 여는 것이었다. 이름만 가든이 아니라 전망 좋은 곳에서 사진 속에나 나올 법한 모습으로 멋지게 지어놓고 장사하는 것이 목표라고 했다.

"돈이야 벌면 된다지만 가든을 하려면 음식 솜씨가 있어야 하는데 할 줄은 아나?"

첨 선애가 가든 얘기를 했을 때 대호가 한 말이었다. 그때 선애는 발끈하며 숟가락을 들어 보였다.

"음식 잘하거든. 한번 먹어 봐봐. 아마 기절할걸. 그리고 내가 사장인데 내가 직접 음식 만들까? 숯불 관리하는 사람 시켜줄라 했더니 일 없어!"

그렇다고 한 달 내내 일할 수 있는 것은 아니었다. 도배의 특성상 이사철인 봄가을로는 바쁘지만 여름이나 겨울은 다소 한가한 편이었다. 물론 대호는 자연농원과 거래를 하는 고운지업사 덕에 비수기 없이 일할 수 있었다. 그렇게 바쁘게 일하던 그해 여름, 장마가 유난히 길게 이어지던 때였다. 자연농원에도 찾는 사람이 없고 시설 공사를 할 수도 없는 상황이었다. 그것은 일반 가정집도 마찬가지였다.

역북동 집 처마 밑으로 줄기차게 내리는 비를 보며 대호가 앉아 있다. 비가 와서일까? 거기에서 뭘 하는지, 왜 낯선 곳에서 혼자 살고 있는지, 그런 생각들이 머릿속을 채워갔다. 아버지의 얼굴, 춘희의 얼굴, 많이 자랐을 근석의 모습, 아직도 아버진 춘희를 보며 아줌마라고 부르는지, 근석은 여전히 장독대 위에 앉아 해바라기하는 것을 좋아하는지, 전화해 목소리라도 듣고 싶었다. 그러다가도 여러 가지 생각이 들었다.

'해서 뭐 해? 인제 와서 뭐라고, 몇 년 동안 연락 한 번 하지 않았는데……. 아니야. 내가 살인범이 아니란 말은 해줘야 해. 아니, 그것도 아니야. 때가 되면 밝혀질 텐데. 괜히 전화했다가 추적당하면 큰일 날 수도 있어. 그래, 돈을 버는 거야. 일단은 돈을 많이 버는 거야. 그래서 고향에 가는 거야. 철윤이 놈 잡아서 누명 벗고 당당하게 사는 거야.'

애당초 1단지 창고를 가는 것이 아니었다. 거기만 가지 않았어도 대호의 신상엔 아무 일 없었을 테다. 아니 정 사장을 살리려 다가가지만 않았어도 되었을 일이다. 칼에는 왜 손을 대었나. 칼을 빼면 더 위험해짐을 왜 알지 못했나. 아니 그것도 아닌 그 순간 재빠르게 머리를 굴려 누명 씌우고 도망갈 놈이 철윤임을 왜 잊고 있었나. 차라리 업체 사장들 손에 끌려 경찰서에 갔더라면 누명을 벗어낼 수도 있지 않았을까. 아니 철윤의 자백 없인 빠져나올 수 없는 일이었다. 피 묻은 장갑 낀 손으로 자신은 아닌 양 정 사장의 배에서 피를 막던 놈이 그놈이지 않았나. 도망치는 것밖엔 길이 없었다. 하지만 어렵게 다다른 고향 수비는 예전 수비가 아니었다. 앞

산 공동묘지 무덤 사이에서 보는 대호의 눈에 까만 지프가 즐비하고 경찰은 무리를 이뤄 골목을 헤집었다.

그제 사놓은 소주와 김치를 꺼낸다. 한 잔에 고향이 떠오르고 한 잔에 지나온 일이 떠오른다. 술 때문이었을까, 평소답지 않게 마음은 가라앉고 한 병, 한 병 마신 술이 네 병에 다다랐을 때 정신이 혼미해졌다.

"개똥이 아부지, 사랑하니더. 제가 사랑하니더. 이거 보고 기다릴게요. 태어나 이래 멋진 선물 첨이니더. 당신이라 생각하고 이거 보고 기다릴 테니 빨리 오이소. 당신 기다리며 가게에서 꼼짝 않고 있을 테니 빨리 오이소 개똥이 아부지."

의식을 잃어가는 대호의 눈 속으로 우산 쓰고 들어오는 사람이 있다.

"밥 먹었어요?"

춘희가 보인다. 비틀거리며 일어서는 대호는 마당을 향해 뛰어간다.

불어나는 대호의 돈을 보며 마치 자신의 재산이 불어나기라도 하듯 옥련이 기뻐한다.

"이제 아저씨도 전세 얻어야 되지 않겠어요? 이 돈이면 집을 사고도 남겠는데요."

하지만 대호는 아무 말 하지 않았다. 전세를 가기 싫어서 안 가는 것이 아님을 말할 수도 없었다. 그래도 기뻤다. 벌써 그렇게 많은 돈이 모였다는 사실에 대호는 기뻤다.

"나중에 빌딩 사서 부자 되면 석구 니, 주차 관리인 시켜주꾸마."

그러자 석구가 인상을 쓰며 말을 이었다.

"뭐! 주차 관리인! 이런 시팔! 난 벌써 건물 사 놓았어. 서울 가면 63빌딩 있지?"

하지만 대호는 석구가 다음에 할 말을 이미 알고 있었다. 그래서 석구가 말하기 전에 먼저 선수를 쳤다.

"있지, 어제 산 거? 오늘 아침에 내가 다시 샀다네."

옥련이 입을 가리며 웃는다. 하지만 석구는 거기서 멈추지 않는다.

"이 사람이 아직! 좀 전에 가서 내가 매매 계약하고 온 걸 모르는 모양이군."

항상 똑같았다. 그런 사람이 대호의 친구였다. 아이들 커서 고등학교에 입학하고 대학교에 입학하게 되면 멋진 가방과 학용품을 사줘야지 하는 생각이 들었다. 등록금도 대주고 용돈도 넉넉히 줘야지 생각했다. 석구가 없었다면 어떻게 낯선 땅 용인에서 적응하며 살 수 있었을까?

"오늘 일 끝나고 탕수육 사줄까?"

그러자 석구가 하던 동작을 멈추고는 눈을 동그랗게 떴다.

"육수탕?"

"어."

"안 먹어. 배 아파서 안 먹어. 이럴 줄 알았으면 돈 버는 대로 마늘밭에 묻어둘걸."

그러더니 갑자기 선애를 향해 소리쳤다.

"보소! 선애 씬 자 교육을 어떻게 시키는교? 맨날 같이 일 다니면서 교육 제대로 좀 시키이소!"

대호의 말투를 흉내 내는 석구를 보며 풀을 칠하던 선애가 그런 말 말라는 듯 얘기한다.

"오빠가 어디가 어때서요? 우리 오빠 같은 사람 어디 있다고!"

"뭐요? 우리 오빠! 우리 오빠! 어허 이거 일 났네. 우리 오빠!"

그렇게 석구는 우리 오빠를 말하며 벽지를 붙인다.

"우리 오빠! 일 났네. 우리 오빠!"

선애가 남의 눈을 의식하지 않고 대호를 챙기고 있었다. 반찬을 통에 담아 일을 마치고 갈 때 쥐여주기도 했고 밥을 먹을 때도 세세하게 신경을 써주었다. 아무 내색 없이 평소처럼 말하고 대했지만 대호의 마음도 열리고 있는 중이었다. 선애의 관심이 고맙게 여겨졌고 함께 있는 시간이 행복해지기 시작했다. 가끔씩 찾아와 차려 주는 밥상이 좋았고 마른 빨랫감을 차곡차곡 개어주는 모습도 예뻤다. 미안하고 죄스러운 일이지만 대호의 마음엔 이미 봄 햇살처럼 따뜻한 사랑이 찾아온 것이었다. 그저 행복하기만 했다. 선애가 있다는 것이, 선애와 함께 있다는 것이 행복하기만 했다.

선애의 남편은 부동산 중개업자였다. 하지만 그 일을 오래한 것은 아니었다. 자격증을 취득하여 사무실을 열었을 뿐, 그 전엔 직장생활을 했었는데 한 회사에서 오래 근무하지 못하고 자리를 옮겨 다녔다. 선애의 남편 용국은 하나씩 만들어가는 것과는 거리가 먼 사람이었다. 또 인생은 한 번뿐이라며 즐기며 살아야 한다고 생각하는 사람이기도 했다. 그리고 돈은 직장생활해선 벌 수 없다는 것이 그의 지론이었다.

자격증을 취득하고 중개업소를 개업한 후 정작 일한 사람은 그가 아니라 선애였다. 선애는 월세방 하나라도 연결시켜 돈을 모으려고 바동거렸지만 용국은 그런 것에는 관심이 없었다. 큰 거 하나면 된다면서 소위 잘 나간다는 사람들과 어울리며 그들이 훗날 큰 고객이 될 거라는 말만 되풀이했다.

골프 모임에서 여자를 알게 된 후부턴 더 변하기 시작했다. 이건 사는 것이 아니라며 얼마 되지 않는 수수료 받으러 몇 번씩 찾아가기를 반복해야 하는 삶이 싫다고 했다. 자기가 하는 것도 아니면서 사무실만 지키고 앉아 있으면서도 그런 말을 내뱉었다. 그녀는 물려받은 재산이 많았고 그 돈만 가지고도 먹고사는 것은 걱정하지 않아도 될 사람이었다.

그녀에 대한 원망은 크지 않았다. 그저 가장으로서의 책임을 지지 않고 10년이라는 세월을 살아온 남편에 대한 좌절감이 있을 뿐이었다. 그러던 중 용국은 본인 명의의 아파트를 몰래 팔고 선애를 향해 이혼을 요구해온 것이었다.

"왜요?"

"넌 여자로서의 매력이 없어. 아이도 못 가지잖아."

아이를 가지지 못하는 사람이라는 죄책감에 긴 시간을 아파하며 살아야 했다. 하지만 그것은 사람이 할 수 있는 일이 아니었다. 지쳤고 남편에 대한 사랑 역시 식은 지 오래였다.

"아줌마! 이게 닦은 거라고 하는 거예요? 유리에 걸레 자국이 그대로 있잖아요. 아니 청소하는 사람이 이런 것도 못 해요?"

때론 올라오는 화를 간신히 누를 때도 있었다. 울고 싶을 때도 한두 번이 아니었다. 하지만 화를 내고 운다고 달라질 것은 없었다. 그녀에게 필요한 것은 일하는 것이었고 돈을 벌어 일어서는 것이었다.

선애가 사는 집은 남동의 농가 주택이다. 방이 다섯 개인 집으로 마당이 있고 밭이 있다. 안채와 연결된 방을 빼고는 모두 세를 놓고 있었는데 부엌이 따로 있는 것이 아니어서 방 안에서 밥을 해 먹고 잠을 자야 했다. 마당에 있는 화장실도 공동으로 썼고 밖에 있는 수도도 공동으로 썼다. 그곳에선 겨울철에 씻는 것이 가장 힘들었다. 아침으로 일을 나갈 땐 전쟁터를 방불케 했다. 집이 멀어 자취한다는 고등학생도, 자연농원에서 일하고 있다는 여직원도 모두 그렇게 겨울을 보내야 했다. 대호가 선애의 집을 가본 것은 비가 억수같이 쏟아지던 여름, 선애와의 그날 이후 반년이 지난 겨울이었다. 일없이 며칠을 지내던 중 선애가 찾아와 대호를 불렀다.

"오빠, 우리 고구마 구워 먹으러 가자. 우리 집 앞에 개울 있다. 거기 가서 불 해놓고 고구마 구워 먹자."

선애의 셋집 마당에선 주인 할머니가 시래기를 손질하고 있었다. 그것은 대호가 좋아하는 것이기도 했는데 겨울에 된장을 넣고 끓이는 시래깃국 하나면 밥 한 그릇이 뚝딱이었다. 많이 먹었지만 질리지 않았던 것, 그것은 고향과 같은 것이기도 했다. 마당으로 들어서며 선애가 할머니를 향해 말했다.

"할머니! 고구마 몇 개 가져가도 되죠?"

고개를 들며 선애와 대호를 번갈아 보던 할머니가 고개를 끄덕인다.

"들어가서 가져가라. 삶아 먹으려고?"

"아니요. 구워 먹고 싶어서요. 개울가에 가서요."

그러자 할머니가 웃으며 말한다.

"애들도 아니고 이렇게 추운 날 밖에 가서 고구마를 구워 먹어?"

그리고는 다시 대호를 가리키며 물었다.

"저 양반은 누구고?"

그 물음에 선애가 방으로 토끼처럼 뛰어 들어가며 말한다.

"같이 일하는 오빠요. 저 좋다고 여기까지 쫓아오는 우리 오빠요."

대호는 그런 것이 아니라고 말하려다 그만두었다. 맞으면 어떻고 아니면 어떨까. 의미 없는 말일 뿐이다. 대호의 눈에 마당 옆에 서 있는 감나무가 보인다. 그리고 꼭대기 가지에서 떨어지지 않고 달려 있는 감이 몇 개 또 보인다. 얼어있을 감, 겨울철에 따서 먹으면 사각거리던 그 맛이 떠올랐다. 홍시와는 다른 맛이었다. 아이스크림과도 비교할 수 없는 달콤한 맛, 그 감을 먹으려 돌을 던지던 일이 떠올랐다.

운학리에서 시작된 하천은 용인 종합 운동장 앞을 지나며 양지에서 시작된 양지천과 한터에서 흘러온 대대천과 만나 경안천을 이루어 한강 팔달호로 이어진다. 운학천이 선애의 집 앞으로 지나가는 하천이었다.

말라죽은 나무를 꺾어 하천가 햇볕 잘 드는 곳에서 불을 지폈다. 타닥 소리를 내며 타는 불은 금방 열기를 내뿜었다. 빨리 붙는 불은 오래가지 못하는 법, 대호는 지필 나무를 더 구해왔다. 불이 붙고 불이 꺼져가고 다시 나무 넣기를 몇 번 하는 동안 선애도 대호도 말이 없었다. 그저 타고 있는 나무를 보며 앉아 있기만 했다. 언덕을 타고 내려오는 바람이 선애의 머릿결을 쓸고 갔다. 바람에 실려 오는 그 냄새에 대호가 선애를 본다. 깊은 생각에 잠긴 듯 타고 있는 불만 보고 있는 선애를 향해 녹지 않은 감을 꺼내 앞으로 내밀었다.

"……."

선애가 대호의 손에 쥐어진 감을 본다.

"먹어봐라."

"이거 언제 땄어? 높이 있어 따기 힘들었을 텐데."

"그냥 있는 힘껏 흔들어 부렀다. 요거 한 개 떨어지대."

선애는 말없이 보기만 했다. 보고만 있는 선애의 태도에 멋쩍어진 대호는 손을 거두며 퉁명스럽게 말한다.

"싫으면 놔둬라."

대호가 먹지 않을 거라는 걸 알고 있다. 점심 먹을 때도 주 반찬으로 나오는 것은 조금만 먹다가 먹지 않는 그였다. 먹기 싫어서가 아니었다. 선애가 더 먹길 바라는 대호의 마음이었다. 그런 생각에서 빠져나오며 평소의 모습으로 돌아온 선애가 냉큼 대호의 팔을 잡으며 손에 쥐어진 감을 움켜쥐었다.

"누가 싫대? 남자가 쫀쫀하게 줬다가 뺏으려고!"

그리고는 급히 한입 물었다. 새침하던 선애의 얼굴이 잔뜩 찡그려진다.

"차갑제?"

놀리는 대호를 향해 눈을 치켜떴지만 감을 물고 찡그려졌던 선애의 얼굴이 금세 행복감으로 바뀌었다. 엷은 미소가 번지며 들릴 듯 말 듯한 목소리로 중얼거린다.

"내 주고 싶어서 딴 거 맞으면서!"

숯불 속으로 고구마를 넣는 대호의 모습이 보인다. 고향에 가족이 있지만 가지 못한다는 사람, 매일 같이 일하면서도 자신에 대해선 말하지 않는 사람, 그저 몰라도 된다, 사연이 있다는 말만 하며 넘겨버리는 사람, 그것이 선애의 눈에 비친 대호의 모습이다.

대호가 곁에 있다는 것만으로도 든든했다. 그는 마음이 가볍지 않고 행동에 책임이 있었다. 무책임하고 허영심만 가득했던 전남편과는 다른 사람이었다. 이혼하며 다시는 결혼 따위 하지 않을 거라 생각했다. 구속하고 구속받고 상처 남기는 것이 사랑이었으니까. 하지만 대호를 보며 대호 같은 사람이면 좋겠다는 생각이 얼음 녹듯 스며들었다. 고구마 묻은 얼굴을 숯불로 가져다 대고 입김 부는 대호를 보며 선애가 부른다.

"오빠!"

하지만 대호는 숯불에 얼굴을 대고 대답만 한다.

"와?"

잠시 그 모습을 지켜보던 선애, 세운 두 무릎에 턱을 괴며 장난기 가득한 표정으로 말을 잇는다.

"내가 오빠 밥해줄까?"

입김 불던 대호가 갑자기 기침한다.

"좋은가 보제?"

"……."

"싫음 놔 둬라. 이렇게 예쁜 사람이 밥해 준다고 하면 고마워하고 말해야지!"

그리고는 다시 대호를 향해 소리친다.

"잘해라 오빠. 남자가 그래 입김이 약해서 어디다 쓰노? 팍팍 불어라."

대호의 얼굴로 미소가 지나갔다. 익어가는 고구마처럼 찾아온 인연, 가져선 안 될 마음이지만 그렇다고 의지로 되는 일도 아니었다.

그날 저녁 대호는 선애와 함께 밤을 보냈다. 6개월 전 그날 이후 첨 있는 일이었고 춘희가 아닌 선애를 안은 날이었다. 하지만 그날 밤 대호는 또 꿈을 꾸었다.

"또 어디 가시려고요? 나가시면 안 되니더, 아버님!"

"누구니껴?"

"누구기는요? 개똥이 엄마자니껴."

"순사 양반, 이 아줌마가 자꾸 나를 방에 가둘라 그러니더. 나 좀 빼주이소."

밀려드는 슬픔에 고갤 돌리자 바닥에서 풀칠하며 웃는 선애가 보인다.

"오빠! 이쁜 아줌마랑 일해서 오빠도 좋지?"

창문 타고 들어오는 햇살이 눈부시다. 햇살 사이로 고개 돌리며 다시 춘희를 찾는다. 하지만 춘희는 보이지 않고 대문 열고 도망가는 철윤이 보인다.

"난 잡히면 사형이다. 근데 내가 경찰서 가서 닌 잘못이 없다고 말해 줘야 되나? 그럼 난 죽는데!"

경찰이 쫓아온다. 몇 걸음 뛰지 못하는 대호, 경찰은 잡은 대호를 교수대로 끌고 가 의자에 몸을 묶고 천을 씌운다.

"아니야! 내가 아니야!"

식은땀을 흘리며 깨는 대호의 눈에 선애가 보인다. 자신을 향해 몸 돌린 채 잠이 든 사람, 와락 끌어안고 몸을 더듬는다.

선애와의 신혼집은 신주공 아파트이다. 방 두 개와 방으로 쓸 수 있도록 만들어놓은 작은 거실과 주방이 있는 18평 크기의 아파트로 신축이라 주위 집들에 비해 깨끗했고, 집 안에 화장실이 있어 무엇보다 편리했다. 현대식으로 갖추어진 주방은 살림하기에 편했고, 선애가 제일 힘들어했던 겨울철 씻는 일도 거기에선 걱정되지 않았다. 이사를 하며 오토바이와 승용차를 팔고 승합차를 새로 샀다. 선애 명의로 통장을 만들었지만 선애는 수입을 한 곳에 관리하지 않았다. 자기 것은 자기 것대로 대호의 것은 따로 관리했는데 옥련으로부터 건네받은 돈을 보며 선애가 결정한 것이었다.

"이건 오빠 거다. 난 오빠가 옆에 있는 것만으로도 좋으니까."

살림을 차리고 얼마 후 그간 알던 사람들을 집으로 초대했다. 선애가 말했던 것처럼 선애의 음식 솜씨는 아주 좋았다. 특히 찌개와 찜 종류를 잘했는데 밑반찬 솜씨도 빠지지 않았다. 장도 직접 담갔고 두부도 콩을 사서 손수 갈아 만들었다. 선애가 만들어 주는 음식이면 무엇이든 좋았다.

집들이 온 사람들로 집 안이 북적인다. 한복을 곱게 차려입은 선애의 마중 속에 의배 내외와 석구, 짝꿍인 순국과 영길, 가끔 함께 일했던 재철과 병우까지 자리를 채웠다. 재철은 의배와 동년배이고 병우는 용인의 날다람쥐로 통하는 사람이다. 의배와 재철은 나이뿐만이 아니라 술을 좋아하는 것도 닮아 있었다. 다만 소주를 좋아하는 의배와는 달리 재철은 막걸리밖에 먹지 않았다. 막걸리한 병에 김 한 장이면 될 정도로 막걸리를 좋아하는 재철은 속 나빠진다며 그만 마시라고 말할 때면 늘 이렇게 쏘아붙이곤 했다.

"한 되라도 받아주고 그러나?"

석구는 뭐가 좋은지 연신 싱글벙글이고 의배와 재철은 애주가답게 술잔을 비워댄다.

"새색시는 안 보이고 털 많은 놈만 있고! 보소 제수씨! 안 들어와요?"

석구의 말에 영길이 거든다.

"그러게 말이여! 너무 아끼는 거 아니야?"

짝꿍 아니랄까 봐 순국이 또 나선다.

"분명히 정우 저 새끼가 들어오지 말라 했을 거야. 지 꺼라고!"

그러면서 술 마시는데 정신없는 의배와 재철을 향해 대뜸 소리를 지르는 순국이다.

"작작 좀 마셔요. 새색시 얼굴은 봐야 할 거 아니에요? 얼굴 보기 전에 뿅 갈 일 있어!"

얼근히 취한 재철이 발끈하며 눈을 부라린다.

"이 새끼가! 술이나 한 번 받아주고 얘기하라고 했지. 어디서 새끼가 눈깔 동그랗게 뜨고 소리를 질러!"

그러자 순국도 지지 않고 발끈한다.

"술 안 받아주면 말도 못 하나! 그리고 내 말이 틀렸어요? 새색시 먼저 보자는 게."

늘 그랴 그랴 하던 의배 역시 이번만은 순국의 편을 들어준다.

"그건 맞지. 여기 왔으면 새색시를 봐야지. 정우야! 뭐 하나?"

안에서 들려오는 소리에 명환과 옥련이 선애의 팔을 잡고 방으로 들어선다. 열여섯 소녀처럼 수줍음 가득한 얼굴로 들어선 선애, 알고 지내던 사람들임에도 볼이 빨갛게 물들고 있다.

"정우 저놈! 털도 많고 평소 힘쓰는 거 보면 애 열 명도 낳을 거여."

"조지나, 힘쓰는 거 봤어?"

"시팔 남자끼리 무슨 힘을 써?"

"그러니까 봤냐고?"

"꼭 봐야 알아? 여기 밑에 집은 이제 환장하는 겨. 매일 위에서 쿵덕쿵덕대 봐. 잘 수가 있나!"

순국과 영길의 짓궂은 농담에 사람들 모두 웃음을 터뜨린다.

"1년 지나면 하나 툭 나오고, 또 1년 지나면 툭 나오고……. 그러다 보면 축구팀 만드는 겨. 축구팀 이름은 털보 축구팀이라고 하고."

"조지나! 그러다 딸 나오면?"

"아이 시팔! 딸은 딸대로 축구팀 만들고 아들은 아들대로 축구팀 만드는 거지. 뭐가 어려워?"

가만히 듣고 있던 의배가 말도 되지 않는 소리 말라며 나선다.

"그걸 말이라고 하냐? 어떻게 스물 몇 명을 낳냐?"

"참! 형님도. 뭐가 말이 안 돼요? 한 번에 네 쌍둥이 다섯 번이면 스무 명이에요."

"어떻게 네 쌍둥이를 다섯 번이나 낳아?"

"에이 참! 그냥 말이 그렇다는 거지 뭘 그렇게 따지고 그래요? 말로는 대통령이라고 못해요?"

다시 웃음소리가 방 안을 채운다. 한복을 입고 서 있는 선애의 모습이 대호의 가슴에도 행복으로 다가온다. 한 명 한 명 모두에게 고맙다는 인사를 건네는 선애 역시 새로운 보금자리가 만들어졌다는 것이 행복하기만 하다. 한바탕 소란 후 음식 준비를 하러 가는 선애 곁으로 옥련이 다가서며 말한다.

"잘 살아요. 새로 산다 생각하고."

"고마워요. 우리 오빠한테 잘해준 거 고마워요. 앞으로도 지금처럼 잘 지냈으면 좋겠어요."

"당연히 그래야지요. 애 아빠랑 정우 씨랑 친군데! 우리도 그렇게 살아요."

그 말에 명환이 끼어들며 말한다.

"웅이 엄마야! 나도 있다."

명환은 천성이 소녀 같은 사람이다. 작은 꽃을 보고도 기뻐하고 신기해하며 내리는 햇살 앞에서도 좋아 함박웃음을 짓는 사람, 그러나 단점 아닌 단점이 하나 있는데 그건 바로 끝까지 부르는 곡이 없다는 거다. 그래서 한노래하는 석구에게 핀잔을 많이 들어야 했다.

"어떻게 형수는 끝까지 부르는 노래가 하나 없어요? 좀 하다 끊기고 시팔!"

그날 집들이에 모인 사람들을 중심으로 모임 하나를 만들었다. 이름은 '용인도배사협회'이며 초대 회장은 의배가 맡기로 했다. 친목 모임이라지만 모임을 통해 단합하자는 것이 이유였다. 단합하지 못하면 대가 이상의 노동을 요구받는 게 현실임을 사람들은 너무도 잘 알고 있었다. 하지만 지업사들도 때를 같이해 지협사 협회를 만들었다. 인건비가 올라야 한다는 도배공들과는 달리 물건값에 비해 인건비가 너무 비싸다는 지업사 측이 팽팽히 대립했는데 변해가는 소비 패턴을 보여주는 것이기도 했다.

소비자들도 업체에서 제시하는 금액만이 아닌 여러 경로로 정보를 수집하여 스스로 공사 금액을 낼 수 있을 정도로 변해 있었다. 그러다 보니 지업사에선 인건비를 줄이려 안달이었는데, 그 방식 중 하나가 네 명이 들어가야 할 일을 세 품 반으로 줄여 넣는 것이었다. 공사비를 줄이는 것에 그만한 것이 없었다. 편했고 금액도 컸으며 물건값에서도 손해 보는 일이 없기 때문이었다. 선애가 대호에게 다른 일을 배워보라는 것도 그런 이유에서였다. 식생활도 바뀌고 주거 형태도 아파트가 주를 이루어갈 것이다. 건축 붐이 분다면 여러 기술을 익힌 능력 있는 사람이 필요할 일임을 선애는 내다보고 있었다.

1998년, 가정을 꾸린 지 7~8년이 지날 무렵 대호는 선애의 말을 따라 목수 일과 타일, 도장 일을 배우는 중이었다. 특히 재미있게 배우는 건 목공이었다. 그중에서도 난이도 높은 일을 좋아했다. 싱크대 설치에서부터 커튼 또는 전기 공사까지 인테리어 전반에 걸친 일들을 몇 해 전부터 하나씩 익혀 가고 있는 중이었다. 물론 기술을 배우기 위해 도배를 하지 않았던 건 아니었다. 일하며 시간이 날 때마다 사람들을 통해 배워나갔는데 현장 일을 하다 보면 자기 분야만이 아니라 만나게 되는 사람들이 자연스레 생기기 마련이었다. 선애는 그런 사람들을 소홀히 생각하지 않았다. 저녁을 초대하고 현장을 찾아가면서까지 배울 수 있는 여건을 만들어 주려 노력했는데, 그 마음과 생각들이 자신의 인생을 사업가로 바꿔놓게 되리라는 건 대호는 생각지 못했다.

선애의 바람처럼 1998년으로 접어들자 용인시에선 아파트가 지어지기 시작했다. 삼가동의 풍림 아파트, 진우 아파트, 역북동의 보성, 신성, 금강 아파트, 김량장동의 신우, 삼환, 미성, 현대 아파트 등 새로운 기회가 될 아파트가 동시다발적으로 들어서기 시작한 것이었다.

대호가 사업에 관심을 갖고 보게 된 건 인건비 인상을 두고 벌어진 일 때문이었다. 오랫동안 9만 원에 머물러 있던 인건비를 다른 업종에 종사하는 사람들 수준으로 올리자는 의견이 모아져 인근 지업사로 안내문을 돌렸지만 안내문을 받은 지업사에선 그들끼리 회합을 했다. 회합의 골자는 인건비 인상을 인정할 수 없다는 것이었고 인상에 동참한 사람들은 부르지 않겠다는 것이었다. 특히 몇몇 지업사 사장들이 강력하게 주동했는데, 그중 한 사람이 바로 의배의 거래처 소쿠리였다. 오르는 물가에 비해 인건비는 몇 해 동안 동결 상태라 인상을 요구하는 도배공들의 주장이 억지스러운 건 아니었다. 하지만 인건비를 올려 견적을 넣으면 올리지 않은 곳과의 가격 경쟁에서 밀린다는 이상한 주장만을 업체 측에선 하고 있었다. 또 벽지 팔아봤자 마진이 얼마나 되냐며 부부 팀은 하루만 일해도 그보다 훨씬 많은 수입을 가져간다는 심리가 깊이 깔려 있었다. 사실 두 사람이 일하는 작업량에 종이 벽지가 시공될 경우 지업사 마진율은 얼마 되지 않는 건 사실이었다. 물론 비싼 벽지를 시공하거나 장판이 함께 들어간다면 사정은 달랐지만 사장들은 몸을 굴리며 일하는 사람들의 인건비를 너무 쉽게 생각하는 경향이 있었다. 두세 달에 걸쳐 어렵게 12만 원으로 인건비를 올려놓고 고운지업사로 갔을 때 의배를 향해 뱉은 소쿠리의 첫말이 이것이었다.

"형님은 좋겠어요. 하루만 일해도 24만 원이고. 나도 이거 치우고 도배나 할까 봐요."

그 말에 곁에 섰던 석구가 울컥했다.

"뭐! 도배나 할까?"

하지만 소쿠리는 옅은 조소를 띠며 다시 말을 이었다.

"말이 그렇다는 거지 뭘 그리 발끈하나? 사실 틀린 말도 아니잖아. 생각해봐요. 두 사람 일하면 24만 원인데 난 여기서 종이 팔아봤자 3~4만 원도 안 돼. 그뿐이야! 밥값 나가지 경비 나가지 이래저래 빼고 나면 나는 개털이잖아."

밴댕이 소갈딱지 같은 소쿠리의 마음을 아는 처지로서 그냥 그러려니 하고 넘어갔으면 됐겠지만 한성질 하는 석구도 가만있지 않았다.

"누구는 앉아서 돈 버는 줄 알아? 그게 배 아프면 김 사장도 직접 일하면 될 거 아냐."

"그래서 하는 말 아니에요. 도배나 할까 하고!"

"도배나 할까! 이것들은 말이야. 사장이라고 아무렇게나 말해도 되는 줄 아나 본데. 인건비 올릴 때도 그렇게 잔머리 굴리더니. 인건비 너들이 줘? 소비자한테서 받아서 주는 거 아니야? 가격 경쟁은 자신들이 파는 물건 가지고 하는 것이지 사람 품 가지고 해? 이젠 뭐 도배나 할까? 종일 일하는 게 얼마나 힘든지 알기나 해? 열심히 일해주는 거 고마운 줄은 모르고 뭐! 종이 팔아봤자 얼만데 둘이 일하면 24만 원? 니가 해보던가 인마! 그렇게 쉬워 보이면 직접 시공하던가 새끼야!"

발끈했던 소쿠리의 입가에 다시 조소가 번졌다. 얼굴 붉히지도 않는 냉담함, 화를 내는 것보다 더 무서운 것이다. 급히 석구의 팔을 의배가 잡고 당긴다.

"아침부터 왜 그러냐? 김 사장도 그냥 한 말이지 나쁜 마음 가지고 했겠냐?"

하지만 석구는 여전히 씩씩댄다.

"형님도 참. 내가 뭐 틀린 말 했어요? 같은 말이라도 '아' 다르고 '어' 다르다고 하는데 말을 해도 꼭 조렇게 싸가지 없이 하잖아요. 하루 이틀도 아니고! 그러니 화 안 나요?"

소쿠리가 짓던 조소에는 이유가 있었다. 의배의 손에 이끌려 몇 걸음 뒤로 끌려가는 석구를 보며 소쿠리가 말했다.

"돼지 키우다가 방 하나라도 좋으니 남는 일 있으면 달라고 하던 때가 어제 같은데 참 많이 변했지."

갈 때까지 간 상황이었다. 석구의 얼굴은 지금껏 보지 못한 표정으로 일그러졌고 싸움으로 이어지기 일보 직전이었다. 여전히 웃고 있는 소쿠리, 석구가 팔을 뻗으며 한 걸음 내디뎠다. 주먹질이라면 석구를 당할 사람이 없다. 하지만 세상이 주먹으로 해결이 될까, 홧김에 한 대 때리고 몇 년을 썩을 수도 있는데. 석구가 더 다가서기 전에 대호가 들고 있던 현장 풀 한 자루를 소쿠리에게 던졌다. 20kg에 이르는 풀 자루를 엉겁결에 받아 든 소쿠리, 하지만 소쿠리는 대호를 무서워한다. 다른 사람에겐 아무렇게나 말하면서도 대호에겐 말 건네는 것조차도 어려워하는 게 소쿠리다. 그렇지만 의배나 석구가 부르니 볼 수밖에 없고 그렇다고 대호는 데려오지 말라는 말도 할 수 없는 일이었다. 처음 보는 대호의 행동 앞에 소쿠리가 더 눈치를 살핀다. 하지만 대호는 더 이상의 말 없이 평소처럼 석구를 향해 한마디할 뿐이다.

"물건 안 챙기나?"

사람은 다르지 않다고 생각했다. 하지만 도배하며 대호가 느낀 것은 돈과 지위라는 것이 사람을 변하게 한다는 것이었다. '일을 해주어서 고맙습니다'가 아닌 '일을 주니 고마워해야 한다'는 생각이 앞선다는 것으로 그렇게 사람의 마음이란 간사한 것이었다. 석구가 소쿠리에게 화를 내었던 것도 같은 맥락이었다. 오랫동안 알고 지낸 사이기도 했지만 갈수록 거만해지는 태도에 화가 났던 것이다. 또한 소쿠리가 없더라도 밥벌이 걱정 따윈 하지 않는다는 자신감도 한몫했다. 오래 일을 했고 거래처도 있고 사람도 알고 있으니까. 물건을 챙겨 현장에 도착하자 의배가 가방에서 소주부터 꺼내었다. 명환의 핀잔에도 아랑곳하지 않고 종이컵 세 개에 똑같이 따르더니 석구를 불렀다.

"석구야! 이리 와서 한잔해."

하지만 석구의 목소리는 아직 삐딱이다.

"안주는요?"

기대하지 않고 던진 말이지만 의배가 비닐 봉투에서 치즈를 꺼내 드는 것이었다. 놀란 석구가 다시 말을 이었다.

"그거 어디서 주웠어요?"

의배가 큰 눈을 더 동그랗게 뜨며 말한다.

"줍긴 어디서 주워! 어제 일 간 데서 얻었지."

그제야 웃음 지으며 석구가 앉는다.

"그럼 그렇지!"

치즈를 한 장씩 받아 들고 소주를 마신다. 떨리는 손으로 어렵게 비닐을 벗겨 치즈를 한입 문 의배.

"정우도 그렇고 석구도 그렇고 너무 기분 나빠하지 마. 담아두지도 말고. 그래도 우리한테 일 주는 곳이잖아."

"누가 그걸 몰라요? 하지만 그놈 그거 자꾸만 거만해지잖아요. 오늘 아침에도 하는 소리 봐요. 그게 할 소리예요?"

"그래도 어쩌냐? 솔직히 말해 둘이 하면 그만큼 돈 버는 것도 맞고. 니도 안사람과 같이하는 중이고."

의배의 말을 들으며 한 번에 소주를 마신 석구는 더럽다는 듯 한마디하곤 웃어 버린다.

"돈만 있으면 용인에서 제일 큰 가게를 차려 죽여 버릴 텐데 말이에요. 아들은 커가고 돈은 없고, 에이 시팔!"

의배의 말이나 석구의 말이나 대호의 생각과 다를 바 없다. 대구에서의 사건 후 사업은 자신과는 맞지 않는 것이라 생각했다. 또 도배하며 사는 것만으로도 만족스러웠다. 자신을 사랑해주는 선애도 있고 좋은 친구에 좋은 동료까지 있으니 무엇을 더 바랄까. 하지만 밑바닥에서 일만 하는 것이 아닌 새로운 것에 도전해보고 싶다는 생각이 조금씩 들기 시작했다. 시작한다면 조금이라도 젊을 때 시작하는 것이 나을 일이었다. 자신이 만일 사장이 된다면 소쿠리처럼은 하지 않을 것이라고 생각했다. 도움받은 이들 모두에게 마음을 다해 해줄 것이라고, 그렇게 하는 것이 사람이 가져야 할 마음이라고 대호는 생각했다.

"당신 왜 그래? 무슨 일 있어요?"

그날 저녁 생각에 빠진 대호를 향해 선애가 물었다. 하지만 대호는 말 대신 선애의 머리를 쓰다듬을 뿐이다.

"왜 그래? 방에 가고 싶어?"

장난스러운 선애의 말에 대호가 고개를 끄덕한다. 그 모습이 귀여워서일까, 어이없어서일까, 대호를 밀어내며 선애가 쏘아붙인다.

"됐네요. 어차피 하지도 않을 거면서! 당신만 한 목석도 없을 거야."

웃는 선애의 가지런한 이가 눈부시다. 자신의 무릎 위로 돌아앉는 선애, 대호는 그 허리를 꼭 안는다.

"니도 이제 꽤 무겁다."

"다 당신 때문이야. 당신 밥해주느라! 그래서 싫어?"

"아니. 예쁘기만 한데."

숨을 쉬는 움직임과 머리에서 나는 냄새가 코끝으로 전해진다. 그렇게 앉아 선애의 머리에 코를 대고 있노라면 자신도 모르게 잠이 들기도 했다. 잠이 들지 않았을 땐 요람을 흔들 듯 움직였지만 잠이 들면 몸은 멈추었다. 서로 말없이 한참을 있었다. 대호의 말을 기다리던 선애가 먼저 말을 꺼내 든다.

"당신, 사업해보고 싶은 거지?"

"……."

"예전부터 말했잖아. 난 당신이 좀 더 큰일을 하길 바란다고. 지금 당신 생각 마음에 들어. 마음이 있을 때 해. 두려워 말고!"

고개 돌려 보는 선애의 얼굴이 밝다. 마치 모든 준비를 해놓고 말을 기다리기라도 한 것처럼, 표정처럼 선애의 머리에는 계획들이 구상되어 있었다. 어디에서 할 것인지, 거래처는 어디와 할 것인지, 영업은 어떻게 할 것이며 사람은 누굴 쓸 것인지 등등 준비된 상태였다.

"지금이 기회야."

선애가 눈을 깜빡이며 웃는다.

선애가 봐놓은 사무실은 용인 사거리 코너에 있는 상가였다. 유동 인구가 많고 상권이 발달한 곳으로 세가 비싸긴 했지만 그만한 가치가 있다고 생각했다. 또 확신을 가지고 시작하게 된 것은 지어지고 있는 부근 아파트 단지 때문이었다. 아파트가 들어서기 시작하면 주위 주택들의 공사도 자연스레 늘어나게 마련이었다. 도배하며 알아두었던 영업 사원들을 통해 얻게 되는 정보도 많았다. 또 그동안 다진 인맥을 통해 앞으로 어떤 식으로 사업할 것인지에 대해서 설명한 후, 주위 지업사들보다 더 낮은 단가로 물건 받을 것을 약속받고 익숙지 않은 다른 분야의 좋은 업체와 좋은 팀들도 소개받았다. 진행은 일사천리였다. 의배네와 석구네가 사무실 도배를 하고 대리점 협찬을 받아 바닥 시공도 했다. 또 관련 업체에서 필요한 물품 등도 받아 매장 안을 채웠다.

그날부터 대호는 일을 다니지 못했다. 손님들이 견적을 의뢰하면 찾아가 견적을 내고 진행된 일을 관리하기에도 바빴다. 매일 새로운 일이 들어오는 것은 아니지만 큰 규모의 일이 끊이지 않고 들어와 처음부터 사무실은 쉬지 않고 돌아갔다. 전체적인 구조 변경 작업이 시작되면 마무리하는 데 짧게는 보름에서 길게는 한 달이 걸리기도 했다. 때로는 그보다 더 오랜 시간이 필요하기도 했지만 그런 일이 끝나고 나면 제법 많은 양의 돈이 통장에 쌓였다.

도배 일은 석구가 맡아서 하게 되었다. 일이 들어오면 석구에게 연락했고 석구가 알아서 진행하는 식이었다. 사무실을 열고 얼마 지나지 않아 고운지업사 소쿠리에게 큰소리치고 나왔다는 석구, 연락도 하지 말고 길 가다 만나더라도 아는 척하지 말랬다면서 대호를 향해 씩 웃었다. 대호의 사무실은 얼마 지나지 않아 용인에서 제일 바쁜 곳으로 발전해갔다. 종합 인테리어 개념을 들여왔고 하나부터 열까지 모두 직접 진행하기 때문이었다. 아파트 현장을 찾아 소장도 만나고 새로운 장비도 구입해 들였다. 특히 도배할 때 쓰는 풀칠 기계도 사서 석구에게 주었다. 이제 일일이 종이를 잘라 손으로 풀칠할 필요 없이 기계에 벽지만 걸어주면 알아서 풀칠이 되었다. 일하는 사람도 편하고 능률 면에서도 훨씬 향상되었다. 바닥재 시공이나 철거에 필요한 장비에서부터 욕실 공사와 확장 공사에 필요한 장비까지 구입하여 해당 기사들에게 사용케 했다. 그들 역시 도배공들처럼 여러 업체의 일을 함께 했지만 비싼 장비까지 준비해주는 대호네와는 차이가 나는 곳이었다.

대호도 그랬지만 선애 역시 일하는 사람들에게 야박하지 않았다. 우리 집 일을 하는데 얼마나 고마운 사람들이냐며 그렇게 지내야 서로 발전하는 것이라고 생각하고 있었다. 때문에 시공 기사들도 대호의 연락엔 기쁘게 달려왔고 일 마무리까지도 더 신경 써서 해주었다. 일이 늦게 끝날 땐 돈을 더 챙겨주는 것도 잊지 않았다. 그래서일까, 그들을 통해 소개받는 집도 상당수가 되었다. 사무실 이름은 선애와 정우의 이름을 따 '선우 종합인테리어'라고 지었다.

인테리어 간판이 올라간 지 6개월이 지날 무렵 대호의 사무실인 선우 종합인테리어는 인근 도시에서도 알 만큼 발전했다. 에버랜드로 이름을 바꾼 자연농원도 소쿠리와 거래를 끊고 대호에게 손을 내밀었다. 또 터미널 뒤편에 공사 중인 현대 아파트 세 동 336세대의 목공 작업과 새시, 그리고 도장과 전기, 도배 장판의 계약이 체결되었다. 시공 기한은 넉 달이고 착수금 20%에 중도금 30%, 공사 완료 후 잔금 50%를 지급한다는 계약이었다. 목공과 새시가 관건이었다. 두 공정이 끝나야 실내 작업이 가능하기 때문인데 무엇보다 목공 작업이 기초였다. 적어도 한 달 안에 100세대

이상의 목공 작업이 마무리되어야 했다. 100세대의 목공 작업을 한 달 안에 하려면 한두 팀 가지고는 되지 않았다. 적어도 배 이상의 팀을 가지고 쉼 없이 작업해야 하는데 다행히도 대호의 고정 목공팀에서 현장팀 세 곳을 소개시켜 주었다. 대호는 그 팀들과 일당이 아닌 도급제로 계약했다. 물론 몇 명이 해야 마무리가 되는지 계산한 다음 그에 해당하는 금액을 제시했다. 목공팀에선 환영이었다. 3일 걸릴 걸 더 열심히 해 이틀에 끝내도 되는 일이기 때문이었다. 그러나 품질 관리 측면에서 기존 팀의 인력을 세 곳으로 나누어 함께 보냈다. 그 팀의 오너는 30대 중반의 인물 좋은 재석이다. 대호는 재석이 마음에 들었다. 재석은 매우 성실했다. 그래서 대호는 재석에게 일적으로든 다른 무엇으로든 잔소리하거나 간섭한 적이 없었다. 그가 목공팀의 품질 관리를 해준다면 대호로서도 마음 편히 지켜볼 일이었다. 재석과 상의하여 필요한 자재를 아파트 현장으로 배송시키고 공사에 들어갈 준비를 마쳤다.

현장으로부터 착수금이 들어온 다음 날부터 목공 작업이 시작됐다. 착수금 20%면 한동안의 인건비는 충분했다. 그러나 자재비가 문제였다. 대호와 선애가 가진 돈을 다 모아보면 1차분 공사 대금은 가능하지만 그다음이 문제였다. 두 달 후면 중도금을 받으니 그동안 에버랜드와 기타 공사를 통해 최대한 자금을 모아놓는 것이 필요했다. 눈코 뜰 새 없이 바쁜 나날이었다. 석구의 도움이 컸다. 바쁠 땐 견적도 봐주었고 야간으로도 일을 해주었다. 선애는 수금 관련 일만 하기에도 정신이 없었다. 하지만 선애는 하나도 빠뜨리지 않고 해나갔다. 고의적으로 돈 안 주려고 머리 굴리는 집에는 직접 찾아가서 어떤 식으로든 돈을 받아내 왔다.

현대 아파트 현장에는 대호만 들어온 것이 아니었다. 대호가 맡은 것은 24평 아파트 세 동이었고 24평 아파트 한 동과 34평 아파트 세 동이 더 있었다. 그것은 대호가 아닌 다른 두 곳의 업체가 나누어서 공사했다. 아파트 현장만 전문으로 해오던 업체였는데 한 곳은 서울, 한 곳은 인천에 근거지를 둔 업체였다.

바빠야 시간이 간다는 말이 맞는 말이었다. 재석이 현장을 관리해주긴 했지만 자재 구매에서 일정 관리까지 대호 역시 눈코 뜰 새 없이 바빴다. 바람처럼 한 달이 지나갔을 때 목공 일은 처음 계획했던 것 이상의 진도를 나가고 있었다. 일주일에 2~3일은 야근까지 하더니 150세대 이상을 마무리 지어놓은 것이었다. 150세대에 해당하는 시공비를 지급하고 완불되지 않은 자재 값도 지급했다. 에버랜드 일과 바깥일이 많아 현금이 부족하지 않았다. 이 상태로 나간다면 중도금이 나오기 전의 결제에 있어서도 큰 어려움은 없을 것 같았다.

그 무렵 의배네가 자동차를 샀다. 열심히 일해 번 돈으로 현대 아파트도 분양받고 공부 잘하던 딸아이는 대학을 졸업하고 방송국에 취직이 돼 있었다. 차 좀 사서 놀러다니라고 하던 석구의 말에 무슨 돈이 있어 그러냐며 손사래 치던 의배네였지만 차를 사자 제일 먼저 태워준 사람 역시 석구네였다. 석구의 큰아들 웅이도 내년이면 대학에 가고 둘째 놈도 고등학생이 된다.

아파트 공사는 현대 아파트만 있는 것이 아니었다. 대단위의 아파트는 아니지만 구시가지 주변 여러 곳에서 아파트가 세워지고 있었다. 그것은 용인 구시가지뿐만이 아니라 수도권 일대가 모두 그러했다. 도로는 넓혀지고 에버랜드를 찾는 사람들도 점점 많아졌다. 들리는 소문에는 몇 년 후면 동탄이나 김포 쪽에도 새로운 신도시가 들어선다는 것이다. 남양주도 그러하고 분당과 강남 사이에 있는 마지막 노른자 땅이라는 판교도 개발 말이 나오기 시작했다.

대호의 건강을 염려한 선애는 아침저녁으로 보약을 준비해 주고 식단에도 더 신경을 썼다. 그리고 대호에겐 사업에만 전념할 수 있도록 현장 외의 모든 일은 모두 자신이 해결해갔다.

"우리 당신 힘들어서 어떡하나?"

현장 일을 마무리하고 사무실로 들어서는 대호를 보며 선애가 다가와 안으며 하는 말이다.

"많이 힘들지? 내가 뽀뽀해줄까?"

선애의 애교에 기분이 좋음에도 애써 무덤덤한 척하는 대호다.

"뽀뽀는 무슨! 사람들은?"

"다 끝났어. 웅이네가 저녁 같이 먹제. 당신 너무 힘들게 일하는 것 같다면서, 그럼 밤에 힘 못 쓴다면서 시팔하던데."

그러고 보니 아파트 현장을 맡으면서 석구를 본 지도 제법 되었다. 어쩌다 잠깐 얼굴 보는 것이 전부였으니, 하지만 대호에겐 선애가 더 걱정이다.

"니는 괜찮나?"

"내가 뭐?"

"……."

선애는 대호의 팔을 잡고 의자에 앉히며 웃는다.

"그냥 말해라. 뭐 그래 쑥스럽다고! 내 피곤하지 않냐는 말이잖아!"

"……."

"바보. 그런 거 표현 좀 하면 안 돼?"

눈 깜빡이는 선애를 보며 대호가 웃음 짓는다. 변함없이 사랑해 주는 사람, 하지만 다정다감한 말이 쉬이 나오지 않는다.

"오늘은 오랜만에 외식이나 할까?"

"외식? 밥을 왜 밖에서 먹나? 돈 아깝게! 당신 준다고 소뼈도 우려 놓았는데!"

"그냥 니 피곤할까 봐 그런 거제."

"그래도 내가 걱정되기는 하나 보지?"

또 눈을 깜빡이는 선애는 대호에게 묻는다.

"당신 나 많이 사랑하지?"

"……."

"나 사랑하냐고?"

사랑하냐며 묻는 선애의 얼굴이 예쁘다. 하지만 사랑한다는 말은 쉬운 말이 아니다. 자신을 빤히 보고 있는 사람, 괜히 퉁명스럽게 쏘아붙인다.

"괜찮냐고 물어봤으면 된 거지 뭘 자꾸 그렇게 묻고 있노?"

집까지의 거리 걸어서 10분, 선애는 퇴근 시간이 제일 즐거웠다. 대호와 손을 잡고 걸을 수 있는 시간이기 때문이었다. 대호를 만나고 얼마 후 자신의 집 앞 강가에서 고구마를 구워 먹던 일이 선명하다. 말은 퉁명스러워도 껍질을 까서 주던 사람, 추운 겨울이 와 거리에서 파는 군고구마를 사더라도 손 뜨거울까 '호호' 해서 줄 사람, 그것이 대호였다. 곁에 서서 함께 걷는 선애를 대호가 본다. 물에 젖은 화장지처럼 허물대는 한지를 소쿠리 앞으로 가져가던 선애의 모습이 또 보인다. 선애가 없었으면 어떻게 살았을까? 사랑 한다는 말 내뱉진 못해도 사랑하는 건 분명한 사실이다.

피곤해서였겠지. 집에 도착하자마자 잠이 든 대호는 꿈을 꾸었 다. 선애가 살던 남동 집 앞의 개울가에 하얀 눈이 있었다. 선애와 손을 잡고 걸어가고 있는 저만치 앞에 사춘기를 지난 듯한 젊은 남자 하나가 바위 위에 앉아 있었다. 아무 말 없이 하늘을 보고만 있는 남자는 두 사람의 발걸음 소리도 듣지 못하는 것 같았다. 볼 이 발갛게 변해 있는 사람, 스물 남짓한 청년, 선애가 불렀다.

"이봐요? 여기서 뭐 해요?"

그때야 청년이 돌아보며 말했다.

"하늘을 봐요."

"하늘에 뭐라도 있어요?"

"그냥 보고 있어요. 저는 지금 기다리는 중이에요."

"기다려요? 누굴요?"

"그런 사람이 있어요."

대호가 옆으로 다가가며 다시 말을 걸었다.

"그래도 춥다. 집에 들어가서 기다려라. 감기 든다."

청년이 대호를 향해 고갤 돌렸다. 하지만 청년은 말을 하지 않았 다. 그냥 대호를 바라만 볼 뿐!

현장 일을 책임지고 맡아주는 재석은 여수가 고향이다. 생활력이 강했고, 그만큼 성실했다. 계산적인 면이 약간은 있어 보였지만 사람이란 완벽할 수 없는 법, 대호는 그만하면 감사할 일이었다. 그래서 대호는 재석에게 직원으로 생활하면 어떻겠냐는 말을 했다. 현장 일은 한 달 내내 일할 수도 없고 돈이 잘 모이지도 않는다는 것을 대호도 재석도 알고 있었다. 기본급 250만 원에 명절 보너스는 별도로 준다는 조건에 재석은 흔쾌히 승낙했다. 재석이 가지고 있던 오래된 화물차는 폐차를 시키고 1톤 화물차 하나를 새로 사주었다. 재석은 기분이 좋았다. 친구들이 회사 다니며 받는 월급이 그에 훨씬 미치지 못하기 때문이었다. 250만 원이면 적지 않은 돈이었고 일당 받는 것보단 돈을 모으기에도 훨씬 수월할 일이었다.

현대 아파트 남은 일정에 관한 것은 재석에게 맡기고 대호는 선애가 권유한 대로 인근 아파트 현장을 다니며 소장들을 만나기 시작했다. 물론 공사를 딴다는 것이 그리 쉬운 일은 아니었다. 기존 거래처가 있고 금액이 큰 공사라 요구하는 것도 많았으며 또 자칫 잘못 견적을 넣게 되면 큰 손해를 볼 수도 있는 일이기 때문이다. 하지만 주눅들 필요는 없는 일이다. 거래를 트지 못한다고 사무실 운영에 지장이 있는 것도 아니니까. 그런 이유에서일까, 선애는 대호의 주머니에 항상 돈을 두둑하게 넣어주었다.

"필요할 때 아끼지 말고 써. 밥 먹고 계산하는 거 눈치 보지 마. 없어 보이는 행동하지 마. 사람들은 말이야, 자기보다 잘났다고 생각하는 사람에겐 함부로 하지 못하는 법이야. 당신이 만만하게 보이는 순간 게임은 끝나는 거야. 그러니 고개 들고 생활해야 해."

선애의 도움으로 도배하며 제법 많은 돈을 저금하였고, 사무실을 열어 기대 이상으로 영업이 되었다. '돈은 이렇게 버는 거구나!' 하는 생각이 들 정도로 많은 공사를 했고 수익을 올렸다. 새로 단장한다는 에버랜드 공사만 해도 한 달 벽지 값만 3~4천만 원이 넘을 정도로 일이 바빴다. 그 정도의 공사면 바닥재도 만만치가 않았다. 조금 큰 공사 하나만 해도 2~3천만 원은 훌쩍 넘어갔다. 하루 열 명 가까운 도배공들이 상시 거주하다시피 사무실을 통해 일을 나갔고, 바닥재 기사와 타일공, 새시 기사, 목수들까지, 거기다 견적을 의뢰하는 소비자까지 사무실은 늘 사람들로 북적였다.

늘어나는 일 양에 사무실로부터 50미터쯤 떨어진 곳에 사무실 겸 창고로 쓸 상가를 하나 더 얻었다. 작업에 필요한 연장과 자제를 보관했고 관리는 재석에게 맡기었다. 무슨 공사를 하든지 공사 금액의 10~20%가량은 부자재가 차지했다. 부자재라는 것은 주재료 외의 것으로 도배를 예로 들 경우 벽지 이외의 것을 의미하는 것이다. 풀이 있고, 본드, 실리콘이 있으며 거친 벽과 벽지 사이를 띄어주는 시공 방식에 사용되는 부직포나 초배지, 그리고 시멘트와 페인트 면에 그 독성을 녹이는 역할을 하는 약품에 이르기까지 들어가는 부자재가 매우 다양했다. 그것은 도배뿐만이 아니라 모든 작업에서 마찬가지였다. 물론 공사비에서 물건값이 차지하는 비중이 약한 도장 공사의 경우는 예외라고 할 수도 있지만 약간씩의 차이가 있을 뿐 발생하는 부자재는 그 관리도 매우 중요한 것이었다.

IMF가 터지며 많은 사람이 직장을 잃고 거리로 나왔다. 1년 전엔 외채를 갚겠다며 금 모으기 운동이 펼쳐졌고 대학을 나와도 취직이 되지 않았다. 노숙자로 전락하는 사람들, 부도나서 도망 다니는 사람들, 사회는 온통 먹고살기 위한 전쟁터였다. 때문에 인테리어 관련 일을 배우려는 젊은 사람들이 늘어나는 진풍경이 발생했다. 예전 같으면 나이 든 사람들이나 한다는 일을 20대의 젊은이들이 뛰어들어 시작한 것이었다. 여자의 몸으로 도배를 배우는 사람들도 늘어났고, 사무실을 지키는 선애 앞으로 찾아와 일거리를 달라는 사람들도 하루 서너 명이 넘었다. 석구가 도배 쪽 일은 맡아서 해주었지만 때로는 사람을 구하기 힘들어하는 모습에 선애는 찾아온 사람 중 몇 명을 더 쓰기로 했다.

상희라는 사람과 복진, 그리고 충렬이 그들이었다. 나이는 복진이 한 살 많았지만 상희가 맞먹는 바람에 친구가 된 사이였다. 하지만 충렬은 복진에게 이름을 부르지 못하고 누나라 불렀다. 상희를 만나기 전부터 그렇게 지내왔기 때문이었다. 상희는 육군 장교 출신으로 용인에 거주했으며 복진과 충렬은 수원에 살며 단짝으로 일했다. 일찍 도배를 시작한 나이 든 사람들은 경험은 많으나 나중에 시작한 사람들에 비해 일 마무리가 깔끔하지 못한 면이 있었다. 또 하루에 소화해내는 일 양 역시 따라가지 못했다. 그래서 선애는 기존 사람들과 새로운 사람들을 함께 꾸려 팀을 만들었다. 그것은 석구도 찬성한 일이었다. 사람들이 더 필요할 땐 용인에서 일하던 사람들만으로는 한계가 있어 상희나 복진의 도움을 받아야 했다. 특히 상희는 술을 좋아해 나이 든 사람들과 어울리는 것이 한결 쉬웠다. 말이 너무 없다는 것이 조금 아쉽긴 했지만 그것이 그의 매력이기도 했다. 말이 많은 사람은 실수가 많고, 내 앞에서 남 욕하는 사람은 다른 곳에 가서 내 욕을 하는 법이다. 말 많은 사람, 말 함부로 하는 사람을 싫어하는 것은 대호나 선애나 모두 마찬가지였다.

현대 아파트 공사는 두 달이 지나면서 한 달 전부터 투입된 새시 팀이 빠른 속도로 창문 공사를 마무리하고 있었다. 그리고 연이어 투입된 도장팀에서 도장을 시작했다. 이제 현대 아파트에도 도배 팀이 투입될 차례였다. 보통 같으면 한 세대당 세 사람이 적정 인원이지만 현장 특성상 그렇게 할 순 없는 일이었다. 아파트 도배를 맡은 상희는 현장에서 알고 지내던 기사들과 보조 기사들을 불러들였다. 보조 기사들에게는 밑 작업과 심부름을 시켰고, 밑 작업이 끝난 곳부터 기사들이 정배를 해나갔다. 늘 같은 일을 하게 되기에 속도는 점점 붙어갔다. 대호는 예전에 다짐했던 대로 다른 팀을 불러 줄타기를 시키는 방식은 택하지 않았다. 그것은 아주 야비한 것으로 사람으로선 할 짓이 못 되는 방식이었다. 상희는 일반적인 투입 인력에 비해 20~30% 그 인력을 줄여나가 주었다. 그 인력으로 남은 두 달 안에 일정을 끝내는 것에 자신을 두었다.

대호는 여러 사람의 도움으로 큰 어려움 없이 일을 진행해갔다. 그리고 그 안에 새로운 일도 하나 더 맡을 수 있었다. 그것은 역북동에 위치한 보성 아파트 두 동이었다. 그곳은 30평대와 40평대의 비교적 넓은 평수의 아파트로 용인 구시가지가 발전이 된다면 중심에 설 위치에 자리 잡은 아파트였다. 물론 바로 시작하는 것은 아니었다. 아직 아파트 기초 뼈대 공사가 마무리되지 않았고 두세 달 후 건물이 다 올라가면 두 동에 대한 시공을 하게 되었다. 조건과 일정은 현대 아파트와 별반 다르지 않았다. 다만 보증금 명목으로 10%를 입금해야 했지만 각 공정이 끝날 때마다 입금이 되고 공사가 끝난 후 예치한 10%까지 전액 결재를 한다는 조건이었다. 보증금은 착수금만 받고 잠적하는 것을 막기 위한 수단이기도 했다.

여름이 깊어가고 있었다. 사무실과 아파트 현장과는 걸어서 10분이 채 되지 않는 거리였다. 도배했던 대호는 도배공들이 일하는 모습을 지켜보고 있었다. 1층에 자리 잡은 기계 방에선 계속해서 풀 칠된 벽지가 올라갔고 일을 배우기 시작한 보조 기사들이 땀을 흘려가며 벽지를 나르고 쓰레기를 치웠다. 막 풀칠된 벽지가 올라왔을 때 늘 사무실을 지키고 있던 선애가 출입문을 열며 들어서고 있었다. 선애는 대호를 향해 손을 흔들고는 사람들을 불러 모았다.

"잠시 쉬었다가 하세요. 아이스크림 사 왔어요."

아이스크림이라는 말에 제일 먼저 고개를 내밀고 나오는 이는 용길이었다. 그는 오산에 사는 사람으로 일한 지는 얼마 되지 않음에도 말로는 30년 된 사람보다 더 능청맞았다. 그 역시 상희의 친구였다. 상희는 그런 그에게 '말은 삼십 년'이란 별명을 지어주었다. 용길이 나오며 선애를 향해 말했다.

"이제 사 오면 어떡한대요?"

"예?"

선애가 무슨 말인지 몰라 되묻자 용길이 그랬다.

"우린 벌써 다 먹었는데."

"정말요?"

"지금 시간이 몇 시에요? 한 시가 다 됐는데…… 당연히 점심 다 먹었죠."

선애도 지지 않았다.

"이거 아이스크림이거든요."

"아! 전 또 점심 먹으라는 줄 알고. 다시 일하러 가야겠네요."

용길은 연장 가방을 풀어 내렸다. 그때 방 안에서 키 작은 아줌마 하나가 나오며 용길에게 말했다.

"먹었으면 안 먹으면 되는 겨!"

그녀는 '연수'라는 사람이었다. 혼자 아이 둘을 키우는 사람으로 수원에서 살고 있었다. 그녀 역시 생활력이 강한 사람이었다. 작은 체구에도 일하는 것은 당찼고 어지간한 남자와 시비가 붙어도 지지 않을 사람이었다. '다리가 짧아'라는 별명을 가진 그녀는 도배하기 전 청소를 했다고 했다. 한 번은 건물 바닥에 위치한 물탱크 청소를 하려고 내려갔는데 위에서 공사하던 사람이 그것을 모르고 뚜껑을 닫아버렸다는 것이었다.

"누나는 어디 갔다가 온 겨?"

용길이 말하자 연수가 그랬다.

"니는 지금 뭐 하는 겨? 아까 그 방에 들어가서는 아직도 거기 있는 겨? 환장 하는 겨! 일을 하겠다는 겨, 말겠다는 겨?"

"또 시작이네. 그만 좀 싸워! 맨날 싸우기만 해?"

눈이 큰 용철이다. 그 역시 용길과 같이 오산에 있는 사람으로 목공도 했던 사람이다. 한 번은 친구들과 어울려 술을 먹고는 집으로 돌아갔는데 다음 날 아침 눈을 뜨니 눈 주위가 너구리처럼 되어 있었다는 사람으로 '동네 호구'라는 별명을 지닌 사람이다. 매사에 신중한 상희는 마지막으로 방에서 나왔고, 긴 머리 찰랑찰랑 복진은 아이스크림을 까서 충렬에게 건네주었다.

"저도 그렇고 오빠도 그렇고 우리도 예전에 도배를 했어요. 요즘 안 해서 그렇지. 우리도 일 잘해요."

대호에게 아이스크림을 까주며 하는 선애의 말에 용길이 나섰다.

"봐야 알죠."

그러자 연수가 용길에게 말했다.

"너보다 못하는 사람은 없는 겨!"

"누난 왜 나만 갖고 그러는 겨?"

"내가 언제 너만 가지고 그랬어? 이젠 귀도 먹었어? 보이는 것도 없지? 눈이 해태여, 롯데여?"

아무래도 용길은 연수의 적수가 되지 못하는 것 같았다. 그 모습 보고 웃던 선애가 다시 말을 이었다.

"다른 분들은요?"

상희가 장갑을 벗어 아이스크림을 쥐며 말했다.

"기계 방에 있고 밑 작업한다고 이 아래층에 있어요."

"그것도 모르고 여기 다 가지고 왔네. 드시고 계세요. 제가 내려가서 주고 올게요."

그때 연수가 용철을 향해 말했다.

"용철이 너 뭐 하는 겨?"

그러자 용철이 바로 대답했다.

"알았어, 누나! 내가 갔다 올게."

용철이 다가와 선애의 손에서 아이스크림 봉지를 잡았다.

"아니요, 제가 가면 돼요."

"사모님! 제가요, 동네 호구거든요. 여기 계세요. 제가 빨리 전해 주고 올게요."

그러면서 용철은 성큼성큼 걸어 나갔다. 선애의 눈에 일하는 사람들 모두 정다워 보였다. 그리고 재미있게 잘 짜인 팀처럼 여겨졌다. 선애는 대호 옆으로 다가가 이마며 얼굴에 맺힌 땀을 닦아 주었다.

"당신은 아무 일도 안 한 거 같은데 땀은 혼자 흘리는 것 같아. 이래 비실해가지고는!"

"그러게. 나도 삼십 대 때는 안 그랬는데……."

"말은! 어쨌든 무리하지 말고 해. 몸 생각하고. 혼자 몸 아닌 거 알지?"

그때 용길이 다시 나섰다.

"어휴 추워! 이거이거 닭살 돋는 거 봐."

사람들 모두가 웃었다. 그 모습 보며 새침데기 같은 복진이 충렬에게 등을 돌리며 어깨를 주무르라고 했다.

"사장님은 이제 들어가세요. 여기 있으면 덥기만 하죠 뭐. 사장님이 들어가셔야 우리도 편하거든요."

담배에 불을 붙이며 상희가 하는 말이다.

"하기는 사장이라고 이래 있으면 불편하제. 마치고 술 생각나거든 말하고."

그러자 충렬이 바로 대답했다.

"콜!"

"야! 넌 술도 못 마시면서 무슨 콜이야? 그리고 차는?"

복진이 충렬을 돌아보며 말하자 충렬이 대답했다.

"대리 있잖아."

"누구? 나?"

충렬이 고개를 끄덕였다. 모두들 성실하고 착한 사람들이었다. 그들 말에 의하면 '청학동'이란 별명을 가진 사람도 있다고 했다. 꽁지머리에 백고무신을 신고 뒷짐 지고 다니는 도배공인데 공중부양까지 한다나. 물론 그것은 용길의 말이라 100% 신뢰할 수는 없었다. 선애는 사람들이 있든 없든, 또는 보든 말든 대호와 함께 있을 땐 늘 대호의 옆에서 팔짱을 끼고 있었다. 흰머리가 듬성듬성하고 주름살이 찾아들기 시작한 그녀이지만 대호를 향한 마음만큼은 젊은 사람들이 느끼는 감정이나 별반 다르지가 않았다.

"사장님은 좋겠습니다, 저래 좋은 분과 결혼하셔서……."

맞는 말이다. 대호에게 있어 선애는 자신을 지켜준 천사와도 같은 사람이었다. 그러나 그것은 사적인 이야기, 대호가 도배 팀원들을 보며 약속 하나를 했다.

"이 공사 끝나면 1박 2일 야유회 보내드릴 테니 힘들어도 고생 좀 해주이소."

사람들 모두 박수하며 좋아했다. 아파트 현장에서 일한다는 건 힘든 일이다. 일 양도 많이 소화해야 하고 매일 똑같은 일을 반복한다는 게 쉬운 일이 아니었다. 그럼에도 큰 불만 없이 해주는 사람들이 대호나 선애로서는 고마울 따름이었다. 무엇보다 잘 이끌어주는 상희가 고마웠고, 멀리서 출퇴근하면서도 힘든 내색하지 않고 해주는 사람들 모두가 고마웠다. 1박 2일 야유회쯤은 아무것도 아니었다. 여건이 허락한다면 더한 것도 해주고 싶은 것이 대호의 마음이었다.

그 무렵 용인에선 용인 택지 지구 개발이라는 정책이 세워졌다. 8개 권역으로 구역을 나누었는데 가장 규모가 큰 곳은 수지 지구였다. 이미 대단위 건물이 곳곳에 들어서고 있던 그곳은 분당과 용인 수원 사이에 위치한 곳으로 분당에 버금가는 관심을 모으고 있는 곳이었다. 정보에 빠르고 자금 능력이 있는 사람들은 이미 싼 값에 토지를 매입하여 되팔기를 했다. 어제 삼십만 원 주고 산 것이 오늘 백만 원이 되기도 하는 것이 개발을 앞둔 곳의 실정이었다. 그렇다고 모든 사람이 다 그렇게 돈을 벌 수는 없었다. 가진 사람들이 할 수 있는 일이었고, 정작 원주민들은 자신들의 땅을 내어주고 그곳이 아닌 좀 더 멀리 떨어진 변두리로 이사 갔다. 사람들은 점점 부동산을 통한 재산 증대에 관심을 가지기 시작했다. 열심히 일해 번 돈으로 전세를 가고 집을 사는 것이 아닌 대출을 내서라도 집부터 사야 한다는 생각을 가지기 시작했다는 이야기다. 신도시에 사나 변두리에 사나 누워 자고 지내는 건 똑같을 테지만 사람들은 흐름을 쫓을 수밖에 없었다. 그렇게라도 하지 않으면 집값이 급등하는 현실에서 집과 점점 멀어질 수밖에 없는 일이었다.

선애 역시 부동산 쪽에 관심을 가지기 시작했다. 전남편의 부동산 사무소에서의 경험이 있어 자연스레 생기게 된 관심이기도 했다. 하지만 수지 일대의 땅을 대규모로 매입하는 것은 현실적으로 힘든 일이었다. 그만한 자본력도 되지 않았고, 특히 그 분야에 대한 전문적인 지식이 없었다. 그래서 선애가 생각한 것은 급매물이나 신규 아파트 분양이었다. 한 번에 큰 금액의 돈을 벌 수는 없겠지만 시간을 갖고 투자한다면 비교적 안정적이고도 괜찮은 수입을 올릴 수 있을 것이라 생각했다. 현대 아파트 공사만 끝나면 보성 아파트 공사를 위한 자금을 두고도 건물 두어 채는 살 수 있을 것이다. 돈을 벌면 더 늦기 전에 하던 사업을 정리하고 호젓한 곳에서 가든을 차릴 생각이다. 영업에 구애받지 않고 여유를 가지고 살 수 있는 삶, 상추도 키우고 강아지도 키우고 꽃밭도 가꾸는 삶, 여름이면 개울을 찾아 수박을 먹으며 대호와 얘기꽃을 피울 것이라 생각했다. 그렇게 살려면 돈이 필요했다. 가든을 차리고 궁색함 없이 살 수 있을 만큼의 돈, 선애가 바라는 것은 그것이었다. 그 금액이 얼마인지는 생각해보지 않았다. 그저 벌 수 있을 때 벌어 놓고만 싶을 뿐이었다.

석구는 한동안 일을 하지 못했다. 빌라를 사서 간 집 아래층 할머니 아들이 배를 타고 바다에 나갔다가 죽었기 때문이었다. 아래층 할머닌 남편 없이 홀로 아이들을 키워왔는데 이전에 아들 하나를 먼저 뇌출혈로 보낸 후였다. 대호도 그 할머니를 알고 있었다. 바둑알을 놓고 고스톱 치는 것을 좋아하는 사람으로 인심이 후덕한 분이었다. 아들을 대신해 장례를 치른 석구는 얼굴이 벌겋게 달아올라 대호의 가계를 찾아왔다. 숨 쉴 때마다 술 냄새가 풍기었지만 들어서는 석구의 얼굴은 평상시와 다를 바가 없었다. 소파에 털썩 앉으며 석구가 말했다.

"시팔! 술 먹다가 죽는 줄 알았네."

석구 앞에 커피를 내주며 대호가 말했다.

"애썼다."

"여기 오는데 난리도 아니더라."

"와? 뭔 일 있더나?"

"다리 건너 편의점 앞에서 아줌마하고 총각하고 싸우는데 시팔! 총각 머리 빠지는 줄 알았다 아이가. 그냥 잡고 흔들어 대는데 큭 큭큭! 털보야, 넌 제수씨한테 까불지 마라. 말려도 아무 소용없더라. 여자가 말이다. 승질 나면 호랑이보다 더 무서운기라."

씩 웃으며 또 말을 이었다.

"뭐 얻는 게 있다고 그렇게 싸우는지…… 죽으면 아무것도 아닌데 말이다. 안 그렇냐? 털보!"

가슴 주머니에서 담배를 꺼내 불을 붙이고는 깊게 한 모금 들이마셨다.

"사무실에서 담배 피운다고 뭐라 하지 마라. 이제 손님 안 올 시간이잖아."

"누가 뭐라 하더나. 괜찮다."

"제수씨는?"

"먼저 들어갔지. 요즘 바쁘다. 부동산 쪽 공부한다고 정신없다."

"참 대단하지. 좋은 색시 얻어서 좋겠다 너는!"

대호는 그냥 웃어 보였다.

"할매는 어떻노? 많이 울제?"

손가락에 끼운 담배가 볼 옆에서 연기를 뿜어내고 있다. 석구는 잠시 말없이 있더니 이야기를 이어갔다.

"세상에 말이다. 자식 먼저 보내는 것만큼 아픈 건 없는 기라. 핏줄이니까, 내가 낳은 핏줄이니까. 부모를 보내는 자식의 마음하고 비교되겠나? 어쩌면 부질없는 것이 삶인지도 모르겠다. 남편 없이 금이야 옥이야 키워놓았는데 몇 해 사이에 아들 둘 모두를 보냈으니 말이다. 그놈이 3년만 배 타고 온다고 한 거였어. 그래서 목돈 모으면 여기 와서 중국집 하나 차릴 거라고. 그럼 지 엄마 보고 일 안 해도 된다면서 웃으며 떠나갔던 기라. 추석에는 올까 설에는 올까, 그것도 아님 아버지 제사에는 올까 하고 기다렸지만 그놈은 집 떠나고 한 번도 오지 못했다. 연락도 되지 않았고. 그랬는데 첨으로 연락 온 것이 죽었다는 사망 통지였어. 환장하는 거지. 밑에 층 할머니가 늘 그랬어. 사람은 연어처럼 언젠가는 집으로 돌아온다고, 그렇게 된다고. 그리고 언젠가는 하늘로 돌아가는 것이라고. 그래서 산다는 건 부질없는 것이라고, 싸울 필요도 없고 미워할 필요도 없고 그저 흘러가는 강물처럼 순리대로 살아가는 것이라고. 근데 그런 할머니가 자식 둘을 먼저 보냈다. 그 말이 맞는 기라. 아무런 소용없다. 바동바동 살아봤자 죽을 땐 빈손으로 가는 것이고 무슨 일이 있을지 어떻게 알까? 그냥 마음 편하게 사는 게 최고지. 안 그렇나? 정우야!"

손가락에 끼워져 있던 담배가 재가 되어 바닥으로 떨어졌다. 그것을 본 석구가 손가락에 침을 발라 재를 찍어 올린다.

"시팔 한 모금밖에 못 빨았는데 다 탔네."

할머니가 가엽다는 생각이 다시 들었다. 그리고 자신 일처럼 팔 걷고 나서서 도와준 석구의 마음이 다시 한 번 고마웠다. 문상객들은 아마 옥련이 다 맞았을 것이다. 보지 않아도 뻔할 일이다.

"정우 아저씨 나무 다섯 개가 뭔지 알아요?"

"아뇨."

"오목요."

가난함 속에서도 서로를 믿고 의지하며 두 아이를 키워 온 석구네처럼, 어쩜 행복이란 그렇게 가까운 곳에, 아주 단순한 곳에 있는 것인지 모를 일이다. 그 생각에 빠져 있는 대호를 향해 석구가 전혀 예상하지 못한 말을 꺼내고 있었다. 그것은 재석에 관한 것이었는데 석구의 말투가 사뭇 진지했다.

"정우야."

"와?"

"그냥 해보는 말이니 너무 깊게 받아들이지는 말고 그냥 참고만 해라. 누굴 욕하려는 게 아니니까."

"내가 니를 모르나, 편하게 얘기해라."

하지만 석구는 선뜻 말을 꺼내지 못하고 한참을 있더니 긴 숨한 번 내 쉬고서야 말을 이었다.

"재석이 말이다. 너무 믿지 마라."

뜻밖의 말이었다.

"와 뭔 일 있었나?"

"앞에서 간 쓸개 다 빼줄 것처럼 하는 인간들이 나중에 뒤통수

치는 법인 기라. 내 것이 아닌 거 가지고 장난치는 사람은 가까이 두는 게 아니다."

석구가 돌아섰다. 대호도 더 묻지 않고 문을 열고 나가는 석구를 향해 말했다.

"조심히 가고. 내일 아침에 오고."

석구가 걸어가며 손을 들어 보였다. 재석을 두고 한 석구의 말을 조금은 이해할 것 같았다. 어떤 문제가 있는 것인지, 무엇 때문에 그런 말을 한 것인지 의도는 알 수 있을 것 같았다. 하지만 함부로 뭐라 할 수는 없는 일이었다. 잘못된 점이 있다면 시간을 두고 고쳐나가면 되리라 생각했다. 대호에게 하는 재석의 행동은 성실함 그 자체였다. 또한 자신의 말을 한 번도 거스른 적이 없었다. 하지만 석구가 말한 만큼 지켜는 봐야 할 일이었다. 적어도 석구는 함부로 남을 모함하고 험담할 사람이 아니었다. 자신이 당하고 손해를 보면 봤지 절대 그 반대의 경우에 서 있을 사람이 아니었다.

여러 사람의 도움으로 현대 아파트 공사가 차질 없이 마무리되었다. 잔금도 받았고 곧 보성 아파트 공사도 들어가게 되었다.

선애는 알아 둔 곳에서 집을 두 채 샀다. 하나는 경찰대학교 부근의 아파트였고, 하나는 삼가동의 오래된 단독 주택이었다. 아파트는 입주한 사람이 이자를 갚을 여력이 되지 않아 급매로 내어놓은 것이었고, 단독 주택은 노부부가 살다가 한 명이 죽자 남은 사람이 서울의 자식네 집으로 가며 내놓은 것이었다. 그 또한 시세가 보다 매우 저렴한 가격이었다. 선애가 그곳에서 집을 산 것은 그곳에 시청이 들어선다는 정보를 들었기 때문이었다.

용인은 에버랜드도 있고, 또 곳곳에 골프장이 많아 세금이 다른 지역에 비해 많이 거둬지는 곳이었다. 시가 넓어지고 인구가 많아지면 그만큼 공무원도 많아지는 법, 김량장동에 위치한 현재의 시청으로는 시정을 처리해 나가기에 무리가 따르는 일이었다. 대규모의 시청이 들어선다는 것과 그곳이 행정 타운으로 조성되어 경찰서와 우체국, 보건소 등이 함께 들어선다는 소문이 정보가 밝은 사람들의 입을 통해 조금씩 흘러나오고 있었다. 선애가 그 이야기를 들은 것은 아파트 현장 소장을 통해서였다. 소장의 조카가 시청 행정과에서 근무하는데 빠른 시일 내에 공고가 나고 공사가 들어가게 될 것이라는 것이었다.

손님들의 입과 입을 통해 소문이 나고 소개가 이어져 사무실은 쉴 새 없이 바쁘게 움직였다. 일하는 사람들 역시 움직인 만큼 더 많은 수입을 올렸지만 무리를 한 탓인지 의배가 한동안 자리에 눕고 말았다. 일주일가량을 집에서 쉬고 온 의배의 얼굴은 몰라보게 핼쑥해 있었다. 그리고 그 전처럼 일하지도 못했다. 3~4일 하면 하루 이틀은 쉬어야 했다.

한번은 운학리에 가서 물고기를 잡았다며 매운탕을 끓여 대호와 석구를 불렀지만 의배는 밥도 얼마 먹지 못했다. 무리해서 생긴 병이라고 생각했다. 그렇게 얼마간 쉬고 나면 다시 돌아올 것이라 생각했다. 하지만 의배는 좀처럼 나아지지 않았다. 그 때문인지 명환은 끝까지는 못해도 늘 흥얼거리던 노래를 부르지 않았다.

한 번 경험했기 때문인지 보성 아파트 공사는 이전 공사보다 한결 수월했다. 아파트 현장은 상희와 재석이 잘 관리해주었고 바깥

일은 석구가 책임지고 처리해주었다. 선애는 시간이 날 때마다 대호를 차에 태우고 수지 일대를 보고 다녔다. 그리고 인연이 있었던 건축업자들을 상대로 인맥을 키워갔다. 한 다리 건너다 보면 중요한 보직에 있는 사람을 만나게 되는 식이었다. 아침 일찍 일어나 밥하고 일하고 저녁 늦게까지 계획을 세우느라 선애의 일상 역시 눈코 뜰 새 없이 바빴다. 대호는 그런 선애가 염려스러웠지만 말린다고 들을 사람도 아니었다. 일이든 무엇이든 그녀가 원하는 대로 대호는 따라주었다. 그것이 선애에게 해줄 수 있는 대호의 배려이기도 했다. 변함없이 믿어주고 그녀가 하고자 하는 일을 열심히 함께해주는 것, 대호가 할 수 있는 유일한 일이기도 했다.

보성 아파트가 끝이 아니었다. 수지 지구에 들어서는 아파트 공사를 쉼 없이 받아내었다. 인력이 필요해 직원도 더 채용하고 마평동 운동장 부근의 3층 건물을 매입하여 1~2층은 세를 주고 3층엔 사무실을 열어 업무를 보게 했다. 사무실 관리는 선애의 몫이었다. 대호에겐 명목상의 대표 이정우라는 직책이 있었지만 대호는 그저 현장 관리를 맡는 것이었고 실질적인 사업 진행과 업무 처리는 선애가 해야 했다.

사무실 직원들은 건축이나 디자인을 전공한 사람들이었다. 대부분 사무실에서 내근 업무를 보며 가끔 현장을 찾아 공사 진행 상태를 체크했다. 물론 팀장은 재석이었다. 하지만 재석과 새로운 직원들과는 화합이 되지 못했다. 현장 출신인 재석에게는 전문적인 지식이 부족했고 사무실보다는 현장 일이 더 익숙해 있었다. 진행 상태를 회의한 결과를 재석에게 보고해야 했지만 대화 수준 자체가 맞지 않는 재석을 새로운 직원들은 멀리하기 시작했다. 심지어 어느 정도 시간이 지났을 때는 현장 상황을 재석에게 확인하기에까지 이르렀다.

"현장일 지금 어떻게 돌아가죠? 그렇게 해서 맞출 수 있을까요?"

재석은 가슴 속에서 울화통이 치밀었다. 마치 아래 직원에게 말하듯 얘기를 하는 직원들에게 큰소리라도 치고 싶었다. 하지만 그들에게 지시하기에 재석은 아는 것이 없었다. 그들은 자재 관리에서부터 재무 관리, 영업 업무까지 세밀하게 진행해나갔다. 재석은 이제 몰래 물건을 빼돌려 팔던 일마저 어렵게 되었다. 석구가 염려했던 말, 대호에게 말해주었던 것이 바로 그것이었다.

석구의 얼굴이 또 비통해져 있었다. 의배가 병원에 갔는데 식도암 말기라는 것이었다. 수술이 불가능하고 길어야 6개월, 불과 얼마 전에 집을 사선 좋아하던 사람, 딸아이가 좋은데 취직해서 차 살 때 얼마를 보태주었다며 또 자랑하던 사람, 그런 의배가 말기암 판정을 받았다. 석구는 그 사실이 믿기지 않았다. 대호도 마찬가지였다. 의배는 대호에게 석구와 같은 좋은 동료였고 친구였고 형이었다. 오토바이 시동이 걸리지 않을 때 뒤에서 밀어주던 의배의 얼굴이 떠올랐다. 밴 승용차 뒤 칸에 타고 낚시갈 때 그냥 타면 불편하다며 집에서 가지고 온 베개를 건네주던 사람, 장날이면 소주에 빈대떡을 나눠 먹고 어깨동무해서 집으로 향하던 사람이었다. 손 떨지 말라는 핀잔에도 "그랴!" 하며 웃던 사람이 6개월 시한부 삶을 판정받은 것이었다.

소식을 들은 선애 역시 충격이 컸다. 선애는 의배를 친오빠처럼 여기며 살아온 터였다. 하나뿐이지만 딸이라는 이유로 공부할 필요 없다며 학업을 그만두게 한 아버지, 그런 아버지를 감당하기 어려워 이혼한 어머니, 재혼한 어머니가 받아들여야 했던 피 섞이지 않은 두 명의 아이, 어머니의 자식이라는 이유로 그곳에도 당당하게 설 수 없었던 지난날의 기억, 책임감 없던 남편, 딴 여자랑 바람나 재산 빼돌린 사람, 청소하고 도배하고, 먹고살기 위해 몸부림쳤던 지난 세월, 이제 뭔가 이루어지려 하는데 마음속에 새겨둔 고마운 사람이 말기 암 판정을 받은 것이다. 정든 사람을 떠나보내야 한다는 현실은 인생의 아픔을 겪어본 사람에게는 누구에게나 똑같이 아픔으로 다가오는 법, 의배는 마음으로 사람을 대하고 얘기한 사람이었다.

입원한 의배는 얼마 지나지 않아 항암 치료와 방사선 치료에 들어갔다. 참전 군인답게 힘든 내색을 하지 않고 괜찮다는 말만 되풀이하며 치료를 받아갔다. 하지만 독한 항암 치료는 숨 쉬는 것마저 힘들게 했다. 머리카락과 눈썹이 빠지고 목에서 가래가 끓어도 큰 소리 내어 뱉지도 못했다. 백지장처럼 하얗게 변한 얼굴에 살이 빠져 뼈가 앙상히 드러난 얼굴, 곁을 지키는 명환도 힘든 건 마찬가지였다.

"이제 코스모스 피죠? 나 그 꽃 참 좋아하는데."

의배는 항암 치료를 일곱 번이나 받았다. 하지만 일곱 번의 항암 치료 후 병원에선 원하면 집에 가서 잠시 지내도 좋다고 했다. 그것은 살지 못한다는 것을 의미했다. 살지 못하니 정리할 것 있으면 하고 가족들과 시간을 보내라는 것이었다. 퇴원한 의배의 집에는 많은 사람이 다녀갔다. 누워 있다가도 사람들이 찾아올 때면 거실로 나와 흐트러짐 없이 꼿꼿이 앉아 사람들을 맞았다. 바다가 보고 싶다는 의배의 말에 석구가 차를 몰고 바닷가를 찾아주었다. 그곳에서 의배는 냉면이 먹고 싶다고 했지만 정작 냉면집에 갔을 때 그는 먹고 싶던 냉면을 얼마 먹지 못했다. 그 모습에 화가 난 석구가 소리쳤다.

"그러게 내가 옛날부터 뭐라고 했어요. 갈 수 있을 때 놀러도 다니면서 살라고 하지 않았어요!"

대호는 석구만큼 의배를 찾을 수는 없었다. 보성 아파트 공사가 끝난 후 이어진 수지 지구 아파트 현장과 그와 맞물려 부쩍 늘어난 에버랜드 공사 건 때문이었다. 몇 해 전에 개장한 캐리비언베이의 탈의실과 휴게소 등의 인테리어 공사와 외부 숙박 손님을 받는 힐사이드 호스텔, 그리고 에버랜드 직원 기숙사로 쓰이는 케스트하우스의 도배 장판 작업을 함께 진행해야 했기 때문이다.

에버랜드는 현장에 따라 야간 작업을 해야 하는 경우가 많았다. 관람객이 찾는 곳은 영업이 끝난 후에야 작업할 수 있었으며 무슨 일이 있어도 개장 전에 마무리가 되어야 했다. 기숙사 같은 곳은 야간 작업이 되지 않았다. 또 여자 기숙사의 경우는 남자 인부들이 마음대로 드나들 수도 없었다. 해결해야 할 것도 많았고 신경써야 할 것도 많았다. 에버랜드 시설팀에선 수시로 전화해서 문의했고, 지시받은 사항을 일하는 사람들에게 알려주어야 했다. 그렇게 에버랜드 일로 바쁜 나날을 보내던 중 의배가 다시 병원에 입원했다는 소식을 들었다. 호스피스 병동에 입원한 의배는 또 언제나 그랬듯 의연한 모습을 하고 있었다. 오래 잠에 빠져 있을 때가 많았고 때로는 한참 동안 호흡하지 않는 경우도 있었다. 그리고 어떨 때는 꿈을 꾸는지 희미한 목소리로 잠꼬대를 하기도 했다.

"쉬었다 혀. 누가 잡아가? 이리 와서 쉬었다가 해."

그 모습을 보는 명환의 얼굴에선 소리 없이 눈물이 흘러내렸다.

"먹고 싶은 거 없어요? 만나고 싶은 사람 없어요? 똥강아지 오늘도 오라고 할까요?"

하지만 의배는 그럴 필요 없다고 했다. 그곳에서 그리 오래 있지도 못했다. 크리스마스가 얼마 남지 않은 어느 날, 그는 숨을 거두었다. 눈을 감기 전 그가 마지막으로 남긴 말은 무의식 상태에서 뱉은 이것이었다.

"이제 쉬어야겠어. 남은 건 자네가 해주게."

명환을 두고 한 말이었다. 살면서 베푼 마음 때문인지 그의 빈소에는 많은 사람으로 북적였다. 아내인 명환과 딸아이의 마음보다야 덜 하겠지만 석구의 마음도 참 많이 아팠다. 하지만 석구는 장례가 끝나는 내내 아픈 마음 숨기고 찾아오는 문상객들을 모두 맞아주었다.

"털보야! 형님 저승 가서 거래처 많이 만들어 놔야 할 텐데······ 안 글냐?"

"살아서 도배만 하며 살았는데 거기 가서 또 도배하게? 그런 말 마라. 형님 식겁할 끼다."

"시팔, 배운 게 도둑질이라고, 나중에 우리 따라갔는데 진짜 그래 하고 있으면 환장하는 거지."

그렇게 말하며 너털웃음을 지어보였지만 대호는 웃는 석구의 눈에서 깊은 아픔을 느낄 수 있었다. 의배가 공원 묘지에 묻히던 날 바람은 잔잔했고, 하늘에선 따스한 햇볕이 내리고 있었다. 하지만 오열하는 명환과 딸아이의 아픔은 따스한 햇볕으로도 달래줄 수 없었다. 그리운 이를 보낸다는 것, 가족을 떠나보내야 한다는 것, 그것은 말로는 설명할 수 없는 아픔이었다.

　"아빠, 하늘나라에선 구름 타고 유람하며 살아. 아빠 제사 때마다 좋아하던 술 올려줄 테니 구름 타고 와서 먹고 가. 항상 우릴 보고 있겠지. 아빠가 있어서 행복했어. 많이 보고 싶을 거야 아빠."

　그해 겨울 얼마 남지 않았던 12월은 의배를 향한 그리움으로 지나가고 있었다.

　의배가 떠난 지도 5년이란 시간이 흘렀다. 별 의미 없는 것이지만 살인 사건 공소 시효도 지나갔다. 하지만 대호에게 달라질 것은 없었다. 신분을 숨긴 채 선애의 남편으로 살아가고 있는 이정우일 뿐이었다.

　사업은 나날이 발전했다. 공사도 꾸준히 이어졌고 부동산으로도 괜찮은 수익을 올려 갔다. 그 사이, 사고판 아파트만 열 채가 넘었다. 되팔 때마다 평균 30~40%가량의 투자 대비 수익을 올려 갔다. 그간 번 돈이면 호젓한 곳에 가든 하나 차리는 것은 일도 아니었다. 남는 돈은 은행에 넣어놓고 이자만 받으며 살아도 될 일이었다. 하지만 선애는 한 가지 욕심을 더 가졌다. 그것은 높은 건물 하나를 세우거나 인수하는 것이었다. 은행 이자보다는 임대 수입이 좋은 건 당연한 일, 건물이 있다면 또 가격도 올라갈 것이니 굳이 은행에 돈을 묶어놓을 필요도 없는 일이었다. 수지나 새로이 떠오르고 있는 동백 지구 등에 그런 건물 하나 세우고 싶어 했다. 물론 실현 불가능한 일도 아니었다. 가진 돈만으로도 20층 정도의 건물은 당장이라도 사거나 지을 수 있는 상태였다.

흘러가는 세월 따라 사람들의 방식도 바뀌어 갔다. 아직도 10년, 20년 전과 별반 다를 바 없이 사는 사람들이 있는가 하면, 물질적으로나 정신적으로나 한층 더 여유를 가지며 사는 사람들도 있다. 누워 잠들면 다 똑같은 것이라며 집이라는 것에는 별 관심 없던 석구도 빌라를 팔고 아파트를 샀으니까. 석구가 늘 부탁해온 것처럼 대호 역시 조금은 일에서 벗어날 생각이었다. 그래서 일주일에 한 번은 무조건 쉬기로 했고, 쉬는 날이면 선애와 함께 여행을 갔다. 돈이라는 것이 없을 때는 모으기 힘든 것이지만 어느 정도만 있으니 불려 가는 건 그리 어려운 것이 아니었다. 돈이 돈을 번다는 말처럼 가만히 놔둬도 이자는 붙고, 돈이 있기에 자재도 대량으로 싸게 매입하고, 돈이 있기에 딴 업체보다 싸게 견적을 넣을 수도 있는 일이었다. 선애는 대호와 함께 여행을 다니며 지나치는 풍경 하나도 놓치지 않으려 했다. 좋은 가든이나 찻집을 보면 꼭 한참씩 멈춰서 바라보곤 했는데 전망 좋은 곳을 볼 때에도 마찬가지였다.

"곧 우리 꿈 이루고 살 수 있을 것 같아. 내가 당신 숯불 관리인 시켜준다고 했지. 빨리 그렇게 살고 싶다. 우리 정말 열심히 살아온 거야. 안 그래요?"

선애는 생각했다. 사랑은 구속이 아니라고. 억지로 옆에 있게 할
수 있는 것이 아니라고, 머무르고 싶어 하는 마음을 줄 수 있는 것
이 사랑이라고, 그것은 그리움을 간직하며 사는 것과 같은 마음
이기도 했다. 상대의 행복을 빌어주고 그 모습을 보며 스스로 기
뻐할 수 있는 삶, 선애가 생각하는 사랑이었다. 10년을 넘게 살았
지만 첨과 달라진 것이 없는 선애였다. 겨울이 되면 꼭 군고구마
를 사서 껍질 벗겨 달라 했고, 여름이면 말하지 않아도 마음을 알
고 오이냉국을 시원하게 만들어 주었다. 하지만 시간이란 어쩔 수
없는 것이었다. 오십이 넘어버린 선애의 머리에는 흰머리가 늘어갔
고 투박하던 손은 더 거칠어져 갔다. 이제는 무리해서 일하지도 못
했고 신경이라도 많이 쓴 날이면 머리가 아파 약을 찾곤 했다. 하지
만 대호의 눈에 선애는 10여 년 전이나 지금이나 변한 것이 없었다.

젊은 시절 큰 사업체를 가진 사장이 되고 싶다는 생각을 한 적
이 있었다. 하지만 어느 순간 송충이는 솔잎을 먹어야 한다는 비
관 속에 살기도 했다. 그런데 선애를 만나 먹고사는 걱정 없이 20
층 건물을 살 수 있을 정도의 돈을 번 사람으로 살아왔다는 것이
행복하기만 하다. 변함없는 마음으로 사랑해주는 사람이 옆에 있
다는 것도 행복하기만 하다.

사무실 직원들도 바뀌는 일 없이 그대로 모두 근무해주었다. 그
중 두 명은 결혼했고 한 명도 결혼을 전제로 사귀는 사람이 있다.
혼자 현장 일에 고생하는 재석을 위해 재석을 도와줄 젊은 직원도
한 명 더 뽑았다. 하지만 재석과 사무실 직원들과의 사이는 좀처
럼 가까워지지 못했다. 겉으로는 별문제 없이 지내는 것 같았지만

속으로는 두 편으로 나뉘어 지내는 것이 분명했다. 새로 뽑은 직원은 재석이 현장 일을 하며 알게 된 같은 고향 출신의 우혁이라는 사람이었다. 하지만 대호는 그가 어떤 성격을 가지고 있는지 알지 못했다. 석구가 재석을 조심하라고 했지만 대호는 그런 마음을 가지지 않고 대해 주었다. 적어도 자신에게는 너무도 충실한 직원이기 때문이었다. 또 재석이 원하는 사람을 직원으로 뽑아주는 것이 재석에게 좋을 것이라는 생각만 했다. 우혁 역시 인사성이 밝고 사람들도 잘 대하고 늘 웃는 얼굴로 생활했다. 의심이란 하면 할수록 늘어나는 것이었다. 석구의 말을 신뢰하지만 그렇다고 보지 않고 사람을 함부로 의심하고 싶지는 않았다. 무엇보다 재석이 없다면 대호로선 그 많은 일을 혼자 감당하기가 쉬운 일이 아니었다.

의배가 죽고 5년이란 시간 동안에도 대호의 주위에선 많은 일이 일어났다. 의배처럼 술을 좋아하던 재철이 갑자기 세상을 떠났고, 젊은 사람들이 도배하며 거래처를 얻어가자 일거리가 줄어든 영길은 강원도의 산을 찾아 나무를 베고 심는 공공 근로를 시작했다. 혼자 남자아이를 키워오던 병우는 아이가 고등학교를 마치고 아르바이트를 하던 중 낙상 사고로 사망하는 일까지 벌어졌다. 그 충격으로 병우는 도배에서 손을 떼고 오랜 시간 정신과 치료를 받아야 했다. 용인 도배공들도 두 편으로 나뉘게 되었다. 오십을 넘고 육십을 넘긴 기존 사람들과는 달리 새롭게 시작한 이삼십 대의 젊은이들이 자기들만의 모임을 만든 것이다. 정식 명칭은 없었지만 가칭 솔로 모임으로 통하는 무리였다. 젊어 손이 빠르고 많은 일을 쉽게 해나갔다. 모임이라는 것이 별것일까? 친목을 도모한다는 측

면도 있겠지만 같은 일을 하는 사람들과의 모임이라면 거기엔 모임 가진 사람들끼리 뭉쳐서 일하자는 계산도 밑바닥에 깔려 있는 것이다. 또 일해야 돈을 벌 수 있는 특성상 말도 많고 탈도 많은 것이 도배공들의 세계이기도 했다.

하나둘 떠나가고 다시 나타나는 사람들, 점점 더 까다로워지는 소비자들, 대호에게도 조금씩 회의감이 찾아들고 있었다. 소비자들은 인터넷을 이용해 물건값을 파악했고 공사 대금 깎으려 사소한 것으로도 꼬투리를 잡았다. 또한 당장의 이익에 눈이 멀어 세 명이 해야 할 일을 둘이서 끝내주는 미련스러움 속에 견적은 싸지고 일 양은 늘어 갔다. 어느 순간 대호에게도 조용히 살고 싶다는 바람이 들기 시작했다. 선애의 말처럼 건물 하나 사서 임대료 받으며 호젓한 곳에 가든 하나 열어 살면 어떨까 하는 생각. 물론 첨부터 건물을 살 필요도 없다. 돈만 있으면 건물은 언제든 살 수 있는 것이니까.

"당신 마음 가는 대로 해. 난 언제든 찬성이에요."

사무실은 재석에게 맡겼다. 하지만 선애는 사무실 직원 중 한 명에게 자재 입출고 관리를 하게 하고 또 다른 직원에겐 개인별 일지 외에 당일 회사 현황 일지를 작성케 했다. 중요한 사항은 석구에게 연락해 진행하라는 것도 빼먹지 않았는데 그 정도면 대호나 자신이 없더라도 회사 운영에 큰 차질은 없으리라 생각했다. 재석에게 사무실을 맡겼다고는 하나 선애 자신이 아주 사무실에 발걸음하지 않을 것도 아니고 무엇보다 석구와 옥련이 있어 든든하였다.

선애가 인수한 가든은 대호가 처음 용인에 왔을 때 머물렀던 묵리에 위치하고 있었다. 묵리 저수지를 지나 자동차로 5분쯤 가다 보면 코너 오른쪽에 있는 건물로 뒤편으로는 계곡이 있고 앞으로는 꽤 넓은 정원과 원두막 네 개가 있는 건물이다. 또 옆으로는 작은 텃밭이 있어 상추며 감자, 고구마 등도 키울 수 있는 장소였다.

가든 이름은 새하얀 가든으로 정했다. 스테이크 종류와 음료 위주로 메뉴를 꾸려 선애가 말했던 숯불 관리는 필요치 않았다. 선애가 요리하고 대호는 매장 관리에서부터 환경 정리 등의 일을 했다. 첨 시작하는 것이라 준비할 것이 많았지만 인테리어 사업만큼 힘들지는 않았다. 수금 때문에 머리 쓰지 않아도 되고 까다로운 취향에 맞추느라 속이 새까맣게 탈 일도 없었다. 손님이 원하는 음식 해주고 쉬었다가 갈 수 있는 분위기를 만들어주면 되는 일이었다. 대호는 시간 날 때마다 텃밭에서 채소를 키우고 꽃씨를 뿌렸다. 창문을 통해 보는 선애의 표정에도 미소가 번졌는데 손님이 없을 땐 맛난 음식을 만들어 나오곤 했다. 첨엔 가든과 원두막, 텃밭이 전부였지만 1년이 지나고 2년이 지나고 다시 10년이 지나니 가든 주위는 꽃밭이 돼 있었다.

"당신, 나 죽으면 여기 묻어 줘야 해. 그리고 찔레꽃도 심어 줘야 해."

봄이면 개나리와 진달래, 향기 진한 라일락. 가을이면 큰 키의 해바라기와 바람 맞으며 흔들리는 코스모스, 감나무에선 감이 열리고 원두막은 넝쿨 줄기가 뻗어 그늘을 만들었다. 텃밭 가의 동백나무에선 겨울이 가기 전 붉은 동백이 피었는데, 안에서도 깨끗이 보일 수 있도록 대호는 유리창 닦는 데에 많은 공을 들였다.

매주 토요일이면 석구가 찾아왔다. 함께 오는 옥련의 손엔 늘 먹거리가 들려 있었는데, 어떤 날은 된장, 어떤 날은 개떡 등 종류도 다양했다. 석구가 가든에서 제일 좋아하는 것은 넝쿨 줄기가 천장을 만든 원두막에 앉아 두부 한 모에 막걸리를 먹는 것이었다. 술이 깰 때까지 누워 자다가 저녁이 되어서야 돌아가곤 했는데 석구도 몸이 좋지 않아 도배하지 않은 지 오래였다. 가든을 열고 6~7년이 지나갈 무렵 급격히 줄기 시작한 사무실 매출, 가파르게 오른 물가 속에 부동산 거래가 끊기었다. 직원을 정리하고 사무실을 내놓았지만 임대가 이루어지기까진 꽤 오랜 시간이 걸리었다. 사거리 매장은 석구에게 넘겼는데 돈을 받고 넘긴 것도 다른 조건이 있는 것도 아니었다. 육체 노동이란 게 계속해서 할 수 있는 일이 아니기에 한 달에 몇 건씩만 공사하면 두 사람 밥벌이는 되지 않을까 하는 대호의 생각이었다. 그때까지도 재석은 선우인테리어에 남아 있었는데 석구는 재석을 해고치 않고 안고 갔다. 그 사이 에버랜드에는 다른 업체들이 협력 업체로 선정되어 활동하고 있었다. 그래도 석구는 오랜 세월 알고 지낸 인맥을 발판으로 작은 것이라도 몇 개씩 받아 생활해나갔다. 아파트 현장 도배공사 때 책임자로 일했던 상희도 둔전에서 지업사를 냈고, 말 많던 용길은 청소업체를 차려 승승장구 중이며 다리가 짧다고 놀리던 연수는 여전히 뽈뽈거리며 시공하고 있다고 했다. 긴 머리 찰랑이던 복진은 떡볶이 가게를 열고 짝이었던 충렬은 낮으로는 일하고 밤으로는 가게를 찾아 도와주고 있었다. 술 먹고 깼더니 눈이 너구리 눈이 됐었다던 동네 호구, 용철은 소 키운다며 고향으로 내려가 놓곤 소는 키우지 않고 사슴 수십 마리를 키운다고 했다. 이런저런 소식을 전해주는 건 석구였다. 백발인 대호와는 달리 여태 흰머리가 하나도 나지 않은 그는 웃는 모습이 여전히 만득이다. 막걸릿잔을 비우는 석구의 머리를 보며 대호가 넌지시 말을 건다.

"자넨 아직도 흰머리가 없다."

이어지는 석구의 대답이 가관이다.

"우리 아부지가 아흔이 넘어 돌아가셨는데 그때까지 머리가 까맸어. 환장하는 거지. 흰머리가 나고 싶은데도 안 나고, 시팔"

작은 소시지를 가지고 장난치던 석구의 모습이 떠오른다. 캔 맥주를 마시며 안주로 사 온 소시지, 비닐을 벗기자 소시지는 휘어버렸는데, 석구는 휜 소시지를 입술로 쭉쭉 빨아 세우는 것이었다.

"나, 이런 사람이야."

성인 영화에서나 나올 법한 장면을 흉내 내며 웃던 사람, 그때 석구도 서른 중반의 청년이었는데 벌써 예순을 넘은 노인이 된 것이다. 하지만 마음만은 그때나 지금이나 다르지 않아 하는 행동이나 말투가 그대로인 사람이다. 열여덟 살이 적은 정호라는 도배공과 2박 3일 여행을 갔다 와서는 다시는 같이 안 간다며 큰소리치던 모습이 선하다. 왜 그러냐고 해도 말해주지 않았는데 나중에 정호에게 직접 들은 이야기에 배꼽을 잡았다.

"갔으면 나이 든 사람이 밥을 해야지 말이야. 밥도 안 해주고! 안 그래요? 사장님!"

술만 마시고 앉은 정호에게 당해 자신이 밥을 했다며 후에 털어

놓던 석구.

"나이 들어 젊은 놈 밥이나 해서 바치고 시팔!"

그렇게 말하면서도 또 빙긋이 웃던 석구였다.

"오래됐지."

가든 주위 꽃을 보며 하는 대호의 말에 석구의 말이 이어진다.

"그래, 강산이 세 번 바뀌었지. 첨 자네 여기 와서 오천 원, 만 원 받으며 일하던 게 어제 같은데 말이야."

"그래, 웅이도 동이도 모두 아빠가 됐으니……."

"내가 그놈들 보는 재미로 산다 아니가. 뭐라는지 아나? '야, 너 몇 살이야?' 하면 그놈이 '다섯 살요.' 하거든, 그래서 내가 '오 살?' 하면 '아니요, 다섯 살요.' 하고 또 말해. 또 내가 '오 살?' 하면 잉 하고 울어버려. 환장하는 거지 시팔."

"애 데리고 잘 한다."

"그게 재민 걸 어쩌나. 자네도 좋은 사람 만났잖아. 그런 사람이 어디 있나!"

"맞다. 고맙지. 자네도 고맙고"

"그런 말 마시게. 우리 집에 무슨 일 있을 때마다 도와주고 한 거 다 기억하네. 큰놈 결혼할 때 자네가 집까지 사주었지. 두 채 안 사준 게 섭섭했지만 말이야."

고마움을 에둘러 표현하는 석구식 표현이다. 농담처럼 말하지만 그 말의 진의를 어떻게 모를 수 있을까. 삼십 년을 붙어살아온 사이거늘. 하지만 석구식 말을 할 땐 대호식 말이 최고의 동지다.

"다음 날 집 한 채 더 사서 줬건만 딴소리는!"

석구가 웃는다.

"용인 와서 자네나 제수씨한테 신세 진 거에 비하면 아무것도 아니네. 무엇보다 나이 들어 술잔 기울이며 얘기할 수 있는 친구가 있다는 게 얼마나 좋노?"

그 말에 석구가 무릎을 친다.

"시팔, 아니까 다행이네. 앞으로 나에게 더 더 더 더 더."

해바라기가 하늘을 향해 고갤 들고 있다. 파란 우물처럼 고요한 하늘, 그 속의 하얀 구름이 솜사탕 같다. 밭에 심어놓은 고추에서도 고추가 열리고 선애가 직접 심은 오이 가지에서도 오이가 자란다. 대호가 선애와 함께 가꾸어 온 곳, 10년이라는 시간을 보낸 아랫목과도 같은 가든이다. 대호는 지금의 자신이 행복하기만 하다. 좋은 사람이 옆에 있고, 좋은 사람들이 친구로 남아 있고, 풍요함 속에서 걱정 없이 하루를 살 수 있는 삶, 행복했다. 잔을 비우는 석구의 잔에 막걸리를 따라주려 주전자를 든 대호, 부는 바람은 너무도 따스한데 너무도 따뜻한 햇볕이 내리는 시간인데 대호의 귓속으로는 다급한 옥련의 목소리가 들려왔다.

"정우 아저씨! 선애 씨가 쓰러졌어요!"

어제까지만 해도 선애는 대호에게 단풍이 피면 지리산을 가자고 말했다. 결혼 전에 친구들과 함께 지리산을 찾은 적이 있다고 했다. 겨울 지리산을 종주해보자는 친구들과 함께 성삼재에서 출발하는 코스를 선택해 출발했지만 갑작스레 쏟아지는 폭설에 대피소에 갇히고 말았다고 했다. 눈이 그치며 벽소령 산장을 향하던 중 만난 어느 봉우리에서 본 전경을 선애는 잊지 못하고 있었다. 큰 바위 사이로 길이 이어지고 바위 끝에서 바라보는 웅장한 지리산의 모습, 온통 눈으로 가득했던 산은 하늘과 구분도 되지 않았다며 눈 때문에 대피로를 따라 산을 내려와야 했던 일을 늘 아쉬워했다.

"일흔이 다 되어가는 영감탱이들이 무슨 지리산? 걸을 수는 있겠나?"

반백의 선애는 그것이 무슨 걱정이냐는 듯 밝은 표정으로 말을 이었다.

"여보 있잖아. 그 덩치에 나 하나 못 업어?"

"내 믿고 그러는 건가 보다."

"그럼 당연하지."

그랬던 선애가 쓰러졌다. 혈관 터진 것이 확인되어 수술을 했지만 이틀이 지나도록 깨어나지 못했다. 영영 깨어날 수 없을지도 모른다고 했다. 혹여 깨어나더라도 장애를 가지고 살게 될 확률이 아주 높다는 말도 빠뜨리지 않았다. 수술 3일째가 돼서야 의식을 차린 선애는 말을 하지 못했다. 듣긴 하지만 표현이 어렵고 걷지도 못했다. 쓸 수 없게 돼버린 왼쪽 다리와 멋대로 움직이는 왼쪽 팔, 그리고 돌아가 버린 입, 하지만 선애는 살아온 인생처럼 포기하진 않았다. 걸으려 노력했고 자유롭지 못한 입으로 쉼 없이 낱말을 되뇌었다.

"저…… 저…… 우우……."

하지만 선애의 건강은 노력과는 달리 악화하여만 갔다. 고열에 시달리기를 반복하고 먹은 음식물을 토하며 괴로워했다. 그러다 의식을 잃고 쓰러져 다시 병원을 찾는 일이 반복됐다. 오래 버티지 못할 것 같으니 마음의 준비를 하라는 말까지 꺼내었는데 남 얘기 하듯 하는 의사를 보며 멱살 잡고 지금 장난하는 거냐며 소리라도 지르고 싶었다.

가을 단풍이 설악산에서 시작해 지리산으로 내려서던 날, 성삼 재 주차장으로 세 명이 택시에서 내렸다. 한 사람은 커다란 배낭 을 메고 한 사람은 한 사람을 업고 노고단을 향해 발걸음을 옮겼 다. 배낭을 멘 사람은 머리가 새까맣지만 업고 업힌 두 사람은 백 발이다.

"날씨 좋다 시팔. 가다가 곰 만나면 환장하는 겨!"

선애에게 지리산을 보여주고 싶다는 대호의 말에 석구가 짐을 들어주겠다며 따라나섰다. 일정 거리마다 대피소가 있다지만 며칠 의 시간이 소요되는 지리산 종주엔 꽤 많은 물품이 필요했다. 먹 을 음식에서부터 음식을 데울 휴대용 버너, 그릇, 칼, 양말, 옷가 지, 비상 구급약 등, 필요한 물품이 만만치 않았는데 그것을 안 석 구가 함께 따라나선 것이었다. 선애는 한사코 마다했다. 대호에게 업히어 지리산을 간다는 것, 젊은 청년도 아닌 육십 대의 대호가 자신을 업고 지리산을 오른다는 것, 선애는 절대 안 되는 일이라 고갯짓을 했지만 대호도 그 앞에서만큼은 지지 않았다.

"2박 3일에 안 되면 일주일 하면 된다. 그리고 말이다. 내 거기 가서 곰 한 번 보고 싶은 기라. 석구가 정말 곰을 닮았는지 확인 좀 해볼라고."

대호의 고집이 너무도 완강했기에 따를 수밖에 없었다. 또 석구가 함께 가준다고 하니 얼마나 다행인가? 목발을 준비해가면 자신도 조금쯤은 걸을 수도 있을 거라고도 생각했다. 성삼재에서 노고단까지는 세 시간이 걸렸다. 안개로 인해 선명하진 않지만 구례 시가지의 모습도 어렴풋이 들어왔다. 하지만 노고단에서 맞는 바람은 노고단을 오르며 맞는 바람과는 비교되지 않았다. 돌탑 뒤로 숨어 바람이 쓸고 가는 노고단의 황량한 능선 모습을 선애에게 보여주곤 급히 이어진 등산로를 향해 걸음을 옮기는 대호, 바람이 능선에 막혀 소리를 냈다. 등산로를 걸어가는 것은 큰 어려움이 없었지만 한참을 이어진 철 계단을 오르내리는 건 쉬운 일이 아니었다. 산을 찾은 등산객들이 선애를 업은 대호를 오래도록 쳐다본다. 하지만 대혼 아무렇지 않은 듯 인사를 하는데 석구의 마음에도 염려됨은 떨칠 수 없었다. 그래서일까 수시로 길바닥에 주저앉으며 소릴 질렀다.

"시팔! 나이 드니 이것도 힘들어서 못 하겠네. 사람 죽겠다 털보야, 백만 스물하나 에너자이너도 아니고 자넨 힘들지도 않냐? 이대로 가다간 의배 형님한테 내가 먼저 갈 거 같다. 염 씨 형님이 지금 내 눈에 왔다 갔다 한단 말이다."

염 씨 형님은 염라대왕을 두고 하는 말이다. 인사부장을 시켜주기로 약속했다면서 너스레를 떨곤 했는데 열여덟 살이 어린 정호와 가서도 자신이 밥했다고 구시렁대더니 지리산에 가서도 음식 준비는 석구의 몫이었다. 쉴 때마다 물과 먹을 것을 챙겨주고 끼니 때 만나는 대피소에선 준비한 햇반을 데우고 국을 끓여 식사를 준비했다. 대호는 잠시도 선애 곁에서 떠나지 않았다. 잠시 쉴 때도 옆에서 안아주었고 밥을 먹을 때도 마찬가지였다. 한 팔로 어깨를 감싸 안고 선애가 다 먹을 때까지 지켜주었다. 설악산이나 내장산 단풍이 유명하다지만 지리산에 물든 단풍의 모습도 그 못지않다. 석구는 또 명환이 함께 왔다면 분명 이렇게 말했을 거라며 흉내를 냈다.

"어머! 어쩜 단풍이 이리도 고울까요? 그리고는 노래도 불렀을 거야. '가을엔 편지를 하겠어요.' 하고 잘 가다가는 중간에 동백아가씨로 이어지고…… 환장하는 거지. 시팔."

석구의 너스레에도 선애는 힘이 없다. 대호의 목덜미에 볼을 기댄 채 눈이 머무는 곳에 있는 풍경들을 스치듯 보고 있을 뿐이었다. 붉게 물든 단풍, 찬바람 앞세우며 눈이 찾아오면 단풍잎은 떨어져 흙으로 돌아가겠지. 봄이 되면 또 찾아와 가을을 알리는 전령사가 될 것이다. 하지만 한 번 가면 오지 못하는 삶, 그래서 사람들은 의연하게 이별을 맞지 못한 채 미련을 가지는 것일지도 모르겠다. 한낱 먼지에 불과할지도 모르는 삶, 잠시 불다가 가는 바람일지도 모르는 삶, 알면서도 사람들은 아파한다. 떠나는 이나 보내는 이나 마찬가지. 왜일까? 미련 때문일까, 함께한 시간에 대한 아픔 때문일까?

삼도봉을 지나 토끼봉을 오를 땐 숨이 턱까지 차오른다. 가쁜 숨소리 들키지 않으려 애를 쓰지만 선애는 알고 있다. 젖어오는 대호의 등과 떨려오는 몸, 그리고 가늘고 길게 내쉬고 있는 숨소리. 혼자 걸으면 벽소령까지도 해가 떨어지기 전에 도착하겠지만 선애를 업고는 그럴 수 없는 일, 노고단에서 멀지 않은 연화천 대피소에 도착했을 때 이미 날은 저물고 있었다. 예상한 대로 걸어온 길, 미리 예약한 내용을 확인하고 사무실에서 담요를 받고 자리를 잡았다. 하지만 남자와 여자의 숙소가 떨어져 있어 선애를 옆에서 지켜줄 수 없었다. 불안한 대호는 여자 숙소 앞을 서성거리며 선애에게 문자를 했다.

"잠 와?"

선애의 답장이 바로 이어졌다.

"아니."

"내가 양을 백 마리 보내줄까?"

"어떻게?"

"양 한 마리"

"……"

"양 두 마리"

"……"

"양 세 마리"

선애가 다시 답장했다.

"그러다가 밤새워도 백 마리 못 보내겠다. 걱정 말고 어여 자. 힘들었잖아."

"힘들긴! 계속 널 업고 살아도 좋으니 앞으로 백 년만 더 같이 살아."

벽에 기대앉아 대호가 보내온 문자를 보고 또 본다. 표현에 인색했던 사람이 보내온 문자, 선애의 눈에 또 눈물이 맺히며 저장된 사진을 본다. 무표정한 대호, 둘 사이에 갑자기 끼어든 석구의 익

살스러운 표정이 있다.

서성거리는 대호의 눈으로 문 열고 나오는 석구가 보인다. 만득이 같은 얼굴로 음료수병을 들고 흔들고 있는 석구, 하지만 병에 담긴 건 음료수가 아니었다.

다음 날 아침, 열린 문틈으로 자신을 보고 있는 대호의 모습이 보인다. 그곳에서 밤을 새운 대호, 석구도 있다. 선애가 일어나는 것을 본 석구는 취사장으로 가서 준비해온 김치와 참치를 넣어 찌개를 끓인 후 밥을 데운다. 그리고는 어디서 구했는지 의자를 하나 가지고 와선 선애를 앉히었다. 산이 높아 안개가 끼는 날이 많은 산이지만 그날 아침은 안개가 없었다. 멀리 있는 산봉우리도 선명했고, 하늘은 더없이 맑은 구름 하나 없는 모습이다. 이름 그대로 가을 하늘, 물든 단풍잎이 너무도 선명했다. 울긋불긋한 옷을 입은 산이 사람들을 맞는다. 하지만 산일뿐인 산, 사람은 그보다 더 큰 것을 생각할 수 있는 머리를 가졌음에도 산을 찾아와 의지하려 한다. 붉은 단풍보다 더 열정적인 마음을 가졌음에도 아파하며 눈물짓기도 한다.

선애가 보고 싶어 했던 곳은 형제봉이었다. 선애의 말처럼 그곳에서 보는 지리산의 모습은 장관이었다. 웅장한 산의 모습이 눈으로 들어와 가슴을 채웠다. 절벽에 뿌리를 뻗고 자라는 나무를 보며 선애는 바위 끝 가장자리에 내려달라고 했다. 푸른 하늘 붉은 단풍 아래 머리 하얀 사람들, 그들은 말이 없었다. 선애는 의배처럼 크리스마스를 보지 못할 거라고 했다. 하지만 대호는 그 말을 믿지 않았다. 선애가 그토록 보고 싶어 했던 지리산, 내년에도 오고 그다음 해에도 꼭 함께 올 것이라고 다짐했다. 선애는 한참이나 산을 보았다. 단풍잎 하나하나까지 모두 새기기라도 하듯 절벽 끝에 앉아 지리산을, 단풍을 보고 있었다.

벽소령을 거쳐 선애가 대피했었다는 대피로를 따라 산을 내려왔다. 석구의 부탁을 받은 상희가 차를 가지고 산 아래 버스 정류장에서 기다리고 있었다. 오는 내내 선애는 말이 없었다. 숨소리도 가늘고 눈도 뜨지 않았다. 말이 없는 건 선애뿐만이 아니었다. 대호도 석구도 심지어 상희는 내비게이션까지 꺼놓았다.

내년에도 후년에도 다시 올 거라 다짐했지만 굳이 꼭 데려가야만 한다면 올겨울만이라도 넘기고 데려가 달라 대호는 빌었다. 그러다가 다시 봄에 피는 꽃이라도 보고 가게 해달라고, 아니 여름 소나기는 보고 가야 하지 않겠냐고, 가을 단풍 한 번만 더 보게 해달라고 그렇게 1년만 더 살게 해달라고……

3부

정류소를 지키던 남 씨는 팔순이 넘은 몸으로도 자리를 지킨다. 새로 들어선 건물도 없이 3분의 1로 줄어든 학교, 인근 마을 학교는 대부분 폐교했다. 지원금으로 유지되는 버스가 하루 몇 차례씩 마을을 찾아다니지만 이용하는 사람이라곤 칠순을 넘긴 노인들이 전부이다. 그래도 한 가지 다행인 것은 도시 생활을 정리하고 다시 고향을 찾는 사람들이 조금씩 생기고 있다는 것이었다. 관광지로 개발되는 곳들도 있어 여름이면 찾아드는 피서객들도 많았다. 춘희가 나고 자라며 초등학교를 마친 수하동의 계곡은 전체가 반딧

불이 생태 공원으로 지정되어 보호되고, 반디가 먹고 산다는 골뱅이를 무단 채취하는 관광객들을 감시하기 위한 감시 인력도 생겨 마을로 돌아온 젊은 사람들이 그 일을 하며 월급을 받고 아이들을 키운다. 가을로는 송이밭을 입찰받아 수익을 올리지만 젊은 사람들 중 예전처럼 농사짓는 사람은 없다. 논밭이 묵어 수풀이 되어가도 그것을 이용하여 고추를 심고 담배를 심는 등의 일은 하지 않았다.

많은 상점이 문을 닫고 떠났다. 정자는 죽었고, 해숙은 20년 전에 부산으로 이사를 갔다. 수비 반점 역시 읍내로 자리를 옮겼지만 얼마 지나지 않아 폐업했다. 돌다방 앞을 지키던 신원리 할아버진 해숙이 떠나가기 전에 모습이 사라졌고, 매번 단추 잠그라고 구박했던 미스 정만이 남아 우체국 직원과 결혼해 아이 넷을 낳았다. 뱀과 약초를 사고팔며 슈퍼를 하던 석돌은 죽을 때 고생을 많이 했다고 하고, 수리점을 운영했던 동혁은 이젠 나이가 들어 면 입구 느티나무 아래에서 점 백 화투로 시간을 때운다.

문구점 안으로 굵은 뿔테 안경에 흰머리 듬성듬성한 사내 하나가 들어서고 있다. 아주 오랜 시간 알고 지낸 듯한 모습으로 더듬거리며 말한다.

"형…… 형수, 아직 연락 그그 없지요?"

한 달 전에 낸 일간지 광고를 두고 하는 말이다. 대호를 찾는다는 기사였는데, 400만 원이 넘는 광고료를 인근 사람들이 십시일반 분담해주었다. 하지만 언제나 그랬듯 대호에게선 연락이 없었다.

대호가 떠난 후 매일같이 춘희 곁에서 일을 도와주며 지내온 경태, 봉석이 죽었을 때도 그가 상주 노릇을 해줬다.

"아직 없네. 오늘은 손님 좀 왔나?"

"아니요, 요 만큼도 못 팔았니더."

경태가 손가락 다섯 개를 펴 보인다.

"그나저나 형님이 신문을 봐야 했을 텐데……. 어…… 어디서 뭐 하고 있는지 하여간 돌아오면 가만 가만 놔두면 안 되니더. 그그"

"그런 말 마라. 분명 뭔가 사연이 있을 기라. 그 양반은 이유 없이 돌아오지 않을 사람이 아니다."

"아직도 그 소리. 형수 같은 사람도 없니더. 30년 세월을 형 형님만 보고! 하기사 철윤이 형님이 문제지요. 그 형님만 아니었으면 이래 되지도 않았을 테고 바로 자수했으면 형님이 도망가지도 않았을 테고…… 기다려 보이소. 분명 형님 돌아올 거니더."

"그 양반이 돌아오면 니한테 많이 고마워해야 할 기라. 니 없었으면 참 힘들었을 텐데……."

"참 형수도, 우리 사이에 뭔 뭔 그런 말을…… 그런 말 그그 마소."

경태를 보며 얘기하던 춘희가 갑자기 생각나는지 달력을 보며 말했다.

"참 경태야, 이번 달 25일에 너거 식당에서 잔치하는 거 맞제?"

"야, 이번엔 우 우리 집에서 하니더. 형수도 알지만 그그 이젠 다 떠나고 몇몇 사람 없니더. 잊지 말고 오이소."

"당연히 가야제. 제일 먼저 갈 기다. 그래 안 보면 또 언제 보노. 근석이 데리고 갈 테니 근석이 좋아하는 만두나 구워주라. 알제?"

"당근이지. 그그"

석 달에 한 번씩 모여 음식을 나눠 먹는 모임은 점포를 운영하는 사람들이 주축이 된 모임이다. 10년 전에 경태가 주선해 이뤄진 모임이지만 장사를 하지 않는 사람도 여럿 있었다. 농협에서 근무하는 사람도 있고 학교 행정실 직원도 있다. 여든이 넘은 중앙이발소 정 씨와 정류소 남 씨도 하나뿐인 세탁소 주인과 정류소 앞 일심상회 주인, 그리고 일심상회와 경쟁 아닌 경쟁 관계에 있는 실비 식품집 주인도 회원이며 동혁과 순화, 그리고 아이 넷을 낳은 미스 정이 손자를 데리고 참석했다. 가까운 곳에 살면서도 그런 모임이 아니면 얼굴 대하고 밥을 같이 먹기도 힘든 것이 현실, 1년에 한 번씩은 수비가 아닌 가까운 곳으로 여행을 가기도 했다. 그래봤자 청송의 주왕산이나 울진이나 영덕으로 가서 바다를 보거나 회를 먹고 오는 것이 고작이었지만 아는 사람들끼리 이야기하며 버스를 타고 가는 여행은 즐거운 일이었다.

모임에서 하는 이야기들은 대부분 아이들에 관한 것이었다. 손자들이 재롱부리는 이야기며 아이들이 집을 사고 차를 샀다는 이야기, 올 명절엔 아이들을 위해 뭘 준비를 해야 할지 모르겠다는 식의 이야기가 반복되었다. 모두 장사를 통해 떼돈 벌 거라며 말하는 이는 없었다. 이미 그러한 것엔 해탈해버린 사람들, 그들에겐 잔잔한 눈으로 세상을 볼 줄 아는 지혜가 욕망을 덮은 후이다. 한번은 정 씨가 경태에게 이런 말을 했다.

"자네, 내가 한 사람의 머리를 깎기 위해 가위질을 몇 번쯤 하는지 아는가?"

"한 오백 번쯤 안 하겠니껴?"

경태가 되묻자 정 씨가 다시 말했다.

"글쎄…… 그럼 엿장수는 1분에 가위질을 몇 번 하는지 아는가?"

"그걸 어떻게 세니껴?"

"그건 말일세. 엿장수 마음이네."

그러자 경태가 정 씨에게 물었다.

"그럼 아제, 한 사람 머리 깎을 때 하는 가위질도 아제 맘이 그그겠네요?

"아니, 내가 하는 가위질은 정해져 있어. 별로 차이도 안 나지. 하지만 끝까지 세어보지 못했어. 머리가 아파서 말이지."

"하기사요. 그럼 아제, 저는 칼질 제일 많이 했을 때가 그그 몇 번 했는지 아니껴?"

"그것도 못 셌겠지."

경태가 빙긋이 웃으며 대답했다.

"그건 있자니껴, 아제요. 죽을 번 했니더. 그그"

그 말에 정류소 남 씨가 무릎을 치며 말했다.

"저 놈이 어른 놀리네."

끝까지 세어보지 못했다는 정 씨의 말 속에 세상 이치가 들어가 있는 것인지도 모를 일이다. 농부는 벼를 벨 때 몇 번을 해야 다 벨 수 있을까? 은행 직원은 돈을 몇 번을 세며 우체국 직원은 같은 집을 평생 몇 번 찾아가는 것일까? 운동선수는 하루에 몇 발자국을 뛰며 자동차 수리공은 하루에 몇 번 스패너를 돌릴까?

그날 저녁 귀향을 한 사람들 중 동갑내기 다섯 명이 경태의 가게를 찾았다. 컴퓨터 설치 일을 했던 사람, 섬유 공장에 다녔던 사람, 자동차 부품 공장에 다녔던 사람, 사다리차로 사업했던 사람, 첨부터 남아 살다가 지금은 버스 운전을 하는 사람, 이렇게 다섯 명인데 한 명을 빼고는 모두 결혼했고, 그중 한 사람은 베트남에서 온 신부와 국제결혼을 했다.

"뭐 더 필요한 거는 없나? 그그"

다가서며 말하는 경태를 향해 사다리차 사업을 했던 영환이가 말한다.

"아제는 아직도 그그 하니껴? 그거 안 고쳐 지니껴?"

그러자 경태가 받아친다.

"니는 그그 아직도 말이 능구렁이다."

"인생 뭐 있니껴? 그냥 재미있게 사는 거지요."

"맞다. 뭐 있나…… 그래, 여 와서 그그 사는 거 재미있나?"

버스를 운전하는 성원이가 나서며 말한다.

"재미있으면 야들이 매일 읍내로 당구 치러 다니겠니껴? 내가 몇 번이나 봤니더."

"사람이 일만 하고 살 수 있다더나. 놀아가며 그그 해야제. 그그리고 아들한테 내 보고 할배라 부르지 말 말라 해라. 그그, 내 이제 오십 좀 넘었는데 할배가 뭐꼬?"

능글맞은 영환이 다시 말했다.

"그러면 아제 집에 있는 아는 남의 아니껴? 아제 손녀 아닌 모양이네!"

"그건 아들놈이 그그 사고 쳐서 그런 거 아이가!"

경태에게는 아들 하나가 있는데 고등학교를 마치고 일 년쯤 후 대구에 가서는 아이를 안고 온 것이었다.

"아부지! 야가 아부지 손녀니더."

그렇게 말하던 아들은 몇 달 후 군대에 갔고 그 뒤 6개월쯤 후 식당에서 함께 지내던 며느리는 대구에 잠시만 다녀온다더니 이후 소식이 끊기었다. 갓 돌을 넘긴 아이는 경태와 말하지 못하는 그의 아내 분옥이 키워야 했다. 어쩌면 들어와 살던 며느리도 많이 답답했을 일이었다. 시어머니와는 대화가 되지 않고 어린 나이에 시골에 들어와 산다는 게 그리 쉬운 일이었을까?

서른이 넘도록 장가를 못 가는 경태를 보며 주위에서 분옥을 소개해줬는데, 분옥을 본 경태는 한눈에 반했다.

"말 못 하는데 괜찮나?"

순화가 물었을 때 경태는 대답했다.

"그그 저도 그그 이런데요 뭐."

분옥은 웃는 모습이 예쁜 사람이었다. 경태와 결혼하고 눈만 마주쳐도 미소를 지어 보이던 사람, 말을 못 한다는 거, 그것은 함부로 말하며 잘난 척이나 하는 사람들보단 훨씬 좋은 것이라 경태는 생각했다. 다만 한 가지 가슴 아픈 것이 있었다.

"내가 당신 사랑한대이."

그렇게 사랑한다는 말을 직접 들려주지 못한다는 것이었다.

가게에 모인 일행들이 나누는 이야기는 가을에 송이밭 입찰 관련한 것과 작목반을 만들어보자는 내용이었다. 수비면에 한정된 것이 아니라 영양읍 전체를 책임지는 작목반을 만들자는 것이었는데 취지는 좋았다. 노인들이 대부분인 시골에서 그 생산품을 책임지고 매입하고 판매하고 필요한 농기구들을 싸게 사서 싸게 공급하면 좋지 않겠냐는 것이었다. 하지만 저마다 자신들만의 계산이 그 속에는 깔려 있었다. 돈과 결부된 모임이라는 것은 비리의 온상이 되기 마련이다. 아파트 내에서 장사하기 위해 입주자 모임이나 부녀회 등으로 흘러 들어가는 돈, 회장이 되기 위해 법석을 떠는 것은 그렇게 다 이유가 있는 것이다. 같은 성을 가진 집안끼리의 종친회에서도 돈을 가지고 싸우고 돈 때문에 집안 어른의 뺨까지도 때리며 어르신, 조카님 하며 예의를 내세우던 모습은 온데간데없이 사라진다.

"여기 고추 한 근에 얼만 줄 아나? 근데 살라고 하면 어마어마한 기라. 누가 먹는 기고? 가운데 장사꾼인 기라. 그놈들이 다 헤쳐 먹어서 그래 되는 기라."

"그야 당연한 거 아이가. 우리가 작목반을 해서 수익을 올리면 우리 동네, 아니 영양의 발전을 위해서 사용하는 기라. 그쯤은 우리도 해야 되지 않겠나."

"그리고 솔직히 말해서 우리가 지금 영양 읍내의 상권을 다 쥐어버리면 우리도 살 수 있는 기라. 안 그렇나? 군청에 아는 형님도 있고 여 학교 선배들 중 동장하고 있는 형들이 몇 명인 줄 아나? 끝난 기라. 하면 되는 기라. 맨날 땅만 파고 살 수는 없다 아이가."

고추 한 근에 얼만 줄 아냐고 말했던 재만이 다시 입을 열었다.

"내 진짜 대구서 섬유 공장 다니며 2교대 근무하다가 죽는 줄 알았거든. 그래봤자 월급 200만 원도 안 되는 기라. 환장하제. 아는 커가고 마누라하고 손잡고 같이 자지도 못하제, 그렇다고 매주 사는 로또가 되는 것도 아니제. 10만 원 들고 가선 살 것도 없는 기라."

그러자 영환이 말을 이었다.

"10만 원, 야! 그게 돈이가? 벌기는 어려워도 쓰기는 쉬운 게 돈인 기라. 도시서 200 버는 거보다 여서 100만 원 버는 게 훨씬 나은 기라."

영양 읍내 상권을 말했던 가장 계산 밝은 용석이 영환의 말을 받았다.

"우리라고 맨날 이래 살 수는 없다 아이가. 우리도 빌딩 세우고 사장입네 하며 거드름 피우며 살아봐야 안 되겠나? 누구는 태어날 때부터 사장이가? 크게 사업하며 보란 듯이 한 번 살아 봐야제. 살기 힘들어 들어왔지만 여기서 평생 이렇게만은 안 살란다. 작목반이 기회가 될 수도 있는 기라. 돌아가는 정보도 빨리 알 수 있고, 돈만 있어 봐라, 돈 버는 건 일도 아닌 기라. 땅 몇 떼기만 사고팔아도 다 돈 인기라."

경태가 김치를 담아 테이블 위로 놓는다.

"내사 잘은 모른다마는 너 너무 높은 곳만 그그 보지 마라. 돈돈만 많다고 행복한 줄 아나. 안 그런 기라."

재만이 경태를 보며 턱도 없는 말 말라는 듯 말한다.

"아제는 욕심이 없으니까 그치요. 그리고 아도 다 컸고, 근데 우린 말이니더. 이제 아들이 요만해요. 그거 키울라면 이래 살아선 안 되는 기라요."

"몰다, 나는…… 그 근데 옛날에도 그그 돈 벌려고 도시로 나가고 바동바동하는 사람들 봤는데 뜻대로 되는 건 없 없는 것 같더라. 그냥 아들 안 아프고 너그들 몸 건강하면 그게 행복이제. 뭘뭘 하든 조심하고 너무 그그 욕심내지 말고……."

일행들은 아직 경태의 말을 이해하지 못했다. 아니 이해는 한다해도 다스리는 지혜를 배우지 못했다는 게 맞는 표현일지 모르겠다.

젊은 사람들이 들어오면서 마을도 모습도 변화하고 있었다. 대출을 받아서 구입하는 것이지만 농기계도 들여오고 차도 구입했는데 노인들은 그런 젊은이들의 마음을 얻으려 편이 갈라지기도 했다. 젊은 사람끼리 다툼이 있을 때 누가 옳다 그르다를 결정하는것은 잘잘못이 아닌 자신의 일을 도와줄 수 있는 사람인지 아닌지가 대상이었다. 10년 전에 마을로 들어와 살던 타 지역 사람과 얼마 전 돌아온 토박이 사이에 다툼이 있었을 때도 마찬가지였다. 토박이 집에서 마을 사람들에게 먼저 이렇게 말했다.

"저 아래 사람 고발 좀 해주이소. 여서 발 못 붙이고 살게 해야안 될니껴?"

동네 사람들은 그 사람 앞에서 같이 동조를 해줄 수밖에 없었다. 영문도 모르지만 10년 전에 들어온 사람은 나쁜 사람이 되어야 했고 방금 들어온 사람은 피해자가 되었다. 그에게 단지 트랙터가 있다는 것, 마을에서 유일한 트랙터가 있다는 게 그걸 가능케하는 것이었다.

경태의 식당으로 사람들이 찾아들고 있다. 분옥은 박꽃 같은 미소를 머금으며 오는 사람들을 향해 인사를 하고 남 씨와 정 씨는 구부러진 허리를 지팡이에 의지한 채 가게를 향해 걸어간다. 급히 뛰어가 부축하는 경태를 보며 일흔을 넘긴 순화와 동혁이 나가 인사한다. 학교 행정실 직원은 사과 한 박스를 들고 오고 우체국 직원의 오토바이 뒤엔 채소가 가득이다. 춘희의 품에 안겨 잠든 경태의 손녀와 식당 안에서 흘러나오는 구수한 냄새…… 한 달 만에 모인 사람들이 몇 년 만에 보는 사이처럼 반가워 어쩔 줄 몰라 한다.

"잘 지내셨지요?"

"하머, 근데 야는 누구고?"

"야가, 우리 둘째 철주 딸이니더."

"에고야! 얘기는 들었다마는 야가 벌써 이래 컸나?"

함께 가자는 춘희의 말에 마당을 쓸고 오겠다며 남은 근석인 올해도 잊지 않고 찾아온 제비의 배설물을 닦으며 새끼들을 보고 있다. 이제 수비에도 제비가 찾아오는 집은 그리 많지가 않다. 흙이던 마당에는 시멘트가 씌워졌고, 따르릉대던 자전거는 자동차에 자리를 내주었다. 그나마 춘희의 집으로 아직도 제비가 오는 것은 30년 전이나 지금이나 변한 것이 없기 때문일지도 모를 일이다. 마당 한편에 있는 장독대도 그대로이고 봉석을 씻기기 위해 안간힘을 쓰던 수돗가도 그대로이다. 변한 것이 있다면 양철 지붕의 색깔이 바래졌다 칠해지기를 반복했다는 것뿐. 담장 아래 심겨 있는 봉숭아마저 그대로다. 한 시간이 넘도록 하늘을 보고 있는 근석인 하늘을 빨아들일 듯한 기세다. 그렇게 앉아 있을 때면 할아버지가 다가와 흉내 내곤 했었는데, 할아버진 언제나 어머니와 쫓고 쫓김을 반복했다.

"아버님 어디 가니껴? 이리 오이소. 머리는 감아야지요."

"누구니껴?"

그리고는 자신을 향해 이렇게 말했다.

"순사 양반 저 아줌마가 나를 가둘라 하니더. 나 좀 **빼주이소**."

180센티미터가 넘는 건장한 체구에 푸르스름한 턱, 그가 태어나 가장 많은 시간을 보내온 곳, 스무 살이 되도록 찾아다녔던 재활원과 한 번도 놓지 않았던 어머니의 손, 아기 제비의 울음소리 요란한 마당 한편 장독 위에 근석이 눌러앉아 미소를 짓고 있다.

민들레 홀씨처럼 살다
바람처럼 사라지다

초판 1쇄 2021년 05월 20일

지은이 배정록
발행인 김재홍
총괄 · 기획 전재진
디자인 김다윤
교정 · 교열 전재진 박순옥
마케팅 이연실

발행처 도서출판지식공감
등록번호 제2019-000164호
주소 서울특별시 영등포구 경인로82길 3-4 센터플러스 1117호(문래동1가)
전화 02-3141-2700
팩스 02-322-3089
홈페이지 www.bookdaum.com
이메일 bookon@daum.net

가격 15,000원
ISBN 979-11-5622-602-4 03810

문학공감은 도서출판지식공감의 인문교양 단행본 브랜드입니다.